マン・カインド

藤井太洋

早川書房

マン・カインド

目次

プロローグ

朝靄《あさもや》の残るジャングルの小径《こみち》で、降り積もる落ち葉に拳ほどの大きさのくぼみが生まれた。くぼみの底には昨夜の雨が染みてくる。くぼみは増えた。一つ目のくぼみの一メートルほど奥に一つ、二メートルほど左に一つ。最後に、左に増えたくぼみの後ろにもう一つのくぼみが生まれた。

四つに増えたくぼみは動物の足跡のようだ。

それを見ていた迫田城兵《さこだじょうへい》は、外骨格に取り付けたアームの先端にあるカメラを向けて、撮影の用意をした。

「カメラは用意できた。出てきていいよ」

軽い笑い声が響いて、迫田の目に映るジャングルがじわりと滲《にじ》む。ぼやけた像に焦点を合わせられなくなった迫田が瞬きをすると、四本の脚を深く折り曲げたロボットが、先ほど生まれた四つのくぼみに蹄《ひづめ》を沈ませてふんばっていた。

世界の戦場を一変させたＯＲＧＡＮ《オルガン》（限定銃火器行使単位：Operator Relocalized Gun and Firearms Activation Node）を象徴する多脚ローダー〈マスチフ〉だ。

幅九十センチメートル、長さ三メートルの胴体中央には、顔全体をバイザーで覆ったオペレーターが腰掛けていた。

たったいままで姿が見えなかったのは、強化サトウキビ由来のセルロース装甲に埋め込まれた有機ELが描く光学迷彩のおかげだ。〈マスチフ〉と、〈マスチフ〉を守るORGAN兵のボディースーツは、交戦相手に自分自身の背後の風景を映し出すことができる。その精度はたったいま体験したとおり、目の前にいても気づかないほどだ。

迫田は姿を現した〈マスチフ〉を回り込んで、たっぷりとその姿を撮影すると、〈マスチフ〉にまたがる照準手《ポインター》にファーストネームで呼びかけた。

「レイチェル軍曹、〈マスチフ〉が出てくるところ、見せてくれたのはサービス？」

「そうよジェイク。いい絵は撮れた？」

同じくファーストネームで返された迫田は「確認してみる」と答えて、アームの先のカメラを手のひらで叩いた。アメリカ人にとって彼の城兵《じょうへい》という名前は発音が難しいらしい。この現場でレイチェルの所属する民間軍事団体がつけた呼び名はジェイクだった。頭文字の〝J〟しか合っていないが、いつものことだ。

迫田はカメラのボディー背面に浮かんだ層化視《クシユヴ》の複合現実ノッチに指をかけて、プレビュー領域をカメラの外側に広げた。コンタクトレンズが網膜に投影する立体映像は、まるでその場にコンピューターのスクリーンが現れたかのように鮮やかだ。

フレームを前後に移動させた迫田は、透明な〈マスチフ〉がジャングルの中に突然姿を現すところが印象的に撮影できたことを確かめた。

「すごいもんだな。完全に見えなくなる〈マスチフ〉はなかなか撮れなかったんだ」

〈マスチフ〉の光学迷彩は対面した敵から姿を隠すために用いられるので、迫田のようなジャーナリストはいつも、歪んだ風景が張り付いた姿を撮影することになる。完全に姿を消すところを見ることはない。

「ああそうか。横から見ると歪むもんね」

レイチェルが顔を覆うバイザーをはね上げて迫田に笑いかけると、〈マスチフ〉はその機械がモデルにしたと思われる馬や犬とはまるで異なる神経質な動作で足を踏みかえて、低い座席に座るレイチェルの頭部が動かないように姿勢を変えた。

迫田は、〈マスチフ〉が見せた動きに内心で舌を巻く。

二十一世紀の初頭に爆発的に進化した機械学習のひとつ、遺伝的アルゴリズムの賜物《たまもの》だ。ランダムな動作をいくつもシミュレーションして競わせ、目標に最も近づいた動作を選び、その子孫となる動作を作って再び競わせる。迫田が読んだ資料によると平地を歩いたり走ったりするのに三世代、倒壊したビルの瓦礫《がれき》を駆け抜けるような場合は七世代で最適な動作に収束するという。十分な――といってもゼロコンマ数秒だというが――時間を与えて数十世代ほど競合させるとマッターホルンに駆け上がることもできるというのが開発元の売り文句だが、あながち誇張というわけでもないらしい。

〈マスチフ〉の動作を観察していた迫田にレイチェルが笑いかける。

「〈マスチフ〉のスタビライザー見てるんだよね。照準がぶれなくて助かってるよ」

レイチェルはそう言うと胸の前に数十個の十字線《レティクル》を浮かべて、上体をカメラに向けた。彼女はORGANの照準手《ポインター》なのだ。

ドローン戦争が行き着くところまで行き、自動機械による殺戮応酬が横行した二〇三〇年代、AIで高度化した兵器群から引き金を取り戻すためにORGANは生まれた。数百機のドローンで戦場をスキャンして倒すべき敵を探し出す照準手と、十字線にとらえた敵に向かって飛んでいく曲射弾《ステア・ビュレット》を放つ兵士たちからなる部隊だ。

ドローン戦争の原因ともなった非対称戦争への反省から、高価な兵器に蹂躙《じゅうりん》されたと思わせないためにORGANを運営する組織は大きなハンデを自らに課している。戦場に入る部隊の数は一つか二つ。オペレーションの目的は明かすし、部隊の位置を秘匿することもない。それどころかORGANの心臓部に当たる照準手は、交戦時に〈マスチフ〉を発光させて「的になる」ことも少なくない。

当事者の片方、あるいは両方がこの約束事に従う紛争・戦争を公正戦と呼ぶ。レイチェルの所属する〈グッドフェローズ〉は、アメリカ最大の公正戦受託業者だ。

刺激的な記事と映像の配信で生活している迫田にとって公正戦はいい飯の種だった。ORGANを使う陣営に連絡を入れておけば照準されることはないし、何かの間違いで射線に入っても曲射弾《ステア・ビュレット》は迫田を避けてくれる。対抗する従来型組織も成層圏ネットワークに常時接続しているジャーナリストを敵に回す危険は承知しているので、故意に殺されることはない。

何が起こるかわからないのが戦場だが、それでもロシアが国力を大きく減じた二十年前の侵略戦争と比べればずっと安全になっている。

十字線《レティクル》を胸元で動かしていたレイチェルは、迫田にウインクした。

「バイザーを下ろしたところも撮る?」

迫田は、これから標的になるレイチェルが何か特別な表情を浮かべてはいないかと思ったが、彼よりも幾分か濃い肌色の頬は仕事人なら誰でも浮かべる軽い緊張で引き締まっているだけだった。

「そっちは本番で撮るよ。他のメンバーは？」

「気づかなかったの？」レイチェルは噴き出した。「ついさっき、ジェイクのすぐ脇を通り過ぎてったのに」

レイチェルが前方を指さすと、ジャングルの小径を歩む部隊の輪郭線が浮かんだ。その部隊が残す足跡を辿って森の奥を見た迫田は息を呑んだ。レイチェルが言う通り、何秒か前にすぐそこを六人のORGAN兵が通り過ぎていたのだ。

「全く気づかなかった」

「それもサービス」

レイチェルがそう言うと、ダイヤモンド陣形を組んだ六人のORGAN兵が姿を現した。

全身を光学迷彩つきの装甲で覆った彼らは、照準手が示した目標に曲射弾《ステア・ビュレット》をばらまき、狙われる照準手を銃弾から守るために戦場に立つ。照準手と違い、その存在を知らしめる必要はない。

「ジェイク、撮影頑張れよ！　今日はいい絵が撮れるぞ！」

部隊長のジャスパー・ジョーンズ大尉が、大ぶりなスコープのついたAR－15を掲げる。様々な意味でアメリカを代表する銃だが、ジョーンズが掲げているのは公正戦のためにID付きの曲射弾《ステア・ビュレット》しか使えない専用モデルだ。公正《フェア》の「F」をつけてFAR－15と呼ぶことも多い。

「わかりました」

迫田が返答すると部隊は前方の敵を想定した光学迷彩パターンに変更して、ジャングルの奥に去っていった。見送った迫田は、訓練の時とは異なる様子に違和感を嗅ぎ取った。

「大尉、緊張してたかな。相手が少佐だから？」

「まあね」

レイチェルは頷いた。

ORGANの関係者たちが単に「少佐」と聞いた時に思い浮かべるのは、ORGAN部隊に一度も負けたことのない公正戦コンサルタント、チェリー・イグナシオのことだ。

公開プロフィールによれば、二〇一五年の六月十四日にアルゼンチン第二の都市ロサリオという街で生まれ、バイクで南米を放浪したのちに医師になり、公正戦のコンサルタントに身を投じたという。二〇四五年のいまは二十九歳になる計算だが、だれもそんな話は信じていない。

写真に映るイグナシオは常に木綿のカーキ色の戦闘服を羽織ってベレー帽をかぶり、木製ストックのついたドミニカ製の自動小銃、サン・クリストバル・カービンを肩にかけ、左手で押さえている。時代遅れのハバナ葉巻をふかし、戦友たちに「チェ（きみ）」と呼びかける姿は、彼がキューバ革命を成し遂げた革命家に心酔していることを物語っている。誕生日も、高校でやっていたというサッカーも、その後に進んだとされているブエノスアイレス大学の医学部という学歴も、全てがチェ・ゲバラをなぞったものなのだ。

生放送には滅多に登場しない彼だが、たまに出た時の映像を確かめると、その肌には五十代だと言われてもおかしくない皺が刻まれていた。

「ORGANを買っただけの田舎国家はゲバラのコスプレに怯《ひる》んだかもしれないけど、わたしたちには通用しないから」

迫田は苦笑しながらも頷いた。〈グッドフェローズ〉のORGAN部隊の実力は、米海兵隊を凌ぐとも言われているのだ。だが、レイチェルの声には明らかに気負いが紛れ込んでいた。

「そんなに緊張するなよ。少佐の戦歴はさすがに盛りすぎだ。百五十二勝無敗だなんて、おれは信じないね。怪しい戦歴もあるはずだ」

「確かに怪しい記録はある。だけどそれは、ちょっと《レス》、ちょっと《レス》、ちょっと《レス》だけなのよ」

迫田は笑った。〈グッドフェローズ〉の隊員たちは「more（多い）」や「less（少ない）」のような、量を示す単語を重ねて言う癖があるのだ。出発前にインタビューしたジョーンズも「こちらの損耗《そんもう》率がすこし《レス》、すこし《レス》、すこし《レス》なら勝ちと言っていい」と答えていた。

迫田の苦笑をどう思ったのか、レイチェルは鼻を鳴らして繰り返した。

「だから、百五十二戦の記録の欠損率はちょっと《レス》、ちょっと《レス》、ちょっと《レス》だったのよ」

「わかったよ。インタビューでその意見も聞かせてもらう」

まだ何か言いたそうだったレイチェルだが、わかんないか、とでも言わんばかりに肩をすくめるとバイザーを下ろした。

「じゃあ行くね。いいとこ撮ってよ」

レイチェルは〈マスチフ〉を進めると、前面向けの光学迷彩で〈マスチフ〉を覆ってジョーンズたちが向かった方へ進んでいった。

迫田は先行させておいた撮影ドローンの〈メガネウラ〉を上昇させるとジョーンズ分隊の位置をマークして、ブリーフィングで聞いた会敵予想ポイントを確かめた。ジャングルの小径をあと一キロ歩いたところにオレンジ色の点線が描かれていた。〈テラ・アマソナス〉側が決めた「国境」だ。もちろん現実の大地に線を引いたわけではないが、その場に立てば、迫田のコンタクトレンズは層化視《クシュヴ》に描かれる国境を地面にペンキで描いたように見せてくれるだろう。

そのオレンジ色の線の向こうが、少佐の通告してきた戦場だ。

アマゾン川の源流近くに位置するコロンビアの街レティシアが、ペルーとブラジルに広がる農園ごと独立宣言したのは昨年のことだった。

独立を主導したのは遺伝子編集作物の農業ベンチャー〈テラ・アマソナス〉。もともとこの地に大麻農園を保有していたマフィアがアメリカ麻薬取締局《DEA》に潰されたとき、残された農園を買い取った企業だ。

大麻の陶酔成分テトラヒドロカンナビノール（THC）の含有量を制御する遺伝子編集技術を保有していた〈テラ・アマソナス〉は、マフィアが残した農園で安全な大麻を大規模栽培し、合法化が進んでいた大麻マーケットで財を成した。有害物質のTHCがない大麻は、大麻の自由化を進めていた世界中で求められていたし、〈テラ・アマソナス〉は迫田の祖国、日本などでは麻薬として規制されるカンナビジオール（CBD）の含有量も制御できるようになったからだ。

農園は潤い、働き手は増えた。〈テラ・アマソナス〉が水道、下水道、再生可能エネルギー施設などのインフラ整備を進めていくと、レティシアの人口も増えていった。

状況が変わったのは三年前のことだ。

農園で最も大きな面積を占めていたペルー政府が、南北アメリカ大陸自由貿易協定《NSAFTA》から脱退して、大麻の輸出に四百パーセントの関税をかけたのだ。〈テラ・アマソナス〉はペルー領域内の加工工場を止めて製品原産国をコロンビア、ブラジルへと変更しようとしたが、ペルー政府は両政府に手を回して〈テラ・アマソナス〉をターゲットにした特区税制で同率の関税を課すことに決めた。

すでに三百万人の企業都市に成長していた〈テラ・アマソナス〉は、農園内の町や集落で住民投票を行い、独立を宣言して国境警備を開始した。

もちろん三国も素早く対応した。国境問題にもっとも神経質だったブラジル政府はすぐにペルー、コロンビアの両政府と調整を行って、公正戦闘を専門に行う民間軍事企業〈グッドフェローズ〉に排除を頼んだ。民間人や市街地に一切の被害を出さず、武装した警備員だけを排除するためだ。

それがつい一ヶ月前のことだ。

〈グッドフェローズ〉の投入を知った迫田は、その時点では取材を考えていなかった。配信エージェントに打診しても「ニュースバリューがないよ」と笑われたことだろう。

ブラジル政府に雇われた〈グッドフェローズ〉は、開戦して半日以内に〈テラ・アマソナス〉の自警団を排除する。そして、丸腰になったレティシアにブラジルのアマゾン地方警察が踏み込んで〈テラ・アマソナス〉を強制捜査し、内乱罪で検挙する——それが大方の予測だった。

二〇四五年のいま、企業が地域を国家から切り取ることも国際独立市が生まれることも、珍しくはなくなっていた。そしてORGAN部隊が動けば独立都市は「解放」される。その流れは世界中で繰り返されていたのだ。

迫田が腰を上げたのは、ブラジル政府の公正戦申し入れに対して〈テラ・アマソナス〉側が返した公開書簡のせいだった。〈テラ・アマソナス〉は、アフガニスタンの奥地でロシアのORGAN部隊を相手どっていた公正戦コンサルタントのチェリー・イグナシオを呼び寄せたのだ。

ORGAN部隊との公正戦にはコンサルタントが欠かせない。兵站《へいたん》や兵器の選び方、戦術指揮ツールの導入と訓練、そして実際の戦闘指揮にいたる専門知識に加え、「公正さ」を前面に押し出して戦うORGAN部隊の法的な瑕疵《かし》を追及する必要もあるからだ。公正戦闘の概念が生まれた中国の奥地で活動している元人民解放軍の趙公正《チャオゴンツェン》を筆頭に、ORGANとの戦闘を指揮できる元兵士たちは世界中で活動を続けていて、多くは高額で雇われている。

そんな中でもイグナシオの存在は特別だった。

誰が見ても嘘だとわかるチェ・ゲバラを模した経歴以外に、彼の正体は明らかになっていない。他の公正戦コンサルタントが売りにするORGAN兵の経験や、国連治安維持部隊に携《たずさ》わっていたというような経歴もイグナシオは明らかにしていなかった。

彼が名前を高めたのはその戦績だ。アメリカ合衆国海兵隊、ロシア陸軍、中国の人民解放軍と武警、NATOの中核をなすドイツ、フランス連合軍や、日本の自衛隊などが運用するORGAN部隊をこの十年で百回以上敗退させているのだった。「少佐」の呼び名は伊達ではない。

深夜に発表されたイグナシオの参加を迫田が知ったのは、時差のある東京の友人と仮想空間で会っていたからだった。通知を見た迫田は配信エージェントに一報を入れると、〈グッドフェローズ〉が開いたジャーナリスト用のサイトに登録して翌朝の飛行機でマナウスへ飛び、アマゾン川を遡《さかのぼ》って、三つの国と一つの地域がせめぎあうこの地へやってきたのだ。

競争相手のジャーナリストは他に二社いるが、ジャーナリストの手配が間に合わなかったようで、今日はドローンによる遠隔取材だけ行うらしい。

だが、現場からの映像はなにより金になる。少佐の異名をもつイグナシオも〈グッドフェローズ〉も、公正戦を代表する存在だ。どちらが勝っても、そのニュースバリューは侮《あなど》れない。

そんなことを考えながら小径を歩いていくと、カーブの向こうの地面に、オレンジ色の点線が引かれていた。層化視《クシュヴ》の描く国境だ。迫田は境界の手前側でホバリングしていた〈メガネウラ〉を呼び戻して、自分の背後をついてくるように設定した。

線を踏み越えた瞬間、迫田の目の前に入国申請コンソールが開いて迫田のパスポートを読み込んだ。全ての情報が読み込まれるとコンソールの向こう側に三十代の男性のアバターが浮かんだ。アバターはデスクから見える部分だけ層化視《クシュヴ》に描かれていた。

「サコダ・ジョウヘイさんですね。ようこそ〈テラ・アマソナス〉へ。わざわざ陸路で入国してきた目的は?」

首都レティシアのオフィスでスタッフが層化視《クシュヴ》通話をしているのか、入国サービスのシステム内で作ったエージェントなのかはわからなかった。あからさまに人間らしくないエージェントが出てくれば記事のネタにもなるが、これでは何の判断材料にもならない。

「取材です」迫田はボディスーツの胸パウチに手を触れて、〈テラ・アマソナス〉が発行した査証《ビザ》のウィジェットを指にくっつけると、コンソールに触れさせた。「今日から十四日間〈テラ・アマソナス〉で取材を行います。取材の許可を出してくれたのはマルティネス・ゴウ市長です」

「はい、確認しました。滞在先はホテル・グランデですね」

迫田は頷いた。イグナシオが長期滞在して指揮本部を置いているホテルでもある。市長は市民や防衛隊にインタビューするための会議室も用意してくれた。公正戦において情報は、隠すよりもどう見せるかが大事なのだ。

スタッフが手を動かすと、コンソールの係員入力欄が一気に埋まっていった。ビットコインのウォレットIDを税務当局に登録して成層圏ネットワークのアクセスIDを市警察が確認すると、パスポートウィジェットに承認のスタンプと九十日の滞在期限が書き込まれた。

迫田はふと思い立って聞いてみた。

「〈グッドフェローズ〉もここで入国処理をしたんですか？」

「まさか」

担当者が苦笑いする。迫田はこの反応で彼が人間だということを確信した。層化視通話《クシュヴ》で人間とAIエージェントは区別できないが、公的な窓口のエージェントが与えられたロールから逸脱することはない。担当者は分隊が姿を消した方向を顎で指した。

「あの人たちはわたしたちの境界を認めない国の傭兵ですからね。でも、持ち込んだ武装は届け出てました。もう市のサイトで公開されているはずです」

担当者が手渡した付箋《ふせん》型のURLウィジェットを指で弾《はじ》くと、〈グッドフェローズ〉部隊が持ち込んだ装備が掲載されたページが広がった。多脚キャリア一台、外骨格埋め込み型戦闘作業服六人分、現金四万ドル、自動小銃六丁、ID付与弾薬二千五百発、擲弾筒《てきだんとう》十八、医療用麻薬百二十ミリグラム、興奮剤十二ミリグラム、眼蜂《アイズビー》ドローン五百機――戦闘を行う相手に武器を申請するのは理不尽にも思えるが、最小限の兵器で紛争を収めたことを証明し、戦闘に関係しない市民や市民の財産に損害を与えなかったことを証明するためには必要な手続きだ。もしも〈グッドフェローズ〉がここに書かれていない武装を使ったり、持ち込んだ兵器を目的外利用していれば、世論の反発でその後の解放処理は進まないことだろう。

迫田がリストを眺めていると、スタッフが声をかけた。

「それでは、安全な滞在になりますように」

迫田がありがとうと伝えると、スタッフは手を振ってコンソールとアバターを消した。

ジャングルの小径に取り残された迫田は地図を確かめた。緩やかにカーブするこの小径の向こうに、イグナシオが部隊を展開すると宣言していた低地がある。迫田は自分の背後に浮かべていた〈メガネウラ〉を前方へと送り出し、バックパックにマウントしていたもう一台を上空へと飛ばした。

そこにはすでに〈テラ・アマソナス〉の戦場監視ドローンと、〈グッドフェローズ〉の〈眼蜂《アイズビー》〉が飛び交っていた。迫田は〈メガネウラ〉を低地中央の上空でホバリングさせて、現在の状況を確かめる。

小径から低地に入るあたりには、ジョーンズ分隊がレイチェルの搭乗する〈マスチフ〉を中心にダイヤモンド陣形で待機していた。対する〈テラ・アマソナス〉側はORGAN部隊が入ってくる低地を取り囲むように二百名ほどの歩兵を展開させている。ジョーンズ分隊の正面には機関銃を据え付けたピックアップトラックが三台並んで、銃口を分隊に向けていた。正面からの銃撃でORGAN部隊の対応力を削ぎ、包囲した歩兵が照準手に飽和射撃を行う作戦だろう。公正戦ではよく目にする陣形だが効果的かどうかはわからない。ほとんどの公正戦はORGAN側の勝利に終わるからだ。

現にハンドサインを交えて話し合っているジョーンズ分隊はリラックスしているようだ。低地を囲む防衛隊を指さして指示を出すジョーンズ大尉の様子は、朝に駐屯キャンプで見た時とほとんど変わらないし、指示を受ける隊員たちも落ち着いているようだった。プロフェッショナルの集団だ。

対する防衛隊が素人の集団に見えてしまうのも無理はない。最前面に出ている兵士たちはこの地域の植生に合わせた迷彩服を身につけ、揃いのボディーアーマーとヘルメットで身を守っているが、彼らの後ろにいる半数ほどの兵士は戦闘服ですらなかった。ボディーアーマーこそ身につけているものの、カーゴパンツの上に色だけ合わせたTシャツを着ているものがほとんどだ。肘と膝に防具をつけている若い兵士も確認できたが、スケートボード用のものだった。

マフィアの民兵《ミリシア》の方がもっと軍人らしい身なりをしているだろう。それでも銃を——木製ストックのカラシニコフだ！——提げ、ジョーンズ分隊に気を払いながら、リーダーの話を聞いているあたりは立派なものだ。

上空と低地の中央に飛ばした二機の〈メガネウラ〉で探してみたが、イグナシオの姿は見えなかった。

迫田はもう一度地図を胸元に開いて、〈テラ・アマソナス〉と〈グッドフェローズ〉、そしてライバルに当たる二社のドローンが低地の周囲を巡回していることを確かめた。これだけ補助情報源《サブソース》があれば、映像から自動生成した記事でも事実認定スコアが〇・九を超えられるだろう。

〈テラ・アマソナス〉防衛隊の最前線に立つ兵士がちらりと腕時計に視線を落とすと、ジョーンズ分隊が一斉に身構える。迫田も層化視《クシュヴ》で時刻を確かめた。

迫田は双方を刺激しないようにそっと立ち上がると、さらに〈テラ・アマソナス〉側に回り込んだ。〈グッドフェローズ〉から撃たれる心配はないが、旧来の武器を使う防衛側は、敵味方識別装置《IFF》も、それと連動した曲射弾《ステア・ビュレット》も使っていないはずだ。

迫田はバックパックに畳んでいた外骨格のカメラブームを伸ばして、先端につけたカメラで低地を舐めるように撮影した。

あと数秒でアマゾンタイムゾーンの午前六時三十分になる。

双方で申し合わせた開戦時刻だ。

迫田は上空の〈メガネウラ〉を防衛隊の後方に位置取らせた。公正戦は必ず防衛側の発砲から始まる。ORGAN部隊が正当防衛を主張するためだ。

ジョーンズが肩の前にあげた手を倒して前進のサインを出す。親指と小指を立てて電話のサインを作った迫田は、マイクに見立てた小指に「記事作成」とつぶやいた。

すぐに骨伝導インプラントから「どんな内容の記事ですか？」と返答がある。

「スタイル、速報。当事者は〈テラ・アマソナス〉防衛隊と〈グッドフェローズ〉のジョーンズ分隊。ジョーンズの指示で防衛戦が始まった」

迫田が言い終えると、チューニングしておいた言語モデルが速報記事を生成し、迫田の層化視《クシュウヴ》に表示した。

二〇四五年七月二十五日アマゾン時間の午前六時三十二分、国際独立市を宣言した〈テラ・アマソナス〉の武装解除作戦が開始された。ブラジル共和国政府と契約した軍事企業〈グッドフェローズ〉は交戦予定地にジャスパー・ジョーンズ大尉の指揮するORGAN第一分隊を展開し、〈テラ・アマソナス〉の防衛軍へ交戦の意思を伝えた。対する〈テラ・アマソナス〉防衛隊は、二百十四名からなる歩兵分隊でジョーンズ分隊を包囲する構えを見せる。

〈テラ・アマソナス〉防衛隊の指揮官はチェリー・イグナシオ少佐、ジョーンズ分隊の照準手はレイチェル・チェン軍曹。どちらかが行動不能になった時点で今回の防衛戦は終了する。

記事を読み返した迫田は、レイチェルの名前に傍線があることに気づいた。詳細記事ならともかく、速報記事に部隊の個人名を出す必要はないということだ。名前を画面の外に弾《はじ》き出すと、言語モデルはすぐに記事を修正した。

〈テラ・アマソナス〉防衛隊の指揮官はチェリー・イグナシオ少佐。ジョーンズ分隊の照準手と彼のどちらかが行動不能になった時点で今回の防衛戦は終了する。

再び電話のハンドサインを作った迫田が小指に「配信」と告げると、記事の左上隅に天秤の形のアイコンが現れて「〇・九二三四」という数字が刻印される。サンフランシスコの記事確認プラットフォーム、〈COVFE《コヴフェ》〉が認定する事実確認スコアだ。このスコアはどんな配信プラットフォームでも「事実」として扱われるほど高い。

足りない〇・〇七六六を埋める必要はないし、スコアを上げるために調整した記事を配信すると、チャレンジ・ペナルティを受けて数年間はジャーナリストとして活動できなくなってしまう。

第一報は出せた。次は交戦だ。

低地に顔を向けた迫田は、防衛隊のピックアップトラックにオリーブ色の軍服を着た男性が立っていることに気づいた。カービン銃を携えたその男は、葉巻を咥《くわ》え、ボディーアーマーもヘルメットも身につけていなかった。男は斜めにかぶったベレー帽を整えると、ごつい拳銃をジョーンズ分隊に向ける。

「少佐か？　何考えてるんだ」

迫田は思わず声を漏らした。レイチェルの層化視《クシュヴ》に浮かぶ十字線《レティクル》はすでに指揮官のイグナシオを捉えているはずだ。

防衛隊の初弾を防いだあと、ジョーンズ分隊はただ引き金を引くだけでいい。彼らの携える百式歩《バイシプー》槍《チャン》が放つ曲射弾《ステア・ビュレット》は、ミリ単位の精度でイグナシオの脳幹を貫くだろう。

ジョーンズ分隊に拳銃を向けてみせるイグナシオを見ていた迫田は、腹の底にこみあげてくる熱を感じた。迫田は自分の右手が握っているのがナイフでも拳銃でもなく、カメラのグリップであることに気づくと落胆した。もしもこれが銃なら、あのコスプレ男をこの場で撃ち殺せるのに——そこで迫田は我に返った。

「何を考えてんだ」

迫田は息を吐き出した。イグナシオの常軌を逸した行動に腹を立ててしまったらしい。イグナシオの姿が視界に入ってくると、どうしようもなく、攻撃衝動が込み上げてくるのだ。

もう一度深呼吸をしようとした時、銃声が響いた。

迫田は〈メガネウラ〉のモニターに目を走らせて、初弾を撃った兵士を探す。だが、緊張した面持ちの防衛隊は身じろぎもせずに、ジョーンズ分隊を見つめていた。その視線の先には、硝煙をあげる百式歩槍《バイシプーチャン》を呆然と見つめる、ORGAN兵たちの姿があった。五人が同時に発砲していたらしい。撃たれたのはイグナシオだ。

迫田は慌ててイグナシオの立っていたピックアップトラックを振り返り、声をあげそうになった。銃弾に貫かれたはずのイグナシオが、荷台に立ったままだ。芝居がかった仕草で拳銃を持つ手を上げたイグナシオは、振り下ろして叫んだ。

「ただ勝利を求めよ《アスタ ラ ビクトリア シエンプレ》。祖国か死か《パトリア オ ムエルテ》！」

その声が合図だった。

低地を取り囲む防衛隊が一斉射撃を行った。

ジョーンズ分隊の兵士たちはボディーアーマーの装甲を固めて防衛体勢をとり、半球型のシェルターを形成して、レイチェルを取り囲んだ。装甲の光学迷彩にはジャングルが描かれた。撤退するつもりだったのだろうが、銃弾の物量はそれを許さない。

次から次へと叩きつけられる銃弾は、装甲の光学迷彩パネルを一つ、また一つと複合素材の残骸へ変えていく。

陣形の正面に立つジョーンズ大尉の構えた装甲が音を立てて弾《はじ》け飛んだ時、銃撃は止んだ。〈マスチフ〉が膝を折り、レイチェルが地面に投げ出されていた。

ORGANに〈テラ・アマソナス〉防衛隊が勝ったのだ。

上空にいた〈メガネウラ〉を降下させた迫田は、喜びに肩を叩き合う防衛隊の姿を撮影させると、ジョーンズ分隊に近づいた。

迫田のカメラに気づいたジョーンズはカメラから顔を背け、足元に転がるサイード少尉に視線を落とす。割れたバイザーの奥で、瞼を開いたまま息絶えたサイードは青い瞳に空を映していた。

仰向けに転がっていたレイチェルにハオラン・イ上等兵がかがみ込んで、ジョーンズに「大丈夫だ」と頷いた。どうやら命に別状はないらしい。

ジョーンズのすぐ左には今回が初めての軍事行動だという新兵のポール・マニマが、薄い金髪の下で真っ白い顔を青ざめさせていた。マニマの後方では、ジョージ・ヤコブソンとユリア・アロシュの二人が、散らばったサイードの体を集めていた。ヤコブソンの褐色の肌からは血の気が引いていて、逆にアロシュの頬は怒りと緊張のどちらかで、まるでりんごのように紅潮していた。

命を落としたサイードを除くと、負傷しているものはいないようだった。

一瞬にして勝負が決してしまったため、彼らの座っている位置はORGAN部隊の基本フォーメーションのままだった。

迫田は電話のサインを作ると、小指にささやいた。

「速報に追加する記事を作成。ジョーンズ分隊が先に発砲したが失敗。飽和射撃を受けたジョーンズ側は照準手が行動不能に陥って投降した。動画は集中射撃のシーン。スチルは投降したジョーンズ大尉を中心に」

話し終えるとすぐに記事が現れた。


アマゾン時間の六時四十三分、ジャスパー・ジョーンズ大尉率いる〈グッドフェローズ〉のORGAN第一分隊は、〈テラ・アマソナス〉防衛隊の指揮官チェリー・イグナシオ少佐に発砲したが失敗。包囲していた防衛隊の銃撃を受け、副長のロザリンド・サイード少尉を失い投降した。


配信ボタンを押して現れた〈COVFE〉の事実確認スコアは「〇・九四八三」。

視界の端でメッセージ通知のドットが点滅した。迫田の配信エージェント、テリー・マルカワからのメッセージだ。

《確認したよ。サン・オンラインから配信した速報が十万、続報で五百万ビュー超えた。副長の名前入れてくれてありがとうな。遺族にはアポ取っとく。取材費は心配するな。上乗せ頑張ってくれよ》

記事を読み返した迫田は、自分の見落としに気づいた。サイードの死亡を伝える文章は、生成サービスが入れてくれた情報だったのだ。金髪の副長に「RIP」と囁いた迫田はマルカワにメッセージを読んだことを伝えると、彼が言う「上乗せ」のことを考える。

絶対に必要なのはイグナシオの独占インタビューだ。

開戦の直前に自ら銃口の前に立った理由とORGANの初弾から生き延びた方法、そしてそれを予測していたかのような集中射撃は計画の賜物なのか、それとも偶然手に入れた幸運だったのか。もしも計画通りなら先にジョーンズ分隊が発砲するという根拠がなんだったのか。分隊の装甲を無効化するために使った弾薬の量はどの程度だったのか。

一分にも満たない戦闘のあらゆる局面に高いニュースバリューがあった。もしも同じ作戦が他のORGAN部隊にも通用するなら、公正戦の様相はガラリと変わるからだ。

これから捕虜になるジョーンズ分隊のインタビューも欲しいところだ。分隊長のジョーンズと、照準手のレイチェルからは、それぞれ異なることも聞けるはずだ。ジョーンズが了承すればイグナシオとの対談をしてもらってもいい。そこまで行ければどこかの報道賞にノミネートされるだろうし、次の仕事にも事欠かなくなる。

だが、ジョーンズをインタビューに引き込むなら急ぐ必要がある。

今日の正午までに〈テラ・アマソナス〉とブラジル政府は交渉のテーブルに着く。主な議題は独立の承認に関する交渉だろうが、捕虜になるジョーンズ分隊の返還も話し合われるはずだ。〈グッドフェローズ〉と政府の契約に損害補償や保護条項は入っていないかもしれないが、捕虜を返すと言われた国家が「要らない」と答えるわけにはいかないのだ。

公正戦闘の伝道師としても知られるイグナシオは、最大限にこの機会を活用して〈テラ・アマソナス〉の独立を勝ち取ることだろう。交渉の場に入ることはできないだろうが、彼の交渉術はインタビューで引き出したいものだ。

そんなことを考えていると、イグナシオを乗せたピックアップトラックはジョーンズの前で停まった。低地を取り囲んでいた防衛隊は輪を縮めてジョーンズ分隊を取り囲む。

防衛隊をかき分けた迫田が最前列まで進んで、自分のカメラと〈メガネウラ〉でうなだれるジョーンズ分隊とイグナシオをカメラのフレームに収めると、それを待っていたかのように、イグナシオはトラックの前に立つ大柄な兵士に抱き抱えられるようにして地面に降り立った。

ジョーンズの後ろに分隊のメンバーが並ぶと、前に進み出たイグナシオは抱えられた時にずれたベレー帽を直してから、ジョーンズ分隊に両手を差し伸べた。

「チェー（やあ）！」

声を張り上げたイグナシオは激しく咳き込んで背中を丸める。

咳き込むイグナシオが手を彷徨《さまよ》わせると大柄な兵士が吸入器を手渡した。イグナシオは息を吐きながら吸入器を受け取ると、深く二度薬剤を吸い込んでから息を止める。迫田が吸入器に視線を当てるとステロイド薬剤のラベルが表示された。どうやら、イグナシオもゲバラと同じ疾病《しっぺい》を抱えているらしい。

鼻から息を吐いたイグナシオは、ジョーンズ分隊を見渡した。

「安心してくれ、感染症じゃない」

ジョーンズは頷いて何かを言おうとしたが、目を見開いて後退《あとずさ》った。その視線は、イグナシオに吸入器を渡した兵士の小銃に注がれていた。

大柄な兵士は、肩から提げていた木製ストックの自動小銃を低い位置で構える。グリップを握ったその兵士が前床《フォアエンド》を掴んだ時にストラップの金具が機構部に当たる。その軽い音で迫田も違和感の原因に気づいた。

「それは、カラシニコフじゃないな」

「ああ、カミーロ、種明かししていいぞ」

イグナシオの声に兵士は頷き、グリップの上にあるタッチコンソールに親指を当てた。見慣れた木製のストックと鉄のフレームに六角形の刻み目が走ると、二十世紀を代表する自動小銃は複合素材で作られた人民解放軍のORGAN部隊が使うモジュール式突撃銃に姿を変えていた。光学迷彩のおかげでわからなかったのだが、機構部の上には曲射弾《ステア・ビュレット》用のスコープも取りつけられていた。

「QBZ－100……百式歩槍《バイシブーチャン》か」

イグナシオはORGAN用の装備を用意していた。銃の性能を偽装していたのだ。

ジョーンズと彼の隊員たちは自分たちを取り囲む防衛隊を見渡した。迫田も防衛隊の武器を確かめる。もしも最新型の銃が多数を占めていたり、ORGANの照準手がいたりしたなら、公正戦の前提が崩れてしまう。

知られているイグナシオの戦い方は、地形を利用した網や、針金を使ったブービートラップだ。索敵用のドローンは活用しているが、伝統的な手法と公正戦の両方のルールを遵守しながらORGAN部隊を撃退し続けているからこそ、彼は〝少佐〟と呼ばれ、尊敬されている。

もしもその彼が、申告していないORGANを使用しているのなら〈テラ・アマソナス〉は、国際法を守らないハイテク武装組織として扱われる。領士を切り取られた三ヵ国は、結果的に民間人の死傷者が出ることも辞さない古典的な戦闘行為が認められる。地上部隊による市街戦や空爆、ＡＩ制御ドローンによる遠隔狙撃だ。

だが、百式歩槍《バイシプーチャン》を抱えていたのはイグナシオのすぐ近くにいる四人だけのようだった。照準手らしい人物はいない。

「ＯＲＧＡＮではないんだな」

ジョーンズは確かめようとしたが、イグナシオは再び激しく咳き込んだ。

同時に、ジョーンズがまるで咳き込もうとするかのように顔を歪め、口を手でふさぐ。ジョーンズの部下たちも落ち着きを失った。咳をするように息を吸い、口に、喉に手を当てる。その姿を見渡したイグナシオは、先程カミーロと呼びかけた大柄な兵士を振り返った。

「間違いない、全員だ」

頷いたカミーロは百式歩槍《バイシプーチャン》のグリップに手をかける。

「残すのは？」

少しだけ宙を睨んだイグナシオは、レイチェルを指さした。

「照準手だ」

短く頷いたカミーロは百式歩槍《バイシプーチャン》のフィンガーコンソールに親指を当てると、ジョーンズ分隊を薙《な》ぎ払うようにフルオート射撃する。

目を見開いたジョーンズの頭部が吹き飛んだ。続けてマニマの、髭を剃《そ》ったこともない首筋と、異常を察してしゃがもうとしたアロシュの側頭部からも血が飛び散った。

飛び散った血液が午後の日差しを浴びて真紅のカーテンを作り出す。

叫んだ迫田はイグナシオに飛びつこうとしたが、その一歩目が地面につく前に殺戮は終わっていた。至近距離から高速弾を浴びたジョーンズ分隊の隊員たちは喉の下に致命的な銃弾を受けて、膝から崩れ落ちるように地面に倒れ伏していく。

迫田の周囲から音が消えていく。

虐殺だ。

命乞いをする間もなく、投降した五人の兵士が殺された。最後に迫田の方を向いたジョーンズの青い瞳が脳裏に蘇ると、喉の奥でごぶりという泡が蠢《うごめ》いて、開いたままの口の中が乾いていく。だが、衝撃はそこで止まった。現場に入る前に飲んでおいた興奮抑制剤が吐き気を抑え、パニックの坂道を転げ落ちていく迫田の精神を正気の縁に保ってくれる。

フルオートで放たれた銃弾は正確に五人の延髄を撃ち抜いていた。喉の下に生まれた弾痕からはわずかな血が垂れる。残されたのはレイチェルだけだった。

ひぃ、という小さな声が迫田の耳に届いた。その声はすぐに金切り声に、そして吠えるような声に変わる。

「この野郎!」

指を鉤爪のように曲げたレイチェルがイグナシオに向かって飛び出した。突然の変化に迫田はついていけず、わずか数メートル先のレイチェルを見失う。だが、カミーロには見えていたらしい。

「怪我させるなよ」というイグナシオの声が響いた時、カミーロは突進してくるレイチェルを抱き止めていた。レイチェルは叫ぼうと口を開くが、カミーロはグローブをはめた手でその口を塞いでしまう。

　呆然と見ていた迫田の肩にイグナシオがもたれかかる。妙に熱っぽいその体を慌てて抱き止めると、イグナシオは言った。

「ジャーナリストだな」

「はい……」

「挨拶は後だ」イグナシオは、迫田の体を死体に向かせて囁いた。「これを報道しろ」

　迫田はイグナシオの顔を覗き込む。

「本気ですか？」

　投降した兵士を殺したイグナシオの行為は、どのような意味でも擁護できない。滅多にないことだがORGAN側が負ければ虐待されることはある。だが、裁判すら行わず銃殺するようなことは何があっても許されない。

　これは虐殺だ。

「虐殺ですよ」

「その通りだ」

　イグナシオが迫田に顔を近づける。強い葉巻の匂いが漂った。

　迫田は倒れ伏す五名を見渡した。〈メガネウラ〉も一部始終を見ている。

「速報作成。チェリー・イグナシオが捕虜を虐殺した。陸戦条約違反、戦争犯罪、人道上の罪」

　すぐに記事が胸元に立ち上がる。

速報！

アマゾン時間の六時五十一分。〈テラ・アマソナス〉防衛隊を指揮していた公正戦コンサルタント、チェリー・イグナシオ少佐が、投降した〈グッドフェローズ〉の兵士六名のうち、五名を殺害しました。捕虜の人権を無視したイグナシオ少佐の虐殺はハーグ陸戦条約違反となり、戦争犯罪で告発されることが予想されます。

反射的に配信ボタンを押した迫田は、驚きに目を見開いた。

「配信拒否？」

〈COVFE〉の事実確認スコアは「〇・四四五」だった。事実に満たない——嘘、ということだ。

「配信拒否だと？」と、イグナシオが覗き込む。「お前、どんな記事を書いたんだ」

迫田が層化視《クシュヴ》のコンソールで記事を共有すると、コンタクトレンズを使っていないらしいイグナシオは、大ぶりな胸ポケットからメガネ型のディスプレイをかけてその記事を読んだ。

「くそっ」

もたれかかっていた迫田を突き飛ばすようにして、ピックアップトラックへと向かったイグナシオは、この記事が配信されなかったことを心底悔しがっているようだった。

チェリー・イグナシオ

1

ロードバイクを抱えて、かつて海軍寮だったレジデンスの狭い階段を降りていたトーマ・クヌートは、サンフランシスコ湾の朝靄《あさもや》に濡れる石畳に足をとられて、バイクを取り落としてしまった。引き落とされたばかりのバイクの代金、五千ドルが頭をよぎる。カーボンフレームにヒビでも入れば修理に二千ドルはかかってしまう。

頼むからダメージのない落ち方をしてくれと祈ったトーマの目の前で、ホイールから落ちたロードバイクは小さなモーターの音を立ててそのまま自立してみせた。回転する無数のリングがホイールに並べられていて、前進と制動だけでなく左右にもタイヤを動かすことができる全方向車輪《オムニホイール》のおかげだ。

サンフランシスコは温暖化対策の一環として市街地のアスファルトを石畳に敷きかえているところだった。石といっても遺伝子編集で作られた陸棲珊瑚を整形したものだが、今日のように雨で濡れた日は、細いロードバイクのタイヤが石畳の目地にすべり落ちてしまい、進路の変更もままならなくなる。

そんな悪路をアスファルトの舗装路のように走れるという触れ込みに惹かれて、トーマはロードバイクを新調したのだ。しかし、そのオムニホイールの性能が自立するほどとは思っていなかった。

「すごいな」とつぶやいたトーマがサドルに手をかけると、傾いた車体に反応したオムニホイールはタイヤを横に滑らせて転倒を防ぐ。二度、三度と力を加えてみるがロードバイクが倒れる気配はない。

ヘルメットをかぶり、バックパックを背負い直したトーマはレジデンスのパークウェイをぐるりと回って、メイソン通り《ストリート》へと漕ぎ出した。

徒歩でゴールデンゲートブリッジに向かう観光客に手を振りながら、トーマはリチャードソン大通り《アベニュー》の交通を確かめる。

時刻は午前七時二十四分。

一万人とも五万人とも言われるサンフランシスコの起業家たちが、ミルヴァレーにそびえる二百階建ての富裕層向け高層レジデンス、ウェストニードルから出勤してくる時間だ。夜間充電を済ませた数千台を超える自動運転車がゴールデンゲートブリッジを越えてやってくる。テスラやＢＭＷ、レクサス、そしてメルセデス製の自動運転車は車間コミュニケーションで車間距離を五センチメートルほどまで詰めて車列《トレイン》を組み、青信号のタイミングを見極めながら法定速度上限で街を疾走する。

トーマの層化視《クシュヴ》には、ゴールデンゲートブリッジを走ってくる車列の赤い線が何本か描かれている。先頭の車列はもうすぐそこまで迫っていた。自動運転車が事故を起こしたという話は聞かないが、三十台ほどの自動車が鳴らす走行音は気持ちのいいものではない。

別の道で通勤しようかとトーマが迷っていると、ＢＭＷを先頭にした二十台ほどの自動運転車が現れて、このあたりの上限時速の四〇マイル（六十四・四キロメートル）で通り過ぎていった。雨水を跳ね飛ばしながら。層化視《クシュヴ》で見た交通情報によると、これがあと十回は続くのだ。

うんざりしたトーマは、埠頭沿いのマリーナ大道《ブルバード》からベイ通りに入ってハイド通りでオフィスへの坂を登るルートで行くことに決めた。このルートなら自動車の制限速度は時速二十マイル以下になる。少し遠回りしてマリーナに寄れば、ニジェール難民のフードトラックでアフリカ風のブリトー、アフロラップを朝食に買っていくこともできる。

乾いた香りのスパイスを思い出すと、口の中に唾が湧いた。

よし、そうしよう――と決めたところで層化視《クシュヴ》に通知が現れた。

《トーマ、いい？》

メッセージを送ってきたのはトーマの雇い主、事実確認プラットフォーム〈COVFE《コヴフェ》〉を創業したCEO（最高経営責任者）のマルシャ・ヨシノだった。メッセージの書き込まれた吹き出しの根元には、日系人には珍しいチョコレート色の肌の彼女が笑っている3Dアバターが浮かんでいた。東アジア人には珍しい、もっさり膨らんだ縮毛《ちぢれげ》は地毛だという。マルシャは密度のあるその髪の毛を、卵の殻のように整えていた。ギザギザの前髪の奥には黒縁のメガネ。レンズの向こうからは大きな瞳がトーマをじっと見つめていた。

「いいですよ。どうしました？」

トーマが音声入力を送るとマルシャのアバターが動き出す。マルシャは親指で自分の後ろを指さした。

《たったいまトーマを追い越したんだ。早く出たんなら、今日は急いでオフィスに来てくれない？》

トーマは自分を追い越した車列に目を向ける。二十台の自動運転車が作る金属の蛇は、朝日に輝くサンフランシスコの中心部に向かってカーブを曲がっていくところだった。

「いまロンバード通りに曲がって行ったやつですか？　いつものホンダですよね」

《そうそう、前から五台目。急いでね》

それだけ言うとマルシャは通話を切った。快適な通勤とアフロラップは諦めるしかない。トーマは後方から走ってきた第二の車列をやり過ごすと、ロードバイクを車道に押し出した。

経路は単純そのもの。車列を追ってロンバード通りを直進し、坂の手前にあるチェイス銀行で右折してヴァン・ネス大通りの坂を登る。目指すはシティホールの手前側に広がるテンダーロインのオフィス街。

かつてはサンフランシスコで最も治安が悪い地区だったテンダーロインだが、二〇三〇年代の後半にはその評判は過去のものになっていた。量子コンピューティング用のデータセンターがテンダーロイン地区の地下に敷設されて、数百社ものスタートアップがその街区の空き部屋を埋め尽くしたからだ。

トーマの勤務する〈コヴフェ〉もその一つだ。というよりも麻薬とホームレスのたむろするテンダーロインを量子の丘《クオンタムヒル》に変えたのは、創業者のマルシャ・ヨシノだ。

二〇三一年、十三歳だったマルシャはインターネットの安全を担保してきたRSA暗号を量子コンピューターで破ることに成功した。ヨシノサーフと名付けたその手法を用いると、百二十八量子ビットの卓上量子コンピューターで四〇九六ビットのRSA暗号を二分で解けてしまうのだ。通信の安全を完膚《かんぷ》なきまでに破壊する発見、あるいは発明をしたマルシャは、成果を発表する前に対策も用意した。

　ＲＳＡ暗号と後方互換性のある量子格子暗号だ。

　マルシャはわずか十六量子ビットのイオントラップ型量子コンピューターでリアルタイム処理できる格子暗号をアメリカ国立標準技術研究所《NIST》に登録し、複数の通信機器メーカーに売って数百億ドルもの資産を得た。

　一夜にして巨額の財産を築いたマルシャは、テンダーロイン地区の地下に残されていたケーブルカーのパワーセンターを買取り、量子サーバーセンターに作り替えるプロジェクトを立ち上げた。数百億ドルを投入されたテンダーロインの地価は一気に高騰した。景観を保つために残されたビルの部屋には、地下から量子ビットを汲み上げて使う量子スタートアップが次々と入居し、わずか五年ほどでサンフランシスコ随一の開発拠点に成長した。

　インターネットの通信方式を塗り替え、量子の丘《クオンタムヒル》を作ったマルシャは、大規模言語モデル《LLM》と量子コンピューティングを併用した事実確認サービスを生み出して、フェイクニュースの洪水に溺れていたインターネットの信頼を繋ぎ止めた。

　そしてマルシャはアメリカを悩ませていた第二内戦を終結させた。

　自由を求めて合衆国から独立した十八州の市民たちは、彼らに独立を決意させた「声」が、アメリカの分断を図る国や組織によるフェイクニュースによってもたらされた幻想だと気づいたのだ。理論的な支柱を失った十八州は、ひとつ、またひとつと合衆国に帰属していった。

　インターネットの安全性を作り変え、合衆国を再統一したマルシャは、いまも現役のエンジニアだ。純粋な開発会社でありつづけた〈コヴフェ〉は、オフィスの見かけも創業時から変わっていない。

ギャングの落書きが残るドーナツ屋の看板すら架け替えていないほどなのだ。

ヴァン・ネス大通りからエリス通りに入ったトーマは、スプレーで黒々と描かれたギャングのサイン「クロウ・ブラッド」のグラフィティの下でロードバイクを降りると、かつてドーナツを運ぶためにやってきた配達ギグワーカー用のバイクスタンドにロードバイクを引っ掛けて鍵をかける。隣にはアン・ホーの巨体を支えるフルサスペンションのマウンテンバイクも吊り下がっていた。

「おはようございます」

重い木の扉を開いたトーマの視界は、虹色の帯に埋め尽くされた。層化視《クシュヴ》に描かれた旗だと分かったときには遅かった。目の前ではためく布を避けようとしたトーマは、ドアの枠に強く頭をぶつけてしまう。

「――っ！」

痛みを堪《こら》えたトーマが巻き毛に指を差し込んでぶつけた場所を押さえていると、気遣わしげなマルシャの声が聞こえた。

「大丈夫？」

「怪我はしていないみたいです」トーマは指に血がついていないことを確かめる。「マルシャさん、ドアのすぐ先にホロを浮かべるのはやめてください。髪の毛がある僕だから怪我しなかったんです。アン・ホーだったら頭を切ってましたよ」

「いまハゲって言ったか？」鋭い声がすかさず飛んでくる。「おれは剃ってるんだ」

「ごめん、でもハゲとは言ってない」

トーマはしゃがんで旗の下を通り抜けると、奥のカウンターで作業している大柄なスキンヘッドの同僚、アン・チ＝ホーに「おはよう」と言い添える。

「わかってるよ」

振り返りもせずに言ったアン・ホーは、人差し指と中指を揃えてトーマに振った。トーマがやると気障《きざ》に見えるこんな挨拶も、真っ白なシャツに折り目の通った黒のパンツを穿《は》き、黒い革靴を履いたアン・ホーならサマになる。

アン・ホーは、層化視《クシュウ》で壁を球形に削り取ってワークスペースを確保して、いくつものウインドウを浮かべていた。

「アン・ホーもマルシャに呼ばれたの？」

「まあね」

アン・ホーは氷のような薄青色の瞳を、部屋中をワークスペースに変えて乱雑に資料をばら撒いているマルシャに向ける。

「ごめんねー、朝早くに呼び出しちゃって」

すこしも悪かったと思っていない口調だ。トーマはアン・ホーと顔を見合わせたが、そんな部下を気遣うそぶりも見せず、マルシャは、ドーナツ屋のカウンターをそのまま流用しているデスクの前にスツールを出して腰掛けた。

「念のため、いい？」

マルシャが口にチャックをする仕草でプライベート会議に入ることを宣言すると、アン・ホーが不満のため息を漏らす。肉声を使わない層化視《クシュウ》のプライベート会議ならオフィスに出てくる必要はない。

「ごめんねー」と軽く謝ったマルシャは、先程までアン・ホーが使っていた壁の層化視《クシュウ》ワークスペースを消すと、質感のない白い板を浮かべた。プライベート会議のためのワークスペースだ。トーマとアン・ホーが、白い板に手を触れると骨伝導フォノが「入室」と伝えて、オフィスに漏れ聞こえていた街の音を消し去った。

同時に、部屋の情景も塗り替えられる。スツールに腰掛けた三人は、青空の下に広がる畑にいた。起伏のある農場一面に植えられているのは先端が七つに分かれた葉を茂らせる植物だった。畑には、先ほど部屋ではためいていた虹色の旗が掲げられていた。旗の中央には、その葉を図案化したマークが染め抜かれていた。

一瞥したアン・ホーが肩をすくめる。

「大麻ですか」

トーマは旗を目で指した。

「あれは、セーフ・ヘロインの認証マークですよね」

「そうそう」とマルシャは旗を引き寄せる。「これは遺伝子編集大麻を育ててる〈テラ・アマソナス〉農園の畑。国際独立市を宣言してたんだって」

マルシャが地面に向けた人差し指と親指をつまむ仕草で畑が小さくなり、アマゾン川流域の地図が描かれた。ブラジル、ペルー、そしてコロンビアの三つの国が国境を接しているあたりだ。川沿いに伸びてくる三本の線がぶつかるあたりに、レティシアという都市を中央にした領域が描かれていた。

「ここが〈テラ・アマソナス〉の領土《ラント》。ニュースは――」

「これですね」と言ったアン・ホーが何枚かの記事のウインドウを広げる。「マフィアから大麻農園を買って、セーフ・ヘロインを作り始めた会社なんですね。で、その輸出が妨害されたので独立宣言したわけだ」

「よくある話ですね」とトーマ。

アメリカの十八州が合衆国から独立してからというもの、都市の独立は珍しいことではなくなった。国の規制を緩める特別区や自治区を認めてもらうような穏やかな独立もあれば、独自の憲法と外交、防衛政策を持つ、国家に準ずる独立まで幅広い。

〈テラ・アマソナス〉の独立は、三国に広がる大麻農園全てを囲い込み、国境警備と独自の外交を行う本格的なものだった。

状況が概《おおむ》ね頭に入ったところで、アン・ホーが一枚の速報記事を三人の間に滑らせた。


二〇四五年七月二十五日アマゾン時間の午前六時三十二分、国際独立市を宣言した〈テラ・アマソナス〉の武装解除作戦が開始された――

アマゾン時間の六時四十三分、ジャスパー・ジョーンズ大尉率いる〈グッドフェローズ〉のORGAN第一分隊は、〈テラ・アマソナス〉防衛隊の指揮官チェリー・イグナシオ少佐に発砲したが失敗。包囲していた防衛隊の銃撃を受け、副長のロザリンド・サイード少尉を失い投降した。


「へえ、ORGAN側が負けたんだな。珍しい」

アン・ホーが目を見開いた。トーマは記事に出てきた固有名詞を検索した。

「イグナシオって有名な公正戦コンサルタントみたいだね。でも〈グッドフェローズ〉もかなり成果を上げてる会社なんだ」

記事を読み直すと、アン・ホーが薄い眉をひそめてマルシャに尋ねた。

「この件ですか？」

マルシャは頷いて文書のウインドウを滑らせた。


速報！

アマゾン時間の六時五十一分。〈テラ・アマソナス〉防衛隊を指揮していた公正戦コンサルタント、チェリー・イグナシオ少佐が、投降した〈グッドフェローズ〉の兵士六名のうち、五名を殺害しました。捕虜の人権を無視したイグナシオ少佐の虐殺はハーグ陸戦条約違反となり、戦争犯罪で告発されることが予想されます。


「虐殺？」トーマは思わず声を上げる。「投降した兵士を殺したんですか？」

「ひどい話だが、ポイントはそこじゃないらしいね」アン・ホーが記事のウインドウをつまみ上げる。

「この記事、配信されてないんだよ。そうですよね」

マルシャが頷いた。

「〈サン〉の提携配信基準は〇・八。だけどこの速報は〇・四四五しかなかった。それで記者のエージェントがクレームをつけてきたってわけ」

「いい度胸してますね。自分でフェイクニュース書いといてクレームをつけてきたわけですか」

アン・ホーは記事をワークスペースに描かれたデスクに投げ捨てた。態度とは裏腹に、その表情は堅い。日に二億件ほど事実確認をしている〈コヴフェ〉のサポートデスクには、毎日数百万件のオーダーで「どうしてスコアが低いんだ」という苦情が飛んでくる。ほとんどはSNSの閲覧報酬目当てに書かれた誇張広告や、ワクチン、遺伝子治療に対するデマゴーグや、陰謀論に都市伝説などで、CEOのマルシャが手を動かすようなことではない。

だが、今回はそんな異常事態ということだ。

トーマとアン・ホーが見つめる前で、マルシャはモザイクマスクされた映像ファイルをワークスペースに置いた。

「クレームをつけてきたのはテリー・マルカワっていう、記者のエージェント。映像から自動生成した記事でこのスコアはおかしいだろうってこと」

「ちょっと確認します」

トーマは映像ファイルを引き寄せて「残酷な表現」と書かれているマスクを解除した。ユーザーが確認を求めてくる資料には、殺人や虐待など、見るものに心的外傷を残すようなものも少なくない。そんな苛烈情報を扱うには、興奮抑制剤を処方したチームを編成する必要があるのだ。もっとも、多くの企業は国外の安い労働力に確認させていたりもする。だが〈コヴフェ〉ではトーマたちが直接扱っている。

これはマルシャが強要しているわけではなく、なぜか〈コヴフェ〉には耐性がある社員が多いからだ。トーマもその一人だった。耐えられなさそうな映像が目に入った瞬間、心がフィルムで包まれたように感情の起伏が小さくなる。

トーマは映像と、ファイルに付属しているメタ情報を確かめて記事と照合した。

「時刻と場所、関係者の所属団体や氏名、階級は正しいようです」

「内容は？」

トーマは映像の説明文《トランスクリプト》を生成すると、消音して映像を再生した。トラウマにならないとはいえ、人が死ぬような場面を音声付きで見ると嫌な気持ちにはなるからだ。倍速で再生した映像の中では、ベレー帽を被った指揮官の命令で、投降した兵士を射殺していた。

「速報の通りです。ベレー帽の司令官が投降した兵士を殺すよう命令しています。記者は？」

「ジョウヘイ・サコダ――」と補足したアン・ホーは眉根に深い皺を寄せた。「さっきの記事はR2T（資料から文章）生成だ」

トーマは疑いの声をあげる。

「自動生成で〇・四四五？」

〇・五を下回る文章は誇張を多分に含んだ広告用のコピーや、不都合なところに目を向けさせないように書かれたプレスリリース、そしてプロパガンダに相当するものが当てはまり、映像などから自動生成した記事がそんなに低いスコアになることはない。ソースになった映像と関係ない記事を書けばスコアが低くなることはあるが、トーマが見る限り、映像と速報は対応しているようだった。

アン・ホーが不機嫌そうに口を開いた。

「スコアリングにバグがあるかもしれないってことですか」

マルシャが頷いた。空気が重くなる。事実確認という〈コヴフェ〉の事業の根幹に関わる問題だ。〈コヴフェ〉は一日あたり百五十億もの事実確認を行う業界トップの企業だが、経常利益はほぼゼロを保っている。上場から十四年が経ったいまも配当を出したことはないので、株主を引き留めているのはマルシャの天才と事実確認事業の第一人者であるという二つの要因に限られる。もしも事実確認のプロセスにバグがあるということになれば株価は下落し、買収の危機に直面することだろう。巨大資本の支援を受けている競合の〈アトル〉は、判定記事数だけならすでに〈コヴフェ〉を超えているのだ。〈サン〉と契約している戦場記者が記事を潰されたなんて話が広まるのはなんとしても阻止したい。

トーマなら新しい働き口には困らないが、給与の代わりに積み立てているストックオプションは紙屑になる。だがそれよりも、カジュアルな社風と優秀で気の合う同僚たちとの居場所がなくなることの方が痛い。

トーマと顔を見合わせたアン・ホーは、ため息をつくとワークスペースに記事のウインドウを載せた。

「アルゴリズムはピアソン重合法のv5・2・2だ」

「ルートモデルか」

トーマはv5の資料をワークスペースに開いた。ピアソン重合法のv5系列はマルシャが作った七層量子モデルで、創業時から使われている事実確認メソッドだ。この量子モデルから社員が派生《フォーク》させたバリエーションは、最低でも二五三種類にのぼる。トーマは、それぞれのモデルでピアソン重合法をやり直す時間を伝えた。

「v5の学習には、有効桁数三《シグ・フィグ》で二・八四E十《イーテン》（二百八十億）量子計算実行単位日《QUEP》かかる」

億を超える巨大な数やマイクロパーセントを下回る確率を扱うことも多い〈コヴフェ〉では、指数や対数が自然と使われる。トーマは続けた。

「二五三モデルあるから七・十九E十二（七兆）QUEP《クエップ》日。いま使えるプロセッサは――」

トーマがデータセンターのリソースを読もうとすると、アン・ホーが先回りした。

「一・五二E九（十五億）ユニット。これだと四・七九E三日かかります」

マルシャは頷いた。

「わかった。終わるまで二E一五（二百兆）ユニット使っていいよ。v5のクレーム確率は？」

トーマはv5の運用シートから数字を拾った。

「十四年で三件、明らかなミスがありました。確率は六・三三Eマイナス十二（百兆分の六・三三）です」

「わかった」マルシャはトーマとアン・ホーを見比べた。「調査は二人に任せていい？」

トーマは頷いて、アン・ホーを見上げた。

「僕はサンフランシスコ《SFU》のキャンパスに行くけど。君は？　オフィス《ここ》？」

アン・ホーは足元を見下ろした。

「革靴履いてきたからな。動きたくない。記者が評価に使った資料が来たらすぐに送るよ。〈テラ・アマソナス〉っていう独立市と、他のジャーナリストのドローンが飛んでたらしい」

「わかった。記事の判定フローも何かわかったらすぐに見せてくれ」

約束、と言ってアン・ホーと拳を合わせたトーマがマルシャに断ってからオフィスを出ると、ちょうど連なった車が目の前を通り過ぎて行くところだった。

朝靄は晴れ、路面は乾いている。絶好のサイクリング日和《びより》だ。ドーナツの看板からバイクを下ろしたトーマは、坂を降りる方に漕ぎ出した。

「トーマ!」とオフィスからアン・ホーが呼びかける。「そっちは逆だろ。大学に行くんじゃないのか?」

「朝飯食べてからね」

トーマは埠頭の方向を指さした。まずは食べそびれたアフロラップからだ。

2

レティシアの市街地を南北に貫く大通りに〈テラ・アマソナス〉の市庁舎は面していた。元は商館だったという白いコロニアル様式の邸宅の芝生の前庭には、市長のマルティネス・ゴウが手配したフードトラックがずらりと並び、戦勝にわく市民にビールを振る舞っていた。

どこからともなく出てきたトライアングルと太鼓《ザンバ》、アコーディオンで即席のバンドが、ブラジル北東部の大衆音楽フォホーを演奏し始める。その喧騒を二階テラスの手すりから見下ろした迫田は、耐水布のソファーに深く腰を下ろしたレイチェルに言った。

「インタビューの場所、変えてもらおうか?」

盗聴の心配がない場所を、と頼んだ迫田に提供されたのが市庁舎のテラスだったのだが、まさか前庭で戦勝パーティーがはじまるとは思っていなかった。記憶が確かならフォホーにはダンスがつきものだ。陽気な音楽と嬌声は、捕虜の、それも寝食を共にした仲間を虐殺された若い兵士から話を聞くのに適した場所ではない。

だが、レイチェルは階下の賑わいを見下ろすと肩をすくめて笑った。

「場所は変えなくていいよ」

「いや、でも――」

「この人たちに恨みはないから」レイチェルはそう言うと、中断していた自己紹介を続けた。「年齢は公開していいよ。今年で二十四歳。生まれたのはヒューストンのダウンタウン。高校までずっと同じ街にいた。カレッジには行ってない」

レイチェルは昨日の虐殺から完全に立ち直っているようだった。ショックが残っていないかと様子を窺っていると、レイチェルの方が迫田に尋ねてきた。

「名前の書き方は教えなくても大丈夫?」

「書き方?」

不意を突かれた迫田の層化視《クシュヴ》にスクラッチパッドが現れる。レイチェルは中指を使って、楷書で「拉結陳」と書き込んで「ラジェ・チェン」と言った。「ラ」を高く読み、「ジェ」と「チェン」は尻上がりに発音する完全な中国語のイントネーションだ。少なくとも迫田にはそう聞こえた。

「中国系だったの?」

「おかしい?」

迫田は薄い色の瞳で見つめ返してくるレイチェルの顔を見直した。平らな額から伸びる高い鼻の筋は、頬にはっきりとした影を落としていた。平らな生え際から肩に伸びる波打った髪の毛は根元まで栗色だった。髪の毛の色は簡単に変えられるが、戦場を渡り歩く傭兵が根元まできちんと脱色するというのも考えにくい。

じっと見るようなことこそしなかったが、タンクトップ一枚で形を保つ丸い乳房や、胸板の厚み、そして肩や二の腕に丸く盛り上がる筋肉は東洋人のものには感じられない。

困惑する迫田に気づいたのか、苦笑したレイチェルはウインクしてから下唇をつまんで放し、ぴちりと音をたててみせた。

「暑苦しい顔だけど、本当にルーツは中国なのよ。ご先祖様がアメリカに来たのは一回めの内戦《シビル・ウォー》の頃。わたしの家族は七世みたいだけど、聞いた範囲では純粋な中国系みたいだよ」

なるほど、と頷いた迫田は「拉結陳」と書いたスクラッチパッドを指さした。人物像に厚みを加えるならば、文化的なバックグラウンドを充実させる方がいい。多様性につながる中国語はいい切り口だ。

「つまり、ラジェが名前なんだよね。どういう意味？」

「ラジェ《Lā jié》だよ」と、迫田の発音を直してからレイチェルは続けた。「レイチェルの中国語読みだよ。聖書《バイブル》に出てくるジェイコブの奥さん」

聞きながら迫田は録画のスナップショットを作成した。原始的だが、タイムスタンプと位置情報を静止画で記録しておくことで、長いインタビューを後から参照するのが楽になる。

結婚しているジェイコブといえば、旧約聖書に登場するヤコブのことだ。迫田は層化視《クシュヴ》のワークスペースで「旧約聖書の Rachel」で検索した。

「なるほど、ヤコブの二番目の奥さんだな。不妊に苦労したが最後にはヨセフを産んでいる」

「不妊？　やだ、縁起悪い。お父さん知らないで名前つけたんだな。クリーニング屋は大学になんて行けないから」

レイチェルはそれから家族のことを話し始めた。チャイナタウンの真ん中にある、創業一九五二年のクリーニング屋で彼女は生まれた。父はロウメイ・ワンで母はユエ・チェン。なかなか子供ができなかった両親は、不妊治療を繰り返して四十代でようやくレイチェルを産んだという。

そこまで話すとレイチェルは苦笑いした。

「かなりの財産を注ぎ込んで産んだ子に、不妊の女神様と同じ名前つけちゃってたんだ。これは教えない方がいいよね」

笑いながら同意した迫田はインタビューを先に進めた。

「それで、ハイスクールを出て軍隊に入ったんだね。入ったのは海兵隊？」

レイチェルは首を傾《かし》げる。

「え？　正規軍にいたことなんかないよ。トラックの運転手でもやろうと思ってたら〈グッドフェローズ〉から手紙がきたから応募したの。そこでこれを覚えたわけ」

レイチェルがＯＲＧＡＮを操作しているときのように指を宙に舞わせる。ひとつひとつの指の一振りが、ＯＲＧＡＮに相対した公正戦ゲリラの命を奪い、民間人に向けて発砲された銃弾を捻じ曲げるのだ。

「トレーニングは厳しかったけど、適性があったんだろうね。体質もＯＲＧＡＮ向けだったし——」

「ちょっと待って」

迫田は慌てて口を挟んだ。

六名、あるいは七名の一分隊で戦場を制圧できるＯＲＧＡＮを特別なものにしているのは、レイチェルのような照準手の存在だ。

四足歩行ローダー〈マスチフ〉にまたがって戦場を運ばれる照準手は、層化視《クシュヴ》にばらまかれる数百の敵味方識別信号を識別して「目標／非戦闘員」をより分けていく、奪う命を決める。余談だが、照準手が両手両脚を宙に舞わせる動作がパイプオルガンを操っているかのように見えるところから、このシステムの名称がＯＲＧＡＮに決まったと言われるほどだ。

　ＯＲＧＡＮの心臓部を担う照準手には、動体視力と判断力、そして高いレベルでの身体統一が必要になる。指の一振りで生死を決めるＯＲＧＡＮに身を委ねられる倫理観——言い換えれば無神経も必要だ。だが、それは素質や資質と呼ぶ属性だ。

「体質じゃないでしょう」

　迫田がそう言うと、レイチェルは笑って人差し指を手首に当てた。

「そうでもないんだな」

　短く切った爪の先で小さな固まりが皮膚の下を動いた。人体通信《BAN》の端末となるインプラントだ。銅や光ファイバーとは比べ物にならないが水分とミネラルを含む人体は導電体なので、人体の各部に触れた機械同士で通信を行える。コンタクトレンズが層化視《クシュヴ》を網膜に投影できるのも、脇の下に埋め込んだ通信インプラントが映像を送ってくれるからだし、必要な電力も鼠蹊部《そけいぶ》の温度差発電パッチが送ってくれるからだ。

「ジェスチャー用のインプラントだよね？　それならおれも入れてるよ」

「いくつ入れてる？　ジェスチャーだけじゃなくて」

「全部で三つ。右の手首にジェスチャーセンサーで、脇の下に通信ポッド。脚の付け根の発電膜《パワーブレン》パッチ」

「普通そんなもんよね」

　レイチェルは手首にあてた指を、腕の付け根にむけて滑らせた。指が押す皮膚の下で、肘の内側と脇の下にひとつずつインプラントが動く。指はそのまま胸まで動き、タンクトップ一枚で覆われた胸の端で大ぶりなインプラントを動かした。

「わたしは、上半身だけで八つ。全身で十六個入れてる」

「え？」迫田は首を傾げた。「帯域足りる？」

　人体の帯域は四百メガバイト／秒しかない。迫田が三つしか入れていない理由がそれだ。もう一つ埋め込むと帯域の上限に達してしまうはずなのだ。だが、レイチェルは首を振った。

「だから体質。わたしの体のネットは速いんだって。薬も飲んでないよ」

「薬って〈ソルダム〉だよね。おれは仕事の前に必ず飲んでるよ」

　レイチェルが頷く。ミネラルを調整してＢＡＮの帯域を安定させる〈ソルダム〉は、層化視《クシュヴ》をリアルタイム操作する人に必須のサプリメントだ。迫田は重ねて聞いた。

「飲んだことないの？」

「ないわ。さっきも言ったけど、わたしたちの血中ミネラルはＢＡＮに最適なんですって」

「わたしたち？」

「そう。〈グッドフェローズ〉の仲間たち」

「みんな〈ソルダム〉飲んでないの？」

「誰も飲んでない。薬は要らないの。精神安定剤だっけ？　あれも」

　迫田は目を見開いて、録画のスナップショットを作った。

〈ソルダム〉はＯＲＧＡＮの照準手だけでなく、曲射弾《ステア・ビュレット》をばらまく銃撃手にも必要なサプリメントだ。

照準手が定めた目標に向かう銃弾の軌道は、引き金を引いてから撃針が雷管を叩くまでのわずかな時間を用いて埋め込まれるし、一つ一つの破片を制御できるスマートグレネードへのデータ転送も、弾丸の飛来に反応して盾を構える姿勢制御コードもＢＡＮを経由してエクソスケルトンを駆動させる。この通信を安定させるのに、体内のミネラル濃度を調整できる〈ソルダム〉は必須のサプリメントだ。

精神安定剤というのは興奮抑制剤のことだろう。人が死んだり、虐待を受けたりする様子を見ると、人は精神のバランスを崩してしまうし、深刻な後遺症に苛《さいな》まれることもある。それを防ぐための薬だ。迫田も現場に入るときは〈ストナイジン〉を服用しているが、ユーザーは多い。児童ポルノを検閲するＩＴ企業の法務官や人権活動家、弁護士、そして軍人たちは、心理的外傷を防ぐために興奮抑制剤を服用している。

そんな必需品が要らないというのだ。レイチェル一人ではなく、全員が。

「そんなにおかしい？」

「まあね。いままで取材したＯＲＧＡＮ部隊では、軍医が依存症を心配するほど〈ソルダム〉を飲んでた。〈ストナイジン〉もね」

「その人たち、ＯＲＧＡＮに向いてないんじゃない？」

レイチェルは冗談めかしてそう言ったが、迫田が取材したのは米海兵隊だ。世界最強と言われる組織がＯＲＧＡＮの適性を正しく判定できないわけもない。

分隊長のジョーンズ大尉が殺されたため、装備で勝る〈グッドフェローズ〉が一瞬で敗れた理由を聞くことはできないが、レイチェルに話を聞いた収穫はあった。軍隊経験のない十八歳の女性をスカウトして照準手にアサインし、〈ソルダム〉も〈ストナイジン〉も飲ませずにORGANを使わせるような民間軍事企業が米海兵隊に引けを取らない戦果をあげているのだ。これは今回の件とは別にニュースバリューがある。

迫田は、〈グッドフェローズ〉の強さの秘密について質問することにした。

「体質のことは後で詳しく聞かせてもらうよ。高校を出て、そのままORGAN部隊に入ったんだね。他のメンバーはどうなんだろう。軍隊の経験がある人は？」

「チームには一人だけ。ローズが――」

そこまで口にしたレイチェルは声を詰まらせる。言いかけたのは、ロザリンド・サイード少尉のニックネームだ。ローズは分隊長のジョーンズ大尉と同じ二十八歳だが、彼女が若い兵たちだけで編成されたジョーンズ分隊の精神的な支柱だった。彼女が漂わせていた落ち着いた空気は、正規軍にいたためなのかもしれない。

「わかった」

迫田は、水をとりに行くふりをして席を立った。落ち着いて見えたが、レイチェルはまだ二十四歳になったばかりなのだ。

そういえば〈グッドフェローズ〉のORGAN部隊には年長者がいない。ジョーンズとローズの次の年長者は二十四歳のレイチェルとユリア・アロシュ伍長なのだ。レイチェルが先輩風を吹かせていた若手のハオラン・イと、今回が最初で最後の任務になったポール・マニマ上等兵は十九歳になったばかり。米海兵隊や陸上自衛隊など、軍隊のORGAN部隊は一般の兵士から優秀者を選抜するので、三十代を下回る兵士は珍しいし、他の民間軍事企業は軍のＯＲＧＡＮ部隊のキャリアを使って入社するものなので、平均年齢はさらに高くなる。

〈グッドフェローズ〉の若さは飛び抜けている。

迫田が若さについての質問を組み立てていると、鼻腔に葉巻の香りが届いた。顔を上げると、チェリー・イグナシオが、テラスに出てきたところだった。唇の片方をあげて笑っているイグナシオに、迫田はむすりと言った。

「インタビューは監視なしで行う約束です。どこから見てたんですか」

「君が彼女を泣かしたところからだ」

迫田はこみ上げた怒りを抑えて、コンタクトレンズを入れた自分の目を指さした。

「このやりとりも、録画してますよ」

「そうか、悪かった。冗談だ」

「取材相手にこんなことを言うものではないんですが、冗談で済む話ではありません」

じっと迫田を見たイグナシオは、くわえていた葉巻をベンチにおいて立ち上がり、頭を下げた。

「悪かった」

無視されるか、それとも鼻で笑われるかと思っていた迫田が拍子抜けして反応を迷っていると、顔を上げたイグナシオは優しく笑いかけた。

「サコダさんは優しいね」

「……え？」

「優しいサコダさんに頼みたいことがあるんだ」

イグナシオはオリーブ色のシャツの胸ポケットから、葉巻の筒を取り出した。両端が赤いロウで封印されたパッケージには〈テラ・アマソナス〉の虹色の国旗が刷り込まれていた。ここで作っている農作物は、THCフリーの大麻だけではない。

イグナシオはその筒を迫田に差し出した。

「タバコは吸いません」

「いいから」と言って迫田の手にタバコを押し付けたイグナシオは、胸のポケットから四つに折りたたんだ紙をとりだして広げた。紙には二次元バーコードが印刷されていた。

「その筒の中には、こいつと同じ二次元バーコードがプリントされた紙が入っている」

迫田がコードを見つめると、コンタクトレンズのカメラがバーコードを読み取って、層化視《クシュヴ》で文字が重なった。

《送金元：チェリー・イグナシオ。金額：四〇BTC》

「BTC——まさか、ビットコインですか？」

ハッシュ値を予測して採掘するごく初期の暗号通貨だ。量子コンピューターを使う暗号破りで予測競争が無意味になってしまったため、二〇三一年から新たなコインは発掘されていない。

「よく知ってるなあ。まだ交換所は開いているが、一二〇〇万ドルにはなるはずだ」

迫田は、突然重く感じた葉巻の筒をイグナシオに押し返した。

「資金洗浄の片棒を担ぐつもりはありません」

「チェー（兄弟）！」

イグナシオはわざとらしい悲痛そうな声を上げ、両手を揉み合わせると天井を見上げた。

「わたしを犯罪者か何かと勘違いしていないか？　見つかれば君もタダでは済まないよ」

捕虜の虐殺は戦争犯罪ですが――と出かけた声を迫田は飲み込んだ。事実判定スコアが低かったせいで、確信が持てなくなっているのだ。小芝居に付き合うのもばかばかしいので、迫田は感情を交えずに訊いた。

「マネーロンダリングじゃないとすると、なんですか？」

「慰謝料だよ」

「慰謝料？」

「そうだ。不本意ながら、死なせてしまったからね。ジャスパー・ジョーンズ大尉以下、六名の遺族に渡したい。生き残ったチェン軍曹に休暇をとってもらって、一緒にアメリカを回ってくれないか」

「……イグナシオさん？」

「チェリーでいい」

「自分でなにを言ってるのか、わかってるんですか？」

「当たり前だろう。悪いことをした責任があるから、償いたいんだ」

「理由を教えていただけませんか？」

イグナシオは芝居がかった仕草で頬の髭を撫でた。

「ねえ君《チェリー》、その態度は怠惰《たいだ》じゃないか？　ジャーナリストなんだろう？　まず調べたらどうだい。遺族を回って一人一人の人生を掘り下げ、彼らを雇った民間軍事企業を調べてみるんだ。記事が配信できなかった理由もだな」

「言われなくてもやります！　でも、あなたがジョーンズ分隊を虐殺した理由は、あなたの口から聞きたい」

イグナシオは迫田の顔をじっと見つめてから言った。

「人類の尊厳を守るためだ」

「真面目に聞いているんですよ」

「だから調べてこい。慰謝料を配り終えたら、もっと丁寧に教えてあげるさ」

そう言ってイグナシオは、葉巻を出した方とは逆の胸ポケットから層化視《クシュヴ》グラスを取り出すと、音声操作エージェントに呼びかけた。

「ヘイ、ジャーヴィス。作戦ファイルを共有したい。『迫田フォルダー』の中身だ――圧縮なし。通信経路は人体通信《BAN》だ」

イグナシオはグラスの中をじっと覗き込んでから、層化視《クシュヴ》に現れたフォルダーを迫田の方へ押しやった。

「ファイルを渡すよ。どうかしたかな？」

「コンタクトレンズを使わないんですね」

「あれはインプラントが要るんだが、体質が合わないんだ。とにかく、今回の作戦記録ファイルを渡す。事実確認に提供した元ファイルも含まれている」

フォルダーの中に浮かぶファイルの一覧に、迫田は目を見張った。

電子メールにメッセージ、映像に加えて、戦闘指揮ツールの記録がまとめられている。ほとんどのファイルには改ざんされていないことを示す量子署名がついていた。貴重な一次情報だ。資料を見ていると、イグナシオが言った。

「今回の虐殺がなぜ起きたのか調べて、一流紙で発表してくれたまえ。兄弟《チェー》」

イグナシオは握手するように手を差し伸べた。握れば、ファイルは転送される。

あの戦闘の真実がここにある。

「いただきます」

「そうこなくてはね」

改めて差し伸べられたイグナシオの手を迫田は包み、息を呑んだ。骨ばった手の皮がずるりとすべったのだ。

皮膚には全く張りがなかった。その下にあるはずの脂肪も筋肉も、迫田の指は捉えることができなかった。皮の下には、いまにも折れそうな骨があるだけだった。ゆったりとしたオリーブ色のシャツには肩パッドが縫い込まれていて、襟元から覗く胸板には肋骨が浮いている。

病気、それも深刻な――。

「イグナシオさん……」

迫田がそう言った時、背後で空気が動いた。

振り返る迫田の前を熱い塊が通りすぎる。レイチェルだ――と思った迫田が、捕まえようと反射的に伸ばした腕は空を切る。レイチェルはイグナシオの胴に飛びつき、床に組み伏せ、馬乗りになった。

迫田はこちらに伸びていたレイチェルのコンバットブーツを摑む。

「やめろ！」

力いっぱい握った迫田の手は、レイチェルが奇妙な方向に回した足首の動きで簡単に振り払われてしまう。両手で足を捕まえようとした迫田の目の前で、レイチェルはイグナシオのシャツの襟を摑んだ。

「なんで殺した！」

レイチェルの頬から、涙がひとしずく、イグナシオの顔にぽつりと落ちた。

迫田は背中からレイチェルに抱きついて引き剝がそうとした。捕虜が敵の指揮官に暴力を振るって無事に済むわけがない。そもそもイグナシオがジュネーブ条約を守る保証はないのだ。

二人にのし掛かられたイグナシオが喉からひゅうという音をたてる。

「悪かった――」

「その口を閉じろ」

唸ったレイチェルの右手には、見覚えのある自動拳銃が握られていた。いまの一瞬でイグナシオのポケットから奪い取ったらしい。

迫田はレイチェルから腕を離した。何かの弾《はず》みで引き金を引いてしまえばただでは済まない。

「レイチェル」ゆっくり前に回り込みながら迫田は呼びかけた。「君は捕虜になった。ここでチェリーに危害を加えるのは犯罪だ」

「わかってるさ。話が聞きたいんだ。こいつがまともに受け答えしないことは、さっきのやり取りでわかっただろう」

レイチェルの声は冷静だった。仲間の名前を口にして泣き崩れ、激高してイグナシオを組み伏せて涙を流したばかりだというのに。だが、銃は下ろしてもらわなければならない。迫田はレイチェルとイグナシオの間に割り込むようにゆっくりと位置をずらしていった。

「銃を置いて、チェリーを座らせよう。それでも話はできる」

「いやだね」

レイチェルは自動拳銃のセイフティを手探りで外すと、スライドを長く引いて薬室に弾を送り込む。重い金属音が響いて、排莢口《はいきょうこう》から薬室に入っていたカートリッジが飛びだした。カートリッジは床に落ち、迫田の足元に転がってくる。それはORGAN部隊が使う黒い生分解性プラスチックカートリッジではなく、真鍮《しんちゅう》やパラジウムの輝きを放つ九ミリパラベラムでもなかった。鈍く輝くカートリッジにはうっすらと赤錆が浮いていた。材質は鉄――骨董品だ。

レイチェルはそのカートリッジをちらりと見て、左手で銃の機構を確かめる。その手元を見つめた迫田の層化視《クシュウ》に、銃の解説が浮かんだ。

〈APSスキッチェン自動拳銃：一九五一年にソビエト連邦の各種機関に正式採用された自動拳銃。製造元はツーラ造兵廠《ぞうへいしょう》。安全装置を兼ねたセレクターでフルオート射撃を行うことができる――〉

迫田は解説を閉じた。チェ・ゲバラが愛用していた銃だろう。同じ結論に達したらしいレイチェルは、銃口をイグナシオに向ける。

「なるほど、ゲバラのコスプレイか。もう一度聞く。なんで殺した」

イグナシオがふうとため息をつくと、レイチェルは銃を構え直した。

「分隊は投降したよな。はっきりわかる形で、銃も捨てた。記録は見ていないが、ジャスパー・ジョーンズ大尉は、投降する意思をあんたの端末に送っていたはずだ。捕虜になると送信していたはずだ。正当な手続きを踏んで投降した兵士を、あんたは殺した。それがどういう意味かわからないなんてことはないよな。〝少佐〟」

イグナシオが唇の端を持ち上げて笑顔を作り、迫田にちらりと視線を向けた。

「彼に渡した材料で、一緒に調べるといい。遺族まわりをしながらね――」

ごつりという音がイグナシオの後頭部から聞こえて赤い血が飛んだ。

目にも留まらぬ速さでイグナシオを殴っていたのだ。迫田がそのことに気づいたのは、レイチェルが拳銃に左手を添えなおしたときだった。

その間も銃口は微動だにしなかった。

「教師づらはやめろ」

レイチェルが厚みのある唇を歪め、白い歯をむきだしにした。眉間に刻まれた深い皺と、先ほどまで流していた涙の痕を見なければ、まるで笑っているかのようだ。

「答えろ。なんで殺した！」

トリガーガードに当てていた指が浮く。

「レイチェル、やめろ！」

待っていられない。迫田は銃口とイグナシオの間に体を捩じ込もうとした。九ミリパラベラムを受け止めるプレス用のボディーアーマーなら、この骨董品も受け止められるはずだ。だが狙いが外れれば――迷った迫田の目の前で銃が輝いた。

撃った――と思った瞬間、轟音が響いて、顔が何かで叩かれる。転がった迫田の耳の中で、きいんという音が鳴り響く。

部屋は真っ白なもやに包まれる。

額にじわりと熱が広がり、頬を生ぬるい血が伝い落ちた。何かの破片が当たったらしい。迫田は胸に手を当て、撃たれていないことを確かめてから、急速に晴れ上がっていく部屋を見渡した。

耳鳴りはおさまってイグナシオの喘鳴《ぜんめい》が聞こえてきたところで、レイチェルが素早く首を振って迫田の注意を引いた。

見ると、レイチェルの右手の人差し指が手の甲の方へ折れ曲がっていた。それを左手で握ったレイチェルが軽く呻《うめ》いて指を元に戻す。それから彼女は床に転がっている金属の塊を目で指した。

「狙撃された」

素早く身をかがめた迫田がテラスから外を窺おうとすると「そっちじゃない」とレイチェルの声が飛ぶ。振り返ると、彼女は背後を顎で指していた。

真っ白に曇った防弾ガラスには斜めに突き出した膨らみがあった。高速弾が撃ち込まれた跡だ。あたりを包んだもやは、窓の振動で気圧が急変したためだったらしい。迫田は弾痕の周囲に、オレンジ色の樹脂がこびりついているのに気づいた。

「曲　射　弾《ステア・ビュレット》？」

レイチェルが頷いて、天井に設置されたドーム型の監視カメラに目を走らせる。狙撃手はレイチェルが握った拳銃を弾《はじ》き飛ばすために外部照準を用いたらしい。しかも真後ろからではなく斜め後ろから。

迫田の背筋に寒気が走る。木の葉一枚で軌道の変わる銃弾で防弾ガラスを斜めに貫いて、手に持つ拳銃を弾《はじ》き飛ばしている。ガラスの膨らんだ角度からすると、肉眼で目標を捉えていたわけではない。これは、照準手《ポインター》を使うORGAN部隊と同じ射撃だ。

奥のテラス窓がゆっくりと開いて、一人の兵士が入ってきた。脱臼した指を握るレイチェルが低く唸る。ジョーンズ分隊を射殺した兵士だったのだ。カミーロと呼ばれた兵士は、昨日と同じ百式歩槍《バイシブーチャン》を構えていた。

「お前」と、言いかけたレイチェルは目を見開いた。「なんで百式《バイシ》なんか持ってんだよ」

カミーロは質問に答えずに、銃口で床を指した。

「床に伏せろ。ジャーナリストはそのままでいい」

レイチェルは右手を摑んだまま、膝で歩いてイグナシオから離れ、指示された場所に身体を伏せる。

カミーロは銃口をレイチェルに向けたまま、イグナシオの隣に膝をつく。

「少佐、大丈夫ですか?」

「ああ、大丈夫だ。戻っていい」

「しかし――」

そうカミーロが言いかけるとイグナシオはひゅうと喉を鳴らす。カミーロは銃を持っていない方の左手で素早くイグナシオのポケットを探ると、ステロイドの吸入器を取り出してイグナシオに咥《くわ》えさせた。どうやら、喘息は演技ではないらしい。

「吸って」というカミーロの声に合わせて、イグナシオが胸を膨らませる。カミーロはもう一度吸入させると、首の後ろに左腕を回してイグナシオをゆっくり引き起こし、持ち上げてソファーに座らせた。

その間も、右腕で構えた百式《バイシ》は微動だにしなかった。

見たところ二十代前半のようだが、高度な訓練を受けた兵士であることは間違いない。〈テラ・アマソナス〉の自警団や民兵ではなく、イグナシオが雇ったプロの兵士なのだろう。

息を落ち着けたイグナシオは、カミーロに手を振った。

「君《チェー》、外で待っていなさい」

「しかし少佐、発作が――」

「医者の言うことは聞くもんだ」

頷いたカミーロはレイチェルに目をやった。

「彼女はどうしますか？」

イグナシオは大丈夫だと言ってカミーロを下がらせようとした。そのやりとりを聞きながら、迫田は録画にブックマークを置いた。イグナシオは医者を自称しているが、いまのやり取りは、彼が本物の医者らしいことを物語っている。もしも本当なら、チェ・ゲバラとの本当の共通点ということになる。だが、この二つの件は後回しでいい。カミーロがいなくなる前に、窓越しの狙撃について聞いておかなければならない。

「カミーロさん、いま、窓越しに狙撃しましたね？」

迫田を見たカミーロは、イグナシオが頷くのを待ってから口を開いた。

「はい。その通りです。曲射弾《ステア・ビュレット》を使いました」

「ORGANの照準手はどこにいますか？」

迫田は用意していた質問を投げかけた。

「照準手なんていません」

「でたらめを《ブルシット》」と、床に伏せたレイチェルが吐き捨てる。「百式《バイシ》で曲射弾《ステア・ビュレット》を撃つときは、目標を誰かにロックオンしてもらわなきゃならないだろうが。防弾アクリルの素材は？　弾道屈折は？　高地補正は？　二十メートルやそこらの狙撃じゃ曲射弾《ステア・ビュレット》は何センチメートルも曲がらないんだから、全部入力しないと、手に持った拳銃を弾《はじ》き飛ばすなんてできるわけない」

「そうやったんですよ」

「片手で百式《バイシ》を構えて？　もう一方の手で照準？　できるわけない」

レイチェルが噛みついたが、イグナシオは唇の右端をあげるゲバラのポートレイトの顔で笑った。

「できるのさ。若いからな」

「ふざけんな」

噛みつくような声を無視して、イグナシオは床に伏せるレイチェルの全身を眺めた。髪の毛と瞳、唇、そして体つきをじっくりと見つめてから、イグナシオは顔を覗き込んだ。

「君もできるかもな。何歳だ？」

鼻を鳴らしてレイチェルは顔を背ける。イグナシオは迫田にウインクした。迫田は、恨むなよと思いながら取材ノートを層化視《クシュウ》に浮かべた。

「〈グッドフェローズ〉の公開情報です。レイチェル・チェン軍曹。公正戦担当部の第二分隊所属。出生地は――」

「いい」イグナシオは迫田を遮《さえぎ》った。「〈グッドフェローズ〉のORGAN部隊はアメリカ生まれだ。わたしは年齢を聞いたんだよ」

「二〇二一年五月生まれ。二十四歳」

「なるほど」イグナシオは、頷いて背を向けたレイチェルに声をかけた。「君《チェー》なら、カミーロと同じことができる」

ふん、とレイチェルが再び鼻を鳴らしたが、イグナシオは構わずに続けた。

「信じないか。だが、よく考えてみろ。手の中の銃を撃たれて脱臼で済んだのはどういうわけだ？　君は撃たれた瞬間、素晴らしい反射神経で銃を手放したんだ。並の人間なら銃と一緒に指の何本か持っていかれたろう。そもそも、いま君は、脱臼の痛みも感じていない」

右腕を見下ろしたレイチェルはぼそりと言った。

「アドレナリン」

「じっくり、自分と向き合うんだね」

会話を打ち切るように立ち上がったイグナシオは、床に転がっている銃の残骸を見て「おお」とつぶやいた。

ねじれた遊底がはじけとび、曲がった銃身がむき出しになっている。機関部にもヒビが入っていた。もう使い物にはならないだろう。確かに、これだけの衝撃を受けた銃を握っていたレイチェルが脱臼で済んだのは幸運だったとしか言いようがない。

イグナシオは壊れた銃を手に取ると、迫田の方に掲げた。

「見ろよ、イーベイで五千ドルもしたスキッチェンがバラバラだ。カミーロ、お前、罰金な」

冗談なのはわかっているらしく、カミーロは苦笑いした。

「安月給なんですから、勘弁してください」

イグナシオは、金属の塊を迫田に差し出した。

「要るか？」

迫田が首を振ると、イグナシオは鉄屑をカミーロに放り投げて、迫田とレイチェルに体を向けた。

「五日後に捕虜交換だ。うちの兵士が〈グッドフェローズ〉の別動隊に捕まっててね。こちらは軍曹を返す。交換は初めてか？」

レイチェルが小さく頷いた。

「仲間の遺体もその時に返す」と、レイチェルに言ったイグナシオは迫田に身体を向けた。「遺体は向かいの病院でエンバーミングしているよ。サコダさんは、わたしたちが遺体を適切に扱っていることを伝えてくれ。慰謝料は頼んだぞ」

イグナシオは、迫田が葉巻を収めたポケットを指さした。時価七千万ドルに相当するビットコインのQRコードが収められている。

「慰謝料を配れば、五人を殺した理由を教えてくれるんですね」

イグナシオは頷いたが、すぐにわざとらしく目を見開いて人差し指を立てた。

「そうそう、もう一つお願いがあった」

「後出しですか」芝居がかったイグナシオの言い振りに、迫田は大げさにため息で応じた。「言ってみてください」

イグナシオは、胸ポケットから一つの封書を取り出した。

「手紙を届けてくれないか。住所は書いてある」

「郵便でいいじゃないですか」

イグナシオは住所を指で指し示した。

「ここは独立市でね。合衆国の行政サービスが届かない」

「金持ちだから？　それとも貧乏？」

床に座ったレイチェルが口を挟む。合衆国を分断した内戦の傷跡はまだ癒えていない。行政は合衆国に再統合しているが、内戦の期間に合衆国から切り離された郵便や教育、医療を再構築していない自治体も多い。手紙の送り先に郵便が届かないのは、金がないか、不自由していないかのどちらかということだ。イグナシオはレイチェルに微笑んだ。

「スーパーリッチだ。ニードルだよ」

高さ一千メートルを超える超高層ビルの俗称をイグナシオは口にした。中南部の富裕層が閉じこもるゲーテッドコミュニティということだ。

迫田は手紙を受け取った。青白い紙の封筒には紙しか入っていないらしい。封もしていなかった。

「中を見ても？」

「構わないさ」

「記事にしていいですか？」

「もちろん」

「これも、虐殺した動機を教えてもらうための条件ということですか？」

「そういうことにしておこうか」

迫田は、ゲバラ風の笑みを貼り付けたイグナシオの顔を見つめた。彼が、迫田になにかを調べさせようとしているのは確かだが、結果を知りたいわけでもないような気がした。

調べた結果を公開してほしいのだろう。投降したジョーンズ分隊を虐殺して、わざわざ速報で伝えさせようとしたのも、そのために違いない。

「わかりました」

迫田は手紙をポケットに収めた。直接聞いても彼は答えない。自分で調べて、裏をとり、記事にしなければならないということだ。

「まず、この手紙を届けます。それから遺族を回って慰謝料を配っていきます。実費は請求しても構わないですよね」

「そのビットコインから自由に使っていい。アメリカ横断旅行を楽しんでくれ」

イグナシオは迫田の肩をぽんと叩いて部屋から出て行った。弾痕の空いたテラス窓の奥に、カミーロを連れたイグナシオの靴音が遠ざかっていく。足音が消えたところで、迫田はレイチェルに聞いた。

「変なことを言ってたな。隊員は全員アメリカ人なのか？」

民間軍事組織の構成員は経済力が弱く、兵士のブートアップを肩代わりしてくれる徴兵制のある国の若者が多い。国力を大きく落としたとはいえ、アメリカには給与のいい職業があるし、全員徴兵でもない。二〇二〇年代後半からは銃規制も強まったおかげで、銃が取り扱えるというアドバンテージも失いつつある。イグナシオは全員アメリカだと言っていたが、〈グッドフェローズ〉がアメリカ人だけを採用するのは不自然だ。

レイチェルも同じように考えているようだった。

「どうだろう、違うんじゃないかな。外国はジェイクに任せていい？」

迫田は頷く。ロシアやイラン、パキスタンなど、アメリカのパスポートで入れない国は多い。

「わかった。ちょっと確認してみる」

イグナシオからもらった資料から入国に関する情報を拾い出した迫田は、隊員から回収したパスポートを確かめた。そして目を疑った。

「全員……アメリカ生まれだ」

「おかしいでしょ。ハオランはモンゴル人、ユリアはパキスタンよ。違うパスポートでここに来てたの、見たもん」

「二重国籍みたいだな。ハオランはアルバカーキ、ユリアはミシシッピ州のジャクソン生まれだ。ご両親のどちらかがモンゴルやパキスタンから来た移民だってことだろう」

迫田は他の隊員の出生地を表にまとめさせた。ジョーンズはテネシー州のトレントン、サイードがフロリダ州のタンパ、ジョージ・ヤコブソンはダラス。そしてポール・マニマがアリゾナ州のトホノ・オ＝アダム居留地生まれだった。

「尋問の最中に悪いけど、〈グッドフェローズ〉のオフィスに、念のために家族の住所を聞いておいてもらえないかな。移動はおれが手配する」

「わかった」

頷きながら、迫田はもう一つのことに気づいていた。分隊のメンバーが生まれた街は、全て自由領邦だった場所だ。

3

〈コヴフェ〉のオフィスを出たトーマは、石畳で舗装されたジョーンズ通りに行って、南に向かった。来るときに走ったヴァン・ネス大通りよりも登り下りの傾斜はきついが、朝はできなかったオムニホイールの性能を確かめるのに格好の坂道だ。このままマリーナまで駆け降りれば、買いそびれたアフロラップにピクルスをつけて、立派なブランチを食べられる。

食べたらサンフランシスコ大学の中庭で思い切りワークスペースを広げて、迫田記者の記事について調べるとしよう。

トーマは、石畳の凹凸をタイルの継ぎ目程度にしか感じさせないオムニホイールの性能に満足しながらペダルを踏み込んだ。ロードバイクは石畳の溝に車輪を取られることもなく、ペダルを踏むトーマの意図通りの速度で進んでいく。ホイールだけで姿勢や速度を制御できるのは量子コンピューターを用いた機械学習の成果らしい。

調子はいい。

トーマはスピードを上げた。生まれ育った街なので坂は全て頭に入っている。ワシントン通りを横切るところまで続く緩い登り坂を越えると、サンフランシスコ名物の急坂下りだ。一方通行で信号のないこの坂を一息に駆け降りるのが、小学生の頃から続けているトーマのやり方だった。

傾斜が緩くなる最後のブロックを、勢いよく登ったトーマは、ケーブルカーの鐘の音を聞いて減速した。交差するワシントン通りの坂の下を見ると、三年前に復活した鮮やかなオレンジ色の車体が走ってくるところだった。

一九三〇年代の車体を復刻した車両の、外に向いたベンチには中部から来た観光客らしい一家が乗っていた。鍔広《つばひろ》の帽子の老人の横に、花柄のワンピースを着た老婦人が寄り添うように座っていた。その二人の背後には、ガイド役を買って出たらしい男性が、メガネ型の層化視《クシュヴ》グラスで周囲を眺めながらしきりと話しかけている。中部からやってきたとトーマが思ったのは、老夫婦の息子と思われる四十代の男性がいままではほとんど見かけないメガネ型ディスプレイを使っているからだ。

アメリカ自由領邦が解散して内戦が終結してから十二年経つが、かつての自由領邦からサンフランシスコ観光にやってくる人はまだ珍しい。近づいてくる家族に手を振りながら、内戦の傷が癒えていないことをトーマは実感する。

その始まりを何年にするのかは諸説があるが、二〇二〇年代の後半からアメリカ合衆国が大きく三つに分断された時期を「第二内戦」と呼ぶ。

行政と経済の中心を持つ東海岸北部と、ハリウッドとコンピューター企業群の西部諸州、そして「赤い州」と呼ばれてきた中部は二〇〇〇年代から対立を深めてきたが、二〇二〇年代末にアサルトライフル規制が実現した時に、ついに分裂した。

AR－15の所有を求めた中部の十八州が、選挙に負けた大統領を戴く新しいアメリカ――アメリカ自由領邦を宣言したのだ。ピッツバーグに上院と下院を置いた自由領邦は民兵主体の国軍を組織して、いくつかの省庁を合衆国から独立させた。多くの州が州境に検問を設けて出入国管理を行い、小さな政府を志向する税制を敷いた。

地理的に分断された合衆国も、AI規制やエネルギー政策、宇宙開発などの意見をまとめることは難しくなり、サンフランシスコは西の合衆国の事実上の首都になった。

復活したケーブルカーは、第二内戦の副産物だ。

シェールガス革命の恩恵を受けられた東・中部とは異なり、ガスのパイプラインと原油の陸送が止められた西の州は電気に頼るほかなかった。

カリフォルニア州は大胆なエネルギー政策を行った。二〇三五年に二酸化炭素排出量をゼロにすると宣言したのだ。

核融合発電ベンチャーや電気自動車メーカーを誘致したり、排出量取引市場で環境政策インデックスを売るなどの地味な政策も行われ、効果もあったのだが、市民が変化を実感したのは架線を使うトロリーバス網の整備と、路面電車の復活だった。

その象徴が、サンフランシスコを網の目のように走っていたケーブルカー網の復活だ。自動車にその座を明け渡して消え去った二十三路線は、車両を大幅に増やしてサンフランシスコの街路に姿を現した。もちろん中身は別物だ。かつてビルを一棟まるごと使っていたパワーステーションは、ひとりで抱えられるほどの超伝導モーターに、線路の真下で二十両の車両を引いているケーブルは鉄のワイヤーから直径わずか二ミリメートルのカーボンナノチューブに置き換えられている。

そんなことを教えてくれたのは、小学校《エレメンタリースクール》でトーマの担任だった鼻の大きな教師だ。彼はことあるごとにアメリカ自由領邦をネタに笑いを引き出した。銃が大好きな彼らは石油と石炭を使い果たし、木を切って炭にしているがそれでも足りず、草炭を作るためにグレートプレーリーを砂漠に変えてしまったのだ。それに対してわたしたちサンフランシスコ市民がどれだけ地球を愛していることだろう、と続けた。合衆国の統一を望むと言いながら相手を馬鹿にする教師のことをトーマは好きになれなかったが、彼のおかげで、ケーブルカーのメカニズムには詳しくなった。

バイクの前をケーブルカーが通り過ぎていくとき、トーマはメガネ型のディスプレイをかけた男性が見かけよりもずいぶん若いことに気づいた。

同世代かもしれない。だが、受けた教育は全く違うはずだ。彼の小学校には、ホルスターに銃をぶらさげて教壇に立つ教師が何人もいたはずだ。

自由領邦の多くの都市は困窮し、さびれていった。彼らが求めた古き良き日々が戻ることはなかったという。彼のメガネにもその辺りの情報はつたわっているはずだ。彼は、父母たちが遠ざけたテクノロジーと巨大資本が蘇らせた古き良き日々の姿をどう伝えているのだろう。

ケーブルカーを見送ったトーマがサドルに腰を乗せて坂道に漕ぎ出そうとした時、視界の左下で通話を申し込む緑のドットが点滅した。発信元はオフィスにいるマルシャだ。

トーマは歩道にバイクをあげながらドットをタップして応答した。小さなドットもそのままタップできるのは、手首の他に、上腕にも埋めているジェスチャー用インプラントのおかげだ。ふたつのインプラントを統合するドライバーは〈コヴフェ〉の量子サーバーで機械学習させて作ったDIYソフト。片腕にふたつもインプラントを埋められるのは、たまたま人体通信《BAN》の帯域が大きかったからだ。

「どうしました？」

緑の輝点は、指先に弾《はじ》ける泡の感触を残して消え、代わりに、マルシャの顔が宙に浮かんだ。マルシャは横を向いて誰かに話しかけていた。プライベート会議の最中らしく、トーマには英語のように聞こえるが、意味のない音の羅列だった。マルシャの興味は秒単位で切り替わる。トーマが通話を受け取るまでのわずか数秒でなにかを思いついて手近にいるスタッフに話しかけたのだろう。

待っていても仕方がないので、トーマは呼びかけた。

「マルシャさん」

《もうマリーナに着いちゃった？》

マルシャは、まるでトーマと話し続けていたかのように返事した。話しかけられていたスタッフは放置されたのだ。次にマルシャが話しかけるのがいつになるかはわからない。これでマルシャがど忘れするようなら嫌みの一つも言えるところだが、彼女は、翌日でも翌週でも、時には何ヶ月か後にでも中断した話を始められる。トーマが考えることではない。

「ワシントン通りでケーブルカーに足止めされました」

トーマはマルシャのアバターが浮かんだワークスペースを回転させて、走り去る車両が見えるようにした。

《じゃあさ、ロキの店のランチが欲しいんだけど、飛ばせるかな》

トーマは、斜め向かいのレストランに目を向けた。

テラス席の奥にある店のガラスでは、口髭をたくわえた店主のロキが山盛りのフライドポテトを添えたチキンウィングの皿を差し出すイラストが描かれている。

ロキの絵の下にはレストランが対応しているサービスを示すアイコンがびっしり並んでいた。アメックス、VISAといった信販会社のアイコンと量子暗号通貨の〈ダイムズ〉や〈クビッツゴールド〉、〈クイネージ〉、最下段には最古参の〈ウバーイーツ〉や〈サーブス〉などの配達プラットフォームのアイコンが描かれている。

トーマは、配達サービスのアイコンの中に、猛禽類のシールを見つけた。ドローンを使うフードデリバリーサービス、〈ケストレル〉だ。サービス名はホバリングをするハヤブサの一種、チョウゲンボウからとられている。

「大丈夫みたいですね。行きます」

バイクを押してワシントン通りを横断したトーマは、シールの脇に油性ペンで書かれた「Not a hawk（鷹じゃない）」という落書きに気づいた。店主のロキが書いたものだろう。ハヤブサ目は猛禽類ではない。分岐生物学によれば雀やオウムに近いことがわかっている。フライドポテトにハンバーグ、チキンウィングなどのクラシックなアメリカ料理を店で出すロキだが、科学と進化論を信じることを伝えたいらしい。
トーマは店の外に掲げてあるテイクアウトのメニューを見ながらマルシャに聞いた。

「なんにしますか？」

《イワシのビアバターフライをお願い。今年はサンフランシスコが野生イワシの漁獲をする番なのよ》

そこまで言ったマルシャはくすくす笑いはじめた。

「どうしたんですか」

《今朝、父とちょっと言い合いになっちゃったのよ。野生《ワイルド》って言い方はやめろ、って》

「なんて呼べばいいんですか」

《テンネン、だって》マルシャは日本語らしい単語を口にした。《英語は思いつかなかったみたい。野生って言うと、悪いことをしているみたいだって言うの》

トーマは、ニッサンのEV車でオフィスにやってきたマルシャの父を思い出した。歯を見せて笑い、スタッフたちに手を振った仕草はトーマと同じ西海岸のものだった。だが、一重まぶたと黒いまっすぐな髪の毛を持つ彼が、ぴんと背筋を伸ばして座席に座ったところは、なるほどあれがサムライの所作かとスタッフ一同で納得したものだ。ヨシノ家の先祖は世界大戦前にアメリカに移住したらしいのだが、日本との貿易に携わっている彼の日本語はネイティブ並みだという。

「そういうもんなんですかね。とりあえず頼んできます」

トーマは店内に入り、マルシャのオーダーしたイワシのフライをドローンでオフィスに届けるよう手配した。代金四十五ドルを〈ダイムズ〉で支払ったトーマがレシートをマルシャに送ると、五十ドル分の〈ダイムズ〉が送金されてくる。

「多いですよ」

《お礼だよ。テナントイワシ、食べ損ねるところだった》

「テンネンって言ってませんでした？」

《そうだっけ》

いい加減だなあと思ったトーマだが、家庭では英語を話していたというマルシャが日本語を話せなくても不思議はない。インド系にしか見えないチョコレート色の肌とアーモンド型の瞼を持つマルシャの父が、サムライの風貌を漂わせていたのには驚いたのだ。

だが、それはトーマも同じだ。小柄で、褐色の肌と太い鼻梁を持つトーマはよくアラビア系に間違えられるのだが、父は身長二メートルの赤毛の大男で、母親もやはり百九十センチメートルに迫る金髪の堂々たる女性だ。ノルウェー生まれの二人がアメリカに移住し、不妊治療の果てに産んだトーマは、二人の人種的な特徴を全く受け継いでいなかった。家庭の言葉が英語だったのもマルシャと同じだ。

《そうそう、アン・ホーが話したいって》

ため息をついたトーマの横に、アン・ホーの大きなアバターが層化視《クシュヴ》に描かれた。どこまでもピントが合っているアバターは、生身よりも大きく感じてしまう。

《悪いね、飯に行く途中つかまえて》

「長くなる？」と聞くとアン・ホーが頷いたので、トーマはここで昼食をとることに決め、マルシャに送ったものと同じメニューを頼んで席を選んだ。向かい側の椅子をひいてやると、後ろをついてきたアン・ホーのアバターが腰掛ける。アバターが座れるように椅子を用意する必要はないのだが、層《ク》化視《シュヴ》の映像を椅子が突き抜けるのは、見ていて気持ちのいいものじゃない。

腰掛けたアン・ホーは、スキンヘッドをつるりと撫でてから、テーブルの空いているところに例の記事を置いた。

普通なら書類が宙に浮いてしまうところだが、アン・ホーが置いた書類は、ナプキンと同じ現実感でテーブルの上に描かれた。彼はトーマが共有しているレストランの空間映像に入りこんで、パントマイムのようにVRの物体を操ることができる。精密なジェスチャーコントロールを実現しているのは、トーマと同じように人体通信《BAN》インプラントを二十個ほど入れているからだ。

トーマは、もう頭に入っている通信文を見ながら聞いた。

「もうテストしたの?」

《ああ。テスト環境で投稿してみたが、確かにスコアは低いな。オリジナルのスコアは〇・四四五だ。シードを変えて五十万回試行してみたけど、〇・四四二から〇・四四六に収束する。標準偏差からエクスポネンシャル・マイナス七離れてる》

「記事の生成はやってみた? 記者のドローン映像とプロンプトはもらってるよね」

《ああ、作ってみたよ。判定も終わってる》

「スコアは?」

《大して変わらん。〇・四七一から〇・四九六に収束した。少しだけいいスコアになるのは、量子の丘のど真ん中で作ったからだろうな》

アン・ホーが出してきた数表をトーマは眺めた。

「つまり記者のミスじゃないってことか」

《その通り。ピアソン重合法にバグがあるか、判定に使った資料《リソース》が間違っているかのどちらかだ》

「バグかどうか探るのはリソースを洗ってからかな。あ、ちょっと待って。記者の操作ミスってことはない？　記事の生成に使った映像を、評価エビデンスに使ってるとか」

生成に用いたリソースと、判定に用いるリソースを共食いさせると幻影《ハルシネーション》が出ることがある。だが、アン・ホーは即座に否定した。

《いや、記者は自分のドローン映像を使わないように設定してたよ》

「へえ、まともっぽいな」

アン・ホーは紙挟みをテーブルに置いた。

《見るよな。サコダ記者のプロフィールが〈サン〉から届いた》

トーマはテーブルの上に仮想ウォールを立てて、資料を貼り付けた。

記者の名前は迫田城兵。筆名はジェイコブ・サコダ。二〇一三年に東京で生まれ、内戦期にカリフォルニアに移住してコミュニティカレッジで報道を学び、内戦の状況を日本に伝えるジャーナリストになった。

内戦終結後はビザなしで多数の国に行ける日本のパスポートを駆使して、世界を飛び回る公正戦レポーターに転身したらしい。映像やデータから記事を生成する「書かない記者」だが、行動力と、着眼点の確かさのおかげで今年から〈サン〉に寄稿するようになった。

資料の中には写真もあった。黒い髪を短く刈り込んだ顔の線はトーマの知っている日系アメリカ人よりわずかに細く、体つきはさらに細かった。だが、鍛えていないわけではないらしく、コンバットタイツにはくっきりとした筋肉の筋が浮き上がっている。

ボディーアーマーにはアクションカメラが取り付けられていた。腰の周りには歩行と荷物運搬を助ける外骨格ブームが取り巻いていて、そこから伸びるスタビライザーにはビデオカメラが固定されている。足元には、回転・固定翼の切り替えができる撮影用ドローンがあった。装備も立派だが、記事生成に使った資料を事実確認から除外する設定を行っているあたり、好感が持てる。

「操作ミスはなさそうだ。事実判定に使ったリソースは？」

《判定時点での一般時事モデル、南アメリカ情報モデル、国連の紛争情報モデルをベースに、エキスパートシステムとしてジェイズ年鑑の兵器情報モデルと公正戦情報モデルを足してる。それに取材用のドローン映像が二つ。合計七つだ》

「サコダ記者の他にも記者がいたの？」

《いや、ドローンで映像を撮ってただけだ。〈リアルタイムズ〉と〈シカゴベア〉だな》

「じゃあ、確認に使った資料を一個一個外して検証してみるか。組み合わせ数は、（∮_(abs(z) = 1)(1 + z)^7/z^7 dz + ∮_(abs(z) = 1)(1 + z)^7/z――」

トーマが微分方程式を口にすると、アン・ホーが両手の親指を他の指に当てて計算し始める。

人差し指から小指までの四本の指にある十二の関節と指先を数字や数式に見立てて、親指で示しながら計算をしていくやり方だ。もともとは、ベトナム戦争時にアメリカに移住した彼の祖父が市場で使っていた指値を出すやり方だったのだという。祖父がアン・ホーに教えたのは関節だけを指す十二進数だったが、アン・ホーは指先まで使う十六進数に拡張し、指数や対数表現、そして微積分の次数や楕円曲線関数の次元数を計算するための万能算盤《アヴアカス》に変えた。

〈コヴフェ〉に入社したアン・ホーは、事実確認プラットフォームの利用方法を学ぶと両手の指で作った十六ビット表現を重ね、十六量子ビットまでのエンタングルメントを計算する方法を編み出した。両手を開いたり閉じたりしながら計算するアン・ホーのやり方は、〈コヴフェ〉社員の間ですぐに広まった。トーマもすぐに使い始めて、量子計算を身体感覚で捉えるやり方を身につけた。

対応できなかったのは年長の社員だ。CEOのマルシャや、起業時からいるアレサ・リーダー、そしてトーマよりも後に入ったが年長のラズベリー・ワンは十六ビット表現しか身に付かなかった。

スキンヘッドの白人巨漢アン・ホーは、見かけだけなら三十代といっても通用するが、まだ大学にも籍がある十九歳になったばかりの最年少社員なのだ。

トーマが口にした微分方程式を、指で組み立てたアン・ホーは答えを口にした。

《組み合わせは百二十六パターンある。最長四日かかるな》

「なんで？　マルシャが借りてくれたサーバーがあれば一瞬だろ」

アン・ホーは首を振る。

《一つのモデルに溶けちまってるんだ。検討するには重合前の元データを氷山《グレイシヤー》から引っ張り出さなきゃならん》

「あいたた」

〈コヴフェ〉に限らず、クォンタムヒルの量子コンピューティング企業は計算過程をQG（キュビット・グレイシャー）という量子データアーカイブに保存している。光回路の中では二分ほどしか存在できない光子の量子状態をSSDのような電磁古典データに保存するサービスだ。量子的に利用するには、古典データから量子状態を復元して加速器に放り込まなければならないのだ。

《どこから手をつけようか――あ、飯はいいの？》

トーマはキッチンに首を伸ばして様子を窺った。制服姿のスタッフがマルシャの分らしいランチボックスに、レタスを詰め込んでいるところだった。

「もうすぐだよ。時事データのモデルは、今日ので検証してみてもいいんじゃない？」

《やったよ。今日のモデルと映像でスコアを出してみたら〇・七五二になった。南アメリカの時事データを食わせれば〇・九を超えるかもしれん》

「そうか、そうなるだろうな。あ、フライがくる」

《ごゆっくり》

にやりと笑ったアン・ホーはスキンヘッドを撫でると立ち上がり、行儀良くレストランのドアから出ていった。入れ替わりにやってきたスタッフが、トーマのテーブルにイワシのフライの皿を置いて、アン・ホーと同じことを言った。

「ごゆっくり」

ありがとう、と礼を言ったトーマはワークスペースを畳んで、きつね色に揚がったフライをフォークで押さえてナイフを差し込んだ。熱いオイルが跳ねて潮とオレガノの香りが顔を包みこむ。切ったフライを口に運ぶ途中、トーマは手を止めた。衣に染みた油がまだ熱い。口に入れると火傷してしまうだろう。

トーマはフォークの先でフライが冷めるのを待ちながら、思いついたことをエージェントに命じた。

「ねえ、アン・ホーに頼んで時事問題以外の映像資料を送ってもらって、僕の虐殺調査フォルダーに入れておいて。あと〈テラ・アマソナス〉と〈グッドフェローズ〉の会社情報、防衛戦をドローン取材してた会社をちょっと調べておいてくれるかな」
《はい、わかりました》
視界の隅でフォルダーが生まれて資料が放り込まれていく。それを確かめたトーマは、フォークの先で適温になったフライを口に放り込んだ。

4

取材を続けていると、あっという間に捕虜交換の日になった。

迫田を迎えに来たアマソナス防衛隊員は、流暢《りゅうちょう》なアメリカ英語を話す、若いアジア系の女性兵士だった。大ぶりなスコープをつけた百式歩槍《バイシブーチャン》を携えたその女性はジャッキーと名乗り、層化視《クシュヴ》で目的地を共有すると、ついてくるように命じた。

場所を確かめた迫田は、趣味が悪い、と内心でつぶやいた。捕虜交換を行うのは、一週間前にジョーンズ分隊が虐殺された低地だったのだ。

迫田は先を歩くジャッキーに「虐殺の現場ですね」とカマをかけてみたが、返ってきたのは「そうですね」という返答だけだった。申し訳なさそうには聞こえたが、捕虜を殺した組織にいることを恥じる様子はなかった。

ホテルから市庁舎前までの道ゆきで、迫田はジャッキーに簡単なインタビューを行った。年齢は二十一歳でダラス生まれ。父母は牧場で働いていて、高校卒業と同時に〈テラ・アマソナス〉から警備員の仕事があるというメールを受け取ったのだという。

カミーロのような凄腕かどうかはわからないが、兵士の経験がないあたりがレイチェルに似ている。そんなことを考えながら話を聞いていた迫田は、ほどなく市庁舎前の広場でジャングルに向かう本隊に合流し、ジャッキーは防衛隊の輪の中に消えていった。

防衛隊は市販のピックアップトラックを改造した車両七台に乗り込んでジャングルの小径《こみち》を進んでいく。迫田は二台の〈メガネウラ〉からその様子を撮影した。

ジョーンズ分隊の遺体を納めたボディーケースは、一台目と二台目のトラックに重ねずに積んである。トラックは地面の凹みを回避しながら遺体を揺らさないように走っていた。

その後ろに付き従う三台目の荷台には若い兵士を中心に編成された分隊が百式歩槍《バイシブーチャン》を携えて乗っていた。イグナシオはカミーロとともに四台目の車内に乗り込み、レイチェルは五台目に、そして迫田は七台目の荷台に乗り込んだ。四台目から七台目の荷台には、AK-47やブローニング機関銃などのクラシックな銃を携えた兵士たちが乗り込んでいた。

百式歩槍《バイシブーチャン》の若い兵士たちは英語で談笑し、AK-47組はスペイン語とケチュア語で話しているのが迫田の注意を引いた。

〈メガネウラ〉を操って兵士の様子を撮影していると、低地に到着した。

血と肉が飛び散った虐殺の痕跡は雨で流されていたが、ジョーンズ分隊が飽和射撃を受けたあたりにはぽっかりと穴が空き、銃弾を受けた樹木の葉も萎《しお》れていた。

荷台を降りた迫田は虐殺の現場に立って、ジョーンズたちが最後に見た風景を確かめてみた。高い樹木に囲まれた低地の中で、そこだけは奇妙に日光が差し込んでいた。太陽の方向を見た迫田は、この場所に影を落とす樹冠が切り取られていることに気づいて、録画を確かめることにした。人の死ぬ映像だ。深呼吸して、心を無にしてから虐殺シーンの映像を再生した迫田は、凄惨なシーンが十分な太陽光で照らされていることを確かめた。

迫田は、ピックアップトラックから降りたイグナシオを睨んだ。

イグナシオは投降した隊員たちを殺す場所を選んでおいたのだ。目的は、報道だろう。衝撃的な映像と虐殺という言葉が世界を駆け巡ることをイグナシオは望んでいたはずだ。

だが、迫田が生成した速報が十分な事実確認スコアを得られなかったために狙いは外れたということなのだろう。それでも彼は諦めていない。迫田がナッシュビルのニードルに住む富裕層の何者かに手紙を渡し、ジョーンズ分隊の遺族回りをする過程で目にするものを調べさせようとしているのだ。

迫田の視線に気づいたイグナシオが、防衛隊の兵士たちを見比べるよう目で誘ってくる。迫田はわかっています、と頷いた。わかっていることなどないが、カミーロやジャッキーのようにアメリカ英語を話し、最新兵器を扱う若い兵士のことを調べろということだろう。

実際、興味は尽きない。

防弾ガラス越しに斜めの狙撃をしてみせたカミーロの言葉を信じると、彼は一人ORGANと呼ぶべき狙撃をしたことになる。その秘密だけでも迫田の飯の種になるのだが、カミーロの同僚たち——アメリカ英語を話す兵士集団も面白い。だが、今日の迫田の取材対象は捕虜交換だ。

防衛隊の兵士たちは、三人一組で低地の周囲を警戒して回る。そんななか、車を降りたレイチェルが迫田の方にやってきた。

「ジェイク、取材は順調？」

「まあね。そっちは？」

「少し太った」と苦笑いしたレイチェルは、清潔な帆布の上に並んだ遺体コンテナに目をやって、唸るような声で言った。「許さないからね。一人残したことを後悔させてやる。取材に来る？」

「少佐を負かすのなら、ぜひ撮りたいね」

笑顔で言ったつもりだが、成功しなかったらしい。レイチェルは噴き出して迫田の背中を叩いた。

「無理しなくていいよ。ニュースにしてもらうような話じゃないから」

「いや、ニュースにはなるよ。虐殺の件はまだやるから」

「まだ報道されてないの？」

迫田は層化視《クシュヴ》の共有ワークスペースに、集めている記事を並べた。

「おれの上でドローン飛ばしてた〈リアルタイムズ〉が配信してる。虐殺とか戦争犯罪とかいう表現じゃないけどね。他にも後追いの記事が出てる」

記事を一瞥したレイチェルは声を低めた。

「どれもジェイクの速報より情報少ないじゃない。どうして出せないの？」

低地を巡回している防衛隊が聞いていないことを確かめてから、迫田も低い声で伝えた。

「事実確認をやってる〈コヴフェ〉も調査を始めた。誰が見たっておかしいからな」

「あいつ」レイチェルはイグナシオに後ろ指を立てた。「記事が出ないのを、かなり残念がってたよ。殺すんじゃなかった、とか言いやがった」

「尋問の時？」

頷いたレイチェルは、迫田に顔を近づけた。

「ジェイク、あいつの調査を請け負ったでしょ。いいなりになるの？」

「いいや」迫田は首を横に振った。「記事を書くか書かないかはおれが決める。それに、慰謝料は悪い話じゃないだろ？」

「まあね」レイチェルは頷いた。「〈グッドフェローズ〉の遺族年金じゃ半年も暮らせない」

そこまで言ったレイチェルが森の一角をじっと見つめた。

「来た」

視線を追った迫田の目の前で、ジャングルがぼやけた。光学迷彩だ、と思ったときには広場の端にずらりと〈マスチフ〉が並んでいた。コンバットスーツ姿の兵士を乗せた〈マスチフ〉が三台ずつ広場をはさむように並び、正面にはトレーナー姿の捕虜を乗せた〈マスチフ〉が四台と、空荷の〈マスチフ〉が三台の計七台が並んでいた。

迫田が〈マスチフ〉の構成を確かめていると、スーツ姿の男性を乗せた一台の〈マスチフ〉が前に出る。

「〈グッドフェローズ〉の保安長官《セキュリティオフィサー》、ビル・マッグロウだ。イグナシオ少佐はどこか？」

低地を巡回していた防衛隊の兵士たちは、突然現れた〈マスチフ〉に狼狽《うろた》えていたが、百式歩槍《バイシブーチャン》を担いだ若い兵士たちは〈マスチフ〉の登場を予想していたように落ち着いていた。

「集結！」とカミーロの声が飛ぶと、狼狽えていた防衛隊たちは、ピックアップトラックの周囲に集まってきた。

イグナシオは、一週間前と同じようにトラックの荷台に立っていた。

いつもの人を馬鹿にしたような様子は見せず、マッグロウに見事な敬礼をしてみせた。

「ミスター・マッグロウ、そして〈グッドフェローズ〉のみなさん。〈テラ・アマソナス〉防衛隊のチェリー・イグナシオ少佐だ。ブラジル共和国総代として、捕虜交換を行ってくれることに感謝する」

イグナシオが言い終えると、マッグロウは〈マスチフ〉の歩みを止めた。

「交換前に、お前に言いたいことがある」

「どうぞ」

非礼を隠さない呼びかけに、イグナシオは神妙な顔で応じた。

息を大きく吸い込んだマッグロウはイグナシオに人差し指を突きつけた。

「われわれは、貴官の戦争犯罪を断じて許さない。投降したジョーンズ分隊の五名を殺害したことは、ブラジル、コロンビア、ペルー政府、そしてアメリカ合衆国にも通告している。我々は、あらゆる国際機関を通して、君らの独立戦争が不正なものであることを訴えていく。覚悟しておけよ」

聴き終えたイグナシオは、胸に手を当てた。

「まず、謝罪したい。申し訳なく思っている」

「なに？」

「殺したのは悪かった」

「虐殺を、認めるのか……？」

「見たんだろう？　あの通りだよ。私の命令で、投降した五人を殺した。国連にもそう伝えてくれ」

マッグロウは、イグナシオの真意をはかりかねるように眉をひそめたが、息を鳴らすと、背後の

〈マスチフ〉を指さした。

「言われなくても報告する。交換といこう」

マッグロウが虫を払うかのように手を振ると、控えていた〈マスチフ〉が歩きだした。音もなく広場を横切った〈マスチフ〉がコンテナの前で足を止めると、慣れない様子で〈マスチフ〉を降りた四名の捕虜は、〈テラ・アマソナス〉防衛隊の列に入っていった。

空席になった〈マスチフ〉に、百式歩槍《バイシブーチャン》を携えた防衛隊員たちが歩み寄る。先頭に立つのはカミーロ、ひとりは、先ほど迫田をエスコートしたジャッキーだった。隊員たちはカミーロの指示で、〈マスチフ〉の各部にあるレバーを操作すると、座席を荷台に変形させていく。

どうやらカミーロはORGANの兵装にも詳しいらしい。

「やっぱり、ORGANやってるんじゃないの」とつぶやいたレイチェルは、シートのまま残された〈マスチフ〉に歩き出し、ふと立ち止まって迫田を振り返った。

「ジェイクは一緒に来るんじゃなかった？」

「歩いてついてくよ」

「じゃあ、あとで」

〈マスチフ〉にまたがったレイチェルの姿は、その場で見えなくなった。気づくと、他の〈マスチフ〉も姿を消していた。

落ち葉を踏む音だけが、ぽっかりと空いた広場をそろそろと進んでいく。

もしもいま、姿を消した〈グッドフェローズ〉が牙を剥いたら、と考えてしまった迫田の背筋にぞわりと鳥肌がたつ。その時、とん、と肩が叩かれた。

「もう行くんだろう?」

イグナシオだった。

「ええ。追いつけないとは思いますけど、彼らのキャンプまで戻ります。多分、わたしが先にアメリカに入ると思います」

「彼女は戦闘報告しなきゃならんしな。じゃあ、頼むぞ」

「遺族にはなんて言えばいいですか」

「申し訳なかった。息子さん、娘さんを殺したチェリー・イグナシオは心の底から済まなく思っている。慰謝料は、おれの全財産だとね」

「それで受け取ると思いますか」

「そこはサコダに任せるよ。伝えてくれ。彼らはわたしの兄弟《ブラザー》だった。殺したくはなかったと」

まっすぐに見つめてきた黒い瞳を見つめ返すと、胸がつまる。とてつもなく悪いことをしたような——。慌てて迫田は首を振った。どうもこの男と話していると調子が狂う。

「殺しといて、そんなこと言えますか」

「だからさ、そこを君に頼むんじゃないか」

いきなりおどけた口調になったイグナシオは、迫田の肩に腕を回し「君ぃ《チェー》!」と言って抱擁した。

「やめてください」

腕を解《ほど》いた迫田は、イグナシオに指を突きつけた。

「戻ったら、インタビューを申し込みますよ」

「期待してるよ」

真面目な顔で頷いたイグナシオに背を向けて、迫田は〈マスチフ〉の消えた小径に足を踏み入れた。一時間ほどがむしゃらに歩いて、鳥と虫の鳴き声に包まれていることに気づいた時、ようやく迫田はペースを緩めた。

そして、迫田はイグナシオが最後に頼んできた言葉が、いつもと違っていたことに気づいた。「兄弟たちよ、殺したくなかった」と言ったイグナシオは「チェー」と言わなかったのだ。

殺したくなかったのは本心だったのかもしれない。

だが彼は、戦争犯罪になるやり方で殺した。その理由が、どうしてアメリカで見つかるというのだろう。

5

マルシャ・ヨシノが窓の外に目をやると、音もなく走ってきた黒いＢＭＷがオフィスの前で停車するところだった。車種はｅ10《イーテン》。今日、オフィスに来てくれると言っていた法律顧問、呉鈴雯《ウーリンウェン》の自家用車だ。

助手席のドアを開けた呉鈴雯は、空っぽの運転席から大ぶりなトートバッグを引き寄せると、長い脚を振り出して低い座席から勢いよく立ち上がる。歩道の石畳に当たった太いヒールの音が、薄いドアを通してオフィスまで伝わってきた。

今日のウーは、服に興味のないマルシャでも一眼でシャネルだとわかる金糸で縁どられた黒いスーツ姿だった。トートバッグも紐に金色の鎖が絡みついたシャネル製。

体の線を見せるジャケットとタイトな膝丈のスカートは古風だが、ピンと伸びた背筋と機敏に動く表情は、彼女が受け身に回ることを拒否する女性だということを物語っている。

マルシャはテイクアウト用のカウンター窓から呼びかけた。

「呉鈴雯《ウーリンウェン》、早かったじゃない」

「時間通りよ」

腕時計を指さしたウーが助手席のドアを閉めると、ＢＭＷは快適な乗り心地を供給していたサスペンションを縮めて、無人モードで石畳の坂道を登っていった。行き先はブッシュ通りとポーク通りの交差点にあるケーブルカー動力ビルだ。三階建てのパワーハウスの地下には二千台収容の無人駐車場がある。自動運転車がミリ単位の間隔で車を詰め込む駐車場には、二百キロワットパーアワーのバッテリーを非接触で二十分で満充電にしてしまう電磁波に満たされている。

人間が立ち入ることはできないその駐車場で、ＢＭＷはウーの帰りを待つ。ウーは層化視《クシュヴ》に駐車場のコンソールを出して、マルシャに顔を向けた。

「駐車場、今日も無料みたい」

「ここんとこずっとよ」とマルシャ。「今年の四月ごろ、電気の分配アルゴリズムが変わってから、駐車場発電で調停してる電力が増えたんだって」

「なるほどねー」と言いながら、ウーは部屋に入ってきた。

再生可能エネルギーで電力を賄《まかな》っているサンフランシスコ市にとって、高密度の車載バッテリーは、ミリ秒単位で出力を変更できる重要な仮想発電所ノードだ。その総出力は原子力発電に換算すると十基に匹敵する二十四ギガワット。常に変更し続ける送電網は、内戦のさなかにダラス証券取引所で生まれた調停AIが差配し、利用可能になった電力の分を充電料金から差し引いてくれるのだ。

オフィスに入ってきたウーは、トーマに手を振った。

「アン・ホー元気？」

彼女の背後から太い声が飛ぶ。

「おれはこっちです」

「あ……」

ウーが固まる。呼びかけられたトーマは噴き出し、マルシャは友人に肩をすくめた。

「いい加減に覚えてよ。そっちはトーマ。何回も会ってるでしょ」

「ごめん、本当に」ウーは胸に手を当ててトーマに頭を下げる。「人の顔と名前を覚えるの、本当は得意なんだけど」

「いいですよ。よくあることですから」とトーマが言うと、「全くです」とアン・ホーも頷いた。典型的な北欧系のトーマ・クヌートという名前が頭にあると、巨漢の白人アン・ホーについそう呼びかけてしまうのも無理はない。

「ダメよ、間違えちゃ」とマルシャは釘を刺しながら、背を精一杯伸ばしてウーとハグを交わす。身体を離したウーは腰に手を当て、マルシャに指を突きつけた。

「でもね、わたしが名前を間違えるのはあなたのせいなのよ」

「どうして？」

「わざとこういう子ばっかり選んでるでしょ。チョコレート肌のスカンジナビアンに、白人のベトナム系、どこからどうみてもアフロな先住民。どういう趣味なの？」

マルシャも腰に手を当てた。軽口の範囲なのはわかっているが、ここは譲れない。

「何度も言ってるけど、見た目なんか気にしてない」

「ほんとに？」

「うちの採用は能力しか見てない。採用する人数だって決めないで、スコアが〇・九二一一二を超えたら入社させてるんだから。だいたい、応募フォームはあなたの指導で作ったのよ。年齢も性別も顔写真も職歴もＳＮＳのリンクも書かせない、完全な実力テスト。どうやって金髪かどうかで選べるわけ？」

ウーが頬を膨らませた。

「じゃあ あのテストがよくないのよ！」

「本気で言ってる？」

マルシャが首を傾げると、ウーはもう一度ハグした。

「もちろん冗談」

ウーはスタッフの名前を間違えるとかならずこの話を持ち出すのだ。

「スタッフの名前は覚えてね」

マルシャはそう言いながら、混乱も仕方ないのかもと思ってしまう。

小柄で褐色の肌を持ち、くるりと巻いた黒い髪の毛を持つトーマは、何も知らなければ中央アジア系に見えるのだが、実はノルウェー系だ。入社した日、オフィスを見学に来たバイキングを思わせる大柄な父母を見たマルシャは、トーマのことを養子だと思い込んでしまった。

ホームパーティーの時に聞いた話によると、トーマの父母は内戦期にサンフランシスコが緩和した移民法を利用して渡米、トーマを産んだのだという。赤子の肌が褐色だったのには両親ともに驚いたが、体外受精《IVF》だったため出生前からDNA検査は重ねていて、二人の子供に間違いはない。成長すると、耳や、口の形、そして利き手や性格に両親の特徴が現れてきたそうだ。

マルシャ自身も外見は両親とかなり異なる。チョコレート色の肌と縮れた毛、アーモンドのように目頭が尖った瞼の形はアーリア系の特徴だ。しかし父は社員に「サムライ」と言われるような典型的な日本人だし、母親も同様だ。遅い子供だったマルシャもトーマと同じIVFで生まれたので、しつこい出生前検査を受けている。

だが、マルシャとトーマなどまだ大人しい方だ。北欧神話から抜け出してきたようなベトナム人のアン・ホーに、ナチュラルなアフロヘアを持つアメリカ先住民《インディギュナスピープル》のアレサ・リーダーなど、家族のルーツと典型的な人種的特徴が一致しているスタッフは一人としていないのだ。

二〇四五年のいま、子供と父母の身体的な特徴が一致していないことなど珍しくもない。混血が進んでいるせいもあるが、第二内戦で中部と東西両岸のアメリカの経済格差が広がったために、子供を手放して教育を受けさせてくれる里親に出す人が増えたためだ。

一般的に、里親は人種的に近い特徴の子供を選ぶ傾向があるのだが、〈コヴフェ〉のスタッフは家族と異なる外見を備えている。毎日顔を合わせているマルシャは間違えないが、たまにしか来ないウーが混乱するのも無理はない。

トーマとアン・ホーの名前をもう一度たしかめたウーは、アレサにハグをするとマルシャのところに戻ってきた。

「あのねマルシャ。金髪碧眼のジョン・スミスを雇っても、黒髪美人の呉鈴雯を採用しても、いいのよ。あなたをレイシストなんて呼ぶ人はいないんだから」

「あら、あなた〈コヴフェ〉で働きたいの？」

マルシャはおどけてみせた。何度も誘っているのに一向に入ってくれる様子がないのだ。ウーは激しく首を横に振った。

「いやよ！　この会社にいると、自分がバカになったみたいな気になるもん。だいたいあの試験、気が狂いそうになったんだから」

「そう？　確か呉鈴雯のスコアは初回が七十八・二四四五五で、二回目が八十一・二三四二二じゃなかったっけ。悪くないよ」

「それ」とウーが指を突きつける。「十年も前の試験のスコアを、小数点以下五桁まで覚えてるなんて普通じゃないって。だいたいなんで試験のスコアが小数になるの？」

「あれは、数字を捉える速度も見てるから」

やり込めるつもりではなかったが、反論できなくなったウーが唸る。

「七割超えてれば立派ですよ」

トーマが助け舟を出すと、ありがとうと答えたウーは、オフィスに生身やアバターでアクセスしている十名ほどのスタッフに話しかけて、名前を確かめはじめた。

〈コヴフェ〉の入社試験で問うているのは、巨大だったり微小だったりする様々な数字や数列、群を摑み、量子コンピューティングに落とし込む理解力だ。コンピューター・サイエンスや高等数学、量子情報学を修めていれば多少は有利になるが、なにより物を言うのが直感に属する特殊な能力であることに違いはない。

トーマは九十五・二四七二七点で通過したし、アン・ホーは九十七・二三六二五点も取っている。問題を作っているのはマルシャだが、年を追うごとに合格するスタッフのスコアは上がり、入社できなかった人との差が開き始めている。

もちろん、マルシャがウーに頼る理由は数字を扱う力ではない。マルシャ・ヨシノの名前を世界に轟かせたRSA暗号の突破をNISTに登録したのも、格子暗号の実装を数十の特許に仕立て上げて企業が買えるように整えたのも、テンダーロイン地区の地下を買い占めたのも、当時はまだ学生だったウーなのだ。

そんなマルシャの切り札は、金髪碧眼のラズベリー・ワンに話しかけている。

「──それで、あなたがラズベリー」

「そうですよ」と、ラズベリー・ワン」年齢はマルシャとほとんど変わらないが、去年入社した新人社員だ。

〈コヴフェ〉唯一の外国人社員でもある。

「ねえ呉鈴雯。あなた、ラズベリーのH-1Bビザ取ったの忘れたの?」

「もちろん覚えてるって」ウーは言ってラズベリーのアバターをしげしげと眺めた。「お父さんはタイ人でお母さんはナイジェリア人でしょ。バンコク育ち」

《はい》

答えたラズベリーは、ウーの混乱をくすくすと笑った。小柄で浅黒い肌を保つ父と漆黒の肌を持つ母の遺伝子がどう作用したのか、ラズベリーは欧州人も羨む金髪と碧眼を持って生まれたのだ。

「そろそろ打ち合わせを始めようよ」

マルシャが呼ぶと、ウーは窓際のチェアに尻を乗せた。アン・ホーは奥の壁に造りつけたカウンターに肘をもたせ掛け、トーマはアン・ホーの右隣のスツールに腰掛ける。今日の打ち合わせのメンバーは、全員、肉体を持ってオフィスに集まっている。

誰が司会と決めたわけでもないが、トーマが口火を切った。

「ウーさん、今日はありがとうございます」胸元にワークスペースを浮かべたトーマは、ウーに尋ねた。「レポートは読んでいただけましたか？」

「もちろん」

ウーは人差し指をぴんと伸ばして、自分のスクラッチパッドにレポートを表示させた。

「一週間。だいぶわかってきたのね」

「はい」と言って、トーマは現状の報告を行った。

トーマが検証しているピアソン重合法v5には、まだ問題が見つかっていない。過去のバージョンから開発中のバージョンまで用いて迫田記者の記事を判定させてみているが、スコアは常に〇・四六近辺に落ち着いている。数値解析を交えたトーマの報告は決して易しくないが、ウーは眉根に力を入れながら聞ききって、平たい言葉で聞き返した。

「つまりアルゴリズムのバグではないだろう、ってことね」

「そうです。問題は、判定に使った資料の方にありそうです。アン・ホー、いいかな」

頷いたアン・ホーは寄りかかっていた壁をくり抜いて、検証に用いているワークスペースを立ち上げた。大小の雲のような塊で描かれる言語モデルと、二つのドローン映像枠が宙に浮かんでいて、手前側には黒地に白い文字で埋めつくされたターミナルがずらりと並ぶ。アン・ホーはワークスペースの状態を確認するとこちらに顔を向けた。

「これが、サコダ記者が速報の事実確認に用いた資料です。大規模言語モデル《LLM》ベースのベクトルモデルが五つと、映像の生ファイル二つを使っていました。ノード数は合計で四百三十兆――ぐらいです」

一の位まで読み上げなかったアン・ホーにマルシャはサムズアップしてあげる。放っておくと〈コヴフェ〉のスタッフは有効数字を全て読み上げてしまうのだ。ウーもにこりと笑う。

「端折《はしょ》ってくれてありがとう。モデルのソース公開比率は？」

「八十五・四五二パーセントです」

「っていうことは厳密モード《ストリクト》？　真面目だね、サコダ記者」

ウーの言う通りだ。〈サン〉のようなクオリティ・ペーパーは事実確認スコア以外にも厳しい基準を求めている。判定モデルの合計ノード数は二百兆ノードなければならないし、そのモデルの四分の三は公開情報からの学習でなければならない。時事モデルと言われる一般モデルは全て公開情報を用いているから、単に配信資格を満たすだけなら時事モデルだけで判定をおこなう通常モードでいい。しかし迫田記者は、公開情報比率を犠牲にしても、専門家の知見を利用する厳密モード《ストリクト》を使っているのだ。

ウーはアン・ホーの背後でゆっくりと膨らんだりしぼんだりしている雲のようなモデルを見つめた。

「それで、モデルに問題があったわけね。具体的には？」

頷いたアン・ホーは黒い画面に速報記事の文字列が浮かぶターミナルから線を引き出すと、一際《ひときわ》大きなモデルに接続した。

「まず一般時事モデルの評価をしてみます。このモデルで例の速報を判定させると、スコアは〇・八六三三になります」

アン・ホーは続けて、二番目と三番目に大きなモデルを接続した。

「南アメリカ時事情報モデル、国連紛争情報モデルを繋ぎます。スコアは〇・九三二四」

「これで配信しておけばよかったのに」と、ウーがぼやく。マルシャは言った。

「でも、我らがサコダ記者は厳密モードを使うんだ。見ようか」

アン・ホーは頷いて、小ぶりなモデルにケーブルを繋ぐ。

「これは、国際赤十字赤新月連盟《IFRC》と国際刑事裁判所《ICC》が提供している公正戦データベースをもとに作った判定モデルです。スコアは〇・六二六四」

ウーが身を乗り出すと、アン・ホーは雲からケーブルを抜いて、雲というよりもスポンジのように均一な形のデータにケーブルを繋いだ。

「さらにジェイズの兵器年鑑モデルをつなぎます。スコアは〇・五一二四三に落ちます」

「専門性を上げるとスコアが下がるのかな」と、ウー。アン・ホーは首を横に振った。

「そう思って、兵器年鑑は紅星《ホワンシー》年鑑を試してみました。スコアは〇・九四三五に上がります」

「本当に？　じゃあ、ジェイズの年鑑がおかしいってことにならない？」

アン・ホーは、二つの似たような雲が浮かんでいるワークスペースを切り替えた。

「それを検証しているところです。ジェイズと紅星の両方に五十万記事を入れてみて、スコアに差が出るかどうか確かめてるところです」

「……たいへん？」

「いえ、そうでも。買ったり作ったりしたモデルを適用するときは、いつもやってる作業ですよ」

「なるほど。公正戦データベースの方は？」

アン・ホーはウーに手を差し伸べる。

「それを聞こうと思ってました。似たようなモデルを作ろうと思うんですが、公正戦の公的データをだしてくれる団体、どこかないですかね」

ウーは額をピシャリと叩く。

「うわっ、それは難しいぞ。国際刑事裁判所《ハーグ》とか国際赤十字赤新月連盟《ジュネーブ》に並ぶところ？　とりあえず探しとく」

ウーが右手の指を波打つように動かした。メモを取ったのだろう。ウーはアン・ホー、トーマに頷いてからマルシャに向き直った。

「つまり、判定に使ったモデルが腐ってる可能性があるということね」

「そういうことになるかな。アルゴリズムのバグの可能性もあるけど」

人差し指を立てて鼻をとんとんと叩いたウーは、ふと顔を上げた。

「マルカワだっけ、記者のエージェント。謝罪した？」

「まだだけど？」

謝罪の必要はあるだろうかとマルシャは訝《いぶか》しむ。迫田記者には連絡も取れているのだ。だが、ウーに譲るつもりはないようだった。

「まず謝ろう」

信頼性の低いモデルを提供する方が悪いのだと言いかけて、マルシャは気づいた。迫田記者は厳密《ストリクト》モードを選んだだけ。そこにモデルを当て込んだのは〈コヴフェ〉のシステムだ。

「そうだね。まず謝罪だ。理由は伝える？」

ウーはアン・ホーとトーマの顔を見渡した。

「伝えていいんじゃない？　モデルが怪しいのは間違ってないんでしょ」

「わかった。賠償は――」

言いかけると、ウーは顔の前で手を振った。

「なしなし。サコダ記者はそんなことしなさそうだけど、もしもバレたら調子に乗ったバカが尻馬に乗って請求してくる。もちろん全部叩き落としてやるけど信頼には傷がつくからね。謝罪文は書いたげるよ。アルゴリズムはおそらく大丈夫で、二つのエキスパート資料を通すとスコアが下がった。その理由はまだわからないって感じかな。他には、何かわかってることがある？」

マルシャは、トーマがアン・ホーのワークスペースを見つめているのに気づいた。傍によけられた、スコアの下がった接続だ。

「トーマ？」

「はい？　あ、ごめんなさい」トーマはスコアが下がったモデルを指さした。「あんなふうに、特定の資料でスコアが下がるの、珍しいなと思いまして」

アン・ホーも頷いて、七つの資料を並置した方のスペースを前面に引き出した。

「おれも初めて見るよ、このパターン。恣意的なフィルターが入ってるみたいだよな」

「恣意的――」マルシャはつぶやいて、アン・ホーのターミナルに浮かぶ記事を見つめた。「ちょっとターミナル貸してくれない？」

「どうぞ」

アン・ホーがターミナルの複製をとって引き寄せる。それを受け取ったマルシャは、記事を書き換えた。

「これは禁じ手なんだけどね」


速報！

アマゾン時間の六時五十一分。**レティシア市**〈キラ・アマゾナス〉防衛隊を指揮していた公正戦コンサルタント、チェリー・イグナシオ少佐が、投降した〈グッドフェローズ〉の兵士六名のうち、五名を殺害しました。捕虜の人権を無視したイグナシオ少佐の虐殺は**国際条約**ハーグ陸戦条約違反となり、戦争犯罪で告発されることが予想されます。


「固有名詞を抜いてみたんですね」

トーマがマルシャの意図を察してくれた。だが、ウーは肩をすくめる。

「でもスコアは変わらないわよ。〇・四のまま」

「〇・四二三五だね。変わると思ったんだけど」

マルシャがつぶやくと、アン・ホーが二つの映像ファイルに繋がっていたラインを抜いた。

「これも禁じ手ですが映像も無名化します」

アン・ホーは動画を手元に引き寄せてゲスト用のフィルターをかけた。〈コヴフェ〉のスタッフは平気だが、ウーには見せられない。

アン・ホーはエディターに指示文《プロンプト》を書き込んで、撮影された人たちを、無名生成した映像と入れ替えていく。全く同じ状況だが、たったいま生まれた人物が命令し、同じタイミングで生まれた兵士が引き金をひき、五名の自動生成された兵士たちが頭を吹き飛ばされていく。ウーの層化視《クシュヴ》にはぼんやりとした雲がうごめいている様子が描かれているはずだ。

「さて、どうかな」

アン・ホーがラインを繋ぎ直すとウーが手を叩いた。

「〇・九八！」

マルシャはすかさず言った。

「トーマとアン・ホー、固有名詞をチェックして。〈テラ・アマソナス〉、イグナシオ、〈グッドフェローズ〉、ジョーンズ分隊、ハーグ陸戦条約で、どの要因が原因なのか絞り込める？」

すぐにトーマは文章を、アン・ホーは映像のパターンを増やしはじめた。〈テラ・アマソナス〉を書かないパターン、イグナシオの名前を出さないパターン、そして虐殺されたジョーンズ分隊のメンバーや〈グッドフェローズ〉という名前が登場しないパターンだ。アン・ホーは映像も修正して評価し直した。立場を入れ替えたり、別のＯＲＧＡＮ部隊が虐殺されたパターンを作り、評価を行っていくのだ。

「全部で何パターンぐらいになるの？」とウーが漏らす。

「三十二」マルシャは即答し、「はあ？」と首を傾げたウーに計算の方法を伝えた。

「${}_5$C《チューズ》${}_5$から${}_5C_0$までの総和でしょ（${}_5C_4$は５つの要素から４つを選ぶ組み合わせの総数）」

「いや……」

ウーがたじろぐ中、トーマとアン・ホーが「え？」と疑問の声を上げる。アン・ホーは、マルシャには理解できない指算盤《アヴァカス》を掲げていた。

「それは積分の方が早いですよ。答えは整数に決まってるんですから $1/(2\pi)\oint(-\pi)^\wedge\pi e^\wedge($――」

「うるさい」マルシャは遮った。「君たちはそうかもしれないけど、わたしは組み合わせを足すほうが楽なの」

そういうものかな、と納得したらしい二人は検証に戻ったが、マルシャは優秀というよりも異能と言う方がふさわしい部下にため息をついた。

「同じ人間だとは思えないな」

「あなたもよ」と、ウーが唇を尖らせる。「組み合わせの計算だって一瞬じゃ終わらないんだから。あなたの前だから言うけど、わたしだって秀才で通ってたのよ？　自分がバカになったみたいで嫌になっちゃう――終わったのかな？」

その通りだった。トーマが報告してくれた。

「わかりました。〈グッドフェローズ〉が無名化されていない十六の組み合わせ、全てのパターンでスコアが下がります。あと、〈テラ・アマソナス〉防衛隊でもわずかに――九・七二Eマイナス1ほど、スコアが下がる傾向があります」

「防衛隊の方は無視していいかな。〈グッドフェローズ〉が入っているとスコアが下がるのは間違いないのね？」

「はい」

「他の固有名詞で試してみて」

　マルシャは更なるテストを指示した。

「始めてます」とアン・ホー。「合衆国海兵隊のＯＲＧＡＮ部隊〈ターゲッツ〉、日本の陸上自衛隊の〈レンジャー＋《プラス》〉、ドイツ陸軍の〈ＢＦＦＢ〉あたりでいいですか」

　ウーが手をあげる。

「念のために趙 公 正《チャオゴンツェン》も入れてみて。公正戦を始めた人。あとは、条約に守られないようなテロリスト。〈黒の三日月〉かな。あと人権無視の〈ク《K》ーク《K》ラックスク《K》ラン〉とか」

「はい」とアン・ホーは答えて、有名人やテロリスト組織などを入れた組み合わせで検証を進めていく。だが、誰を被害者にしても〈グッドフェローズ〉と同じことは起こらなかった。

　マルシャはその検証を眺めながら、わかっていることを一つ一つ確かめた。白昼堂々と行われた虐殺を有名な兵器年鑑と公正戦データベースが「虐殺じゃない」と判断した。そしてそれは、殺害されるのが〈グッドフェローズ〉の時だけだという。

　マルシャは、ウーに報告を続けていたトーマに言った。

「兵器年鑑を使ったモデルと国際刑事裁判所のデータを使ったモデルは、どっちも〈グッドフェローズ〉を入れるとスコアが下がる？」

「はい」とトーマ。「どちらのモデルも、〈グッドフェローズ〉が殺された時だけ虐殺じゃない方に傾きます」

「わかった」マルシャは結論づけた。「バグじゃないね。誰かが〈グッドフェローズ〉隊員の情報をコントロールするために、情報を汚染しているんだ。当面、その二つのモデルを外しておこう。兵器年鑑は紅星《ホワンシー》に、公正戦モデルは――決めてなかったか。どこがいいかな」

ウーが手元に視線を落とし、自分のワークスペースをチラリと見た。

「パレオに連絡──いや、いい人がいるじゃない。サコダ記者よ！」

「当事者よ？」

マルシャは眉をひそめる。

「いいのよ」ウーは人差し指を顔の前で振る。「だって、潰しちゃった速報は復活させないんでしょ？　記者としては信用できそうだし。連絡取れる？」

マルシャは頷いた。

「ええ、代理人のマルカワから聞いたんだけど、アメリカに来るみたい。〈グッドフェローズ〉の生き残りと一緒に」

「確か中国系の女性兵士だよね。さてはアジア人同士でいい仲になったかな？」

ウーが茶化すように言ったが、マルシャは首を振った。

「違うみたい。一緒に遺族を回って、イグナシオが出した慰謝料を配るんだってさ」

「はあ？」

ウーは口をぽかんと開けた。アン・ホーもこちらを見て固まっている。沈黙を破ったのはトーマだった。

「ええと……イグナシオが、自分の命令で殺させた兵士の遺族に慰謝料払うんですか？」

「そう聞いたよ。マルカワもよくわかってないみたいだけど」

ようやく話が飲み込めたのか、ウーはうんうんと頷いてから、トーマに顔を向けた。

「いっそ、サコダ記者に合流したら？」

「僕がですか？」

「そう。合流して、彼の資料を預かって、目の前で検証するのよ。国際刑事裁判所以外の公正戦データベースについても聞いてきて」

突然の提案にトーマはのけぞったが、マルシャはウーの提案に乗ることにした。

「いいと思う。遺族まわりは旧・自由領邦エリアみたいだから、ネットが遅いんだよ。トーマが衛星端末持っていけば連絡は楽になるでしょう」

「いいですけど、迷惑にならないですか？」

「マルカワに聞いてみる。車と部屋を分ければ、いいと思うよ。免許は？」

「レベル3限定です」

「なら大丈夫」と、ウー。マルシャも頷いた。

車乗りにはバカにされるＡＩ限定免許だが、トーマが乗れないのは、自動運転や衝突回避、レーン維持の入っていない世代の手動操縦車だけだ。

巡航《クルーズ》アシストの入っていない自動車などいまは販売していないし、最寄りの空港で運よく車列《トレイン》サポートのあるレベル5の自動車を借りられれば、記者の車に同乗して、借りた車に追いかけさせるような使い方もできる。

ウーはトーマの方に身を乗り出した。

「どう？　サコダ記者との関係って、結構重要になるのよ。もちろんダメなモデル使って彼の記事を吹っ飛ばしたことは謝るけど、顔を合わせて味方にしちゃう方がいい。その、中国系の生き残りとも顔を繋いどくといいかもしれない。そっちには迷惑かけてるわけだし」

「そうですね」

トーマは頷いた。

「ある意味では一番の被害者ですからね」

その通り、とウーがトーマを指さした時、アン・ホーがワークスペースに女性兵士の立体映像を表示させた。

「生き残った中国系の兵士って、この人ですか？」

肩にこぼれ落ちる巻いた栗毛の下には、ギリシャ彫刻のような平らな額と、まっすぐな鼻梁が伸び、深く落ち窪んだ眼窩《がんか》には薄茶色の瞳が煌《きら》めいていた。栗色の毛髪は根元まで光を通している。

ウーが映像に顔を向ける。

「ええっ？」

マルシャにも意外だった。ラテン系に見えた栗毛の女性兵士の顔立ちは「拉結陳」という中国人名とは程遠い。女性兵士の立体映像を見直したマルシャは「事情はいろいろあるよね」とつぶやいた。両親か祖父、曾祖父にイタリア人がいるのかもしれないし、養子の可能性だってある。そしてもちろん、わたしやトーマたちのように突然生まれてくることだってあるのだから。

「こういうケースは珍しくもないんでしょうね。慣れない人も多いようですが」

立体映像を閉じたアン・ホーがウーをチラリと見ると、彼女は両手を振って抗議した。

「わたしはもう間違えないから！　トーマだって間違えるかもしれないじゃない」

マルシャは思わず声をあげて笑ってしまった。

「トーマは大丈夫よ。サコダ記者との同行、よろしくね」

内戦の痕

6

フォード・エクスプローラーのフロントグラスにレーン変更を告げる矢印が描かれて《右前方、目的地周辺です》というアナウンスが流れた。

ハンドルを握っていた迫田が「了解《アイ・シー》」と伝えると通知は消えて、右手を添えていたハンドルが勝手に動き、四輪駆動のディーゼル・ハイブリッド車はナッシュビル国際空港のピックアップエリアに向かうレーンに車線を移っていく。

特に何もすることはないので、迫田はハンドルに手を添えたままで、巨大な駐車場の向こうに見える空港を眺めることにした。昨夜到着したときにはよく分からなかったが、陽射しを浴びた平屋根のターミナルビルから受ける印象は薄い。「空港」としか言いようがないほど凡庸だ。国際ということになってはいるが、外国に飛ぶ便はメキシコのカンクン国際空港への定期便と、週に三回のヒースロー空港行きだけなので、ターミナルビルを出入りする乗客も一目でアメリカ人だとわかる風体《ふうてい》の人しかいない。

ターミナルビルの向こうに見えるエプロンには、ついさっき頭上を追い越していったデルタ航空のボンバルディア機が駐機して、旅客の荷物を降ろしていた。

機体を見た迫田は、層化視《クシュヴ》に浮かぶ便名を見て「しまった」とつぶやいた。ボンバルディア機の上に表示された「DL823 BNA-CUN」はレイチェルの乗ってくる便名だ。定刻よりも早く到着したらしい。

急ごうとしてアクセルペダルに足を置いた迫田だが、もう数十秒でピックアップレーンに到着することを思い出して、足をフロアに戻した。

「ヘイ、フォード」

《何のご用でしょうか》

いまどきのエージェントは名前で呼びかけなくても対応してくれる。年寄りの技術者は「OK、グーグル」や「ヘイ、シリ」のような草創期の製品名をつけた呼びかけを好む人も多いし、チェリー・イグナシオ少佐の「ヘイ、ジャーヴィス」のように、映画に登場した人工知能の名前で呼びかける人も少なくない。

迫田は製品名で呼ぶことにしていた。聞き間違いも少なそうだし、なんとなく誠実な気がするのだ。そういえば〈グッドフェローズ〉の隊員たちも、似たような感じで音声エージェントを使っていた。

「人を探したいんで、到着ロビー前をゆっくり流してくれないかな」

《速度は落としますが、ピックアップレーンはレベル3運転となります。ハンドルから手を離さず、進行方向と周囲の安全確認をお忘れにならないようお願いいたします》

敷地内なのに？　と、言いかけた迫田だが、いまいる場所を思い出して納得した。ここテネシー州は旧・自由領邦だ。レベル5を担保するビーコンや空間撮像カメラも少ないし、何より手動運転車両が数多く走っている。

「じゃあ、手動運転に切り替えるよ」

《了解しました。ハンドルを運転手に渡します。アクセルペダルに足を置いてください》

「受け取ったよ」

アクセルに足を置いた迫田がそう伝えると、ハンドルとアクセルからタイヤの捉えた路面の起伏が伝わってきて、車内には微かなエンジン音が響いた。自由領邦を旅するのなら電気だけには頼れないのだ。

心地よい抵抗を感じさせるハンドルを握りながら、ゆっくりとフォードを流した迫田は、ピックアップレーンのずっと奥にある喫煙スペースに、サングラスをかけたレイチェルの姿を認めた。

オリーブグリーンのタンクトップに、ブロック迷彩のワーキングパンツを合わせ、コンバットブーツを穿《は》いたレイチェルはどこからどう見ても軍人そのものだ。傍らに置いた二つの鞄も、陸軍に支給される物と同じオリーブ色のダッフルバッグだった。

フォードをレイチェルの正面に停めた迫田は、助手席の窓を開けた。

「お待たせ。タバコ吸うんだっけ？」

「ううん」と、首を振ったレイチェルは後部座席にダッフルバッグを放り込んでから助手席に滑り込んできた。「ただ端っこに立ってただけ。見つけやすいかと思って」

「いつもその格好？」

「まさか。今日はブラジルの基地からまっすぐ飛んできたのよ。着替えを途中で買いたいんだけど、いいかな」

「大丈夫だよ。行く途中に〈ターゲット〉がある」

「助かるなあ」

シートベルトを締めたレイチェルは、サングラスを前髪の上にずらした。壁越しの銃撃で脱臼した人差し指には、肌と同じ色の湿布が貼りつけてあった。

「指は良くなった？」

「指？」と、聞いたレイチェルは、ORGANの十字線を動かすように右手指を宙に踊らせた。「もう平気。たいしたことなかったみたいだね。ドクターも作戦に出られるって言ってくれた」

「骨がいかれてなくてよかったな」

迫田はフォードを発進させる。その瞬間、レイチェルが不満そうな声をあげた。

「ちょっとジェイク、このガソリン車――」

「ディーゼル・ハイブリッドだ」レイチェルの声を遮《さえぎ》った迫田はアクセルを踏んだ。「給油を頼むこともあるだろうけど、絶対にガソリンを入れないでくれよ」

「わたし軍人だよ。絶対に間違えないって。そうじゃなくて、自分で運転しなきゃいけないの？」

答える代わりに迫田はハンドルを切って、四十号線に乗るレーンにフォードを進める。

「うわ……信じらんない。ジェイクってマゾ？　これからアメリカ横断するのに、なんで自分で運転しなきゃいけないような車を選ぶわけ？　だいたいガソリンの値段知ってる？　電気の五倍ぐらいするのよ」

「だから、ガソリンじゃないし、レベル4の自動運転はついてる。ハンドルから手を離さなければ、ナビ通りに走ってくれるよ」

迫田はペダルから足を離して自動運転を起動してみせる。

「ハンドルに手を置いとけばいいわけね。わかった。でも、安い車を選んだのね。同じSUVなら、レベル5のオートクルーズがついたレクサスにすればよかったのに。テスラだっていいじゃないの。お金はチェリーのを使えるんだから」

「はじめはそうしようと思ったんだけど、そうもいかなくてさ」

迫田はフロントグラスの手前に、層化視《クシュヴ》でアメリカの地図を浮かべた。現在位置を示す青いサークルから伸びた緑色の線が、西に向かって六つの目的地を結んでいる。

「とりあえず決めてみたルートだ。今日はまずイグナシオの手紙を持っていくニードル、〈タワー・ドネルソン〉に行く。そのあとはパリスで一泊。明日はジョーンズ大尉の家だ。そこからは、ロードサイドのモーテルを拾いながらヤコブソン軍曹、マニマ上等兵、アロシュ伍長、ハオラン・イ上等兵の家族を回って、最後は飛行機でフロリダに行く。サイード少尉の実家だ」

「ずっと運転するんでしょ。なおのことレベル5があるといいじゃない」

「レベル5が使えるのはここまでなんだ」

迫田が明日泊まるジャクソン市を指さすと、事情を理解したレイチェルが目を覆う。

内戦が終結して十二年が経とうとしているのに、自由領邦憲章を掲げて「独立」したままの小さな町やカウンティには、自動運転車や電気自動車《EV》の通行を認めていない場所も少なくない。単なるアレルギーのこともあれば、オートクルーズ用のビーコンや死角を補うカメラを備えていないという経済的な理由もある。

「そうか。しばらく帰ってなかったから忘れてた。充電も心配だね」

「そう。充電ステーションも期待できないからな」

レイチェルが、メキシコとの国境付近にある目的地を指さした。

「これは？　道路が繋がってないみたいに見えるけど」

「マニマ上等兵のところだ。宿もないんで、トレーラーハウスを引っ張ってくことになる」

「やだ。どんな場所？」

「トホノ・オ＝アダム族の保留地だよ」

「ああ」とレイチェルは手を打ち鳴らした。「国境をまたいでるところか。彼の家族って、ボランティアとか監視員とかなの？」

「知らないよ」と答えた迫田だが、レイチェルがどうしてそんな質問をしたのか、すぐに気づいた。金髪碧眼のポール・マニマ上等兵が先住民族《インディギュナス・ピープル》のわけがないからだ。

「送ってくれた住所だと、保留地のど真ん中なんだ。まだ、訪問の約束を取りつけただけだよ。彼と家族の話をしたことはないのか？」

「あの作戦で初めて一緒になったばかりだったから」レイチェルは肩をすくめる。「そういえば、頼んでおいたものは？」

「あるよ。確かめておいて」

迫田は後部座席を指さした。レイチェルが投げ入れた二つのオリーブ色のダッフルバッグの下に、黒いレミントンの狩猟用ライフルのケースと、〈グッドフェローズ〉でも使っている自動小銃ＦＡ

R‐15を収めたオリーブ色の樹脂ケースが重ねて置いてある。運転席の後ろには、ショットガンを収めた合成皮革の肩掛けケースが立てかけられている。全てのケースには値札と、銃のIDを示す二次元バーコードのシールが貼りつけられたままだった。

「面倒じゃなかった？」

レイチェルはショットガンのケースを手元に引き寄せた。

「全然。ID見せたらそのまま買えたよ。簡単なんだな」

「銃買ったの初めて？」

「二回目。実習で内戦の取材に行った時にフリー・ガバメントを買ったことがある」

「あれか」と、レイチェルが笑う。「百ドルの権利ね。わたしも持ってた」

「へえ……って、何歳の時？」

取材のために自由領邦を訪れた迫田は二十歳になったばかりだった。今年二十四歳のレイチェルはまだ子供だったはずだ。レイチェルはショットガンのケースからタグを外しながら苦笑していた。

「十一歳。叔父さんがクリスマスツリーの下に置いてったんだよ。領邦民の義務だとかなんとか言って」

レイチェルはケースのポケットに迫田が入れておいた三枚の取得証明書を出してひらひらと振った。

「譲渡手続しようか」

「わかった。コード見せて」

レイチェルの差し出した証明書のコードに迫田が触れると、層化視《クシュヴ》にメニューが現れる。製造元や所有者の情報を表示する項目の後ろに、譲渡ボタンがあった。迫田はタップして、インプラントの生体認証で譲渡署名した。

州ごとに異なる銃規制はもともと複雑だが、内戦とその後の独立市の存在はその複雑さに輪を掛けた。自由領邦系の独立市のほとんどは銃規制などないに等しいが、装弾した銃を車に置いたままにしていいかなどで、細かい違いはある。

「はいどうぞ。管理は全部任せていいかな」

「いいよ、ありがとう」

証明書を受け取ったレイチェルが層化視《クシュヴ》のメニューから「譲渡」を選び、自分のＩＤに紐付ける。これで譲渡は終わりだ。迫田は後部座席の床に置いてある紙袋を指さした。

「その袋に弾が入ってる。ショットガンとレミントンとＦＡＲ‐15、それぞれ弾倉をいっぱいにする分だけね。箱にＩＤが貼ってあるから、そっちも譲渡しといてくれるかな」

「わかった」レイチェルが紙袋に手を伸ばしながら聞いた。「なんかホッとした感じだけど、銃は嫌い？」

「まあね。なくて済むなら、ない方がいい」

「こんな場所を走るならあったほうがいいかな。領邦の残党気取りの私兵集団もいるし」

レイチェルは紙袋からショットガンの弾を取り出して、ケースに入っていた弾薬ポーチに差し込んでいく。

「で、今日はチェリーのお使いだっけ――あれ？　ドネルソン方面に行く分岐、通り過ぎたよ」

レイチェルが通り過ぎた道路標識を指さした。

「いや、そっちのドネルソンじゃない」

迫田は地図を拡大して、目的地の周辺を拡大した。

「ここが、手紙を届けるニードル、〈タワー・ドネルソン〉だ」

ナッシュビルの北西にある街、クラークスビルから丘陵地帯を走った先に、目的地のピンは立っていた。州道からも奥に入ったところだ。

「ちょっと待ってよ、ほとんどケンタッキー州じゃない。ここから百キロはあるでしょ。なにがナッシュビル近くよ」

「そう言うなよ。実際、ナッシュビルの飛び地になってるんだ」

迫田は昨日調べておいたノートを層化視《クシュウ》に浮かべて説明した。

第二内戦が終結しかけていた二〇三二年、ニードルに引き籠もる計画を立てた百人ほどの市民は、ニードルの建設予定地をナッシュビル市の飛び地に変えた。本来のクラークスビル市が自由領邦から脱退して、合衆国に帰属することを選んでいたためだ。

飛び地を作った市民たちは、自分たちが建設するニードルを〈タワー・ドネルソン〉と名付け、ナッシュビル市とテネシー州が合衆国に帰属することを選ぶと、国際独立市を宣言し、自由領邦憲章に従って自治を行うことを宣言した。

説明を聞いたレイチェルはバカにするように言った。

「っていうことは、白人の金持ち専用の老人ホームってことね」

偏見に満ちた言い振りだが、迫田は頷いた。

「そういうことになるかな。平均年齢は五十八歳だが、四万五千人の入居者のうち一万五千人がスタッフやモールの従業員だから実際の住民は七十代ってとこだろう。住民の人種は公開してないけど、案内を見る限り、想像通りだな」

ショットガンのケースを後部座席においたレイチェルは、FAR-15のケースを助手席にずらしながら言った。

「このドネルソンって、グラント将軍に落とされたドネルソン砦？」

迫田は目を見張る。確かに、ニードルは南北戦争の戦跡であるドネルソン戦勝記念公園を見下ろす位置に立っているのだ。砦を落としたグラント将軍は、その活躍の勢いで合衆国大統領の座に収まる。

「へえ。歴史には詳しいんだな」

「第一内戦（南北戦争）とカウボーイの歴史だけね。小学生の時は自由領邦だったから、南部の歴史は叩き込まれてるのよ」

「なるほど。それでグラント大統領じゃなくてグラント将軍、なのか」

「そういうこと。大統領は覚えてないなあ。で、そのタワーまでどれぐらいかかるの？」

「三時間」

迫田は右前方を指さした。遠くに霞《かす》む森の奥に白く輝く人工物が伸びていた。

「ここから見えるんだ！」

「地上百六十階、地下四十階。ここまで高いと標高って言いたくなるけど、最上階は地上千二百メートル。雲から頭が出るらしいぞ。アメリカの中部以南でいちばん高いニードルだ」

「行き先が誰かは分かったの？」

「いいや。住所――というか部屋番号だけだ。アポなし突撃取材になるかな」

両手をヘッドレストの下に差し込んで寛《くつろ》ごうとした迫田に、自動運転エージェントの声が警告した。

《ハンドルに手を添えてください》

7

〈ターゲット〉に立ち寄って旅に必要なものを揃えた二人が〈タワー・ドネルソン〉の正面ゲートに到着したとき、〈タワー・ドネルソン〉はその大部分が青黒い夜の色に染まり、黒々としたトラスの影が夜空を左右に切り分けていた。

タワーの正面には球形アリーナがあり、いまはコンサートを行っているらしいロックスターの顔が大写しになっていた。

影の足元にある低層階だけが眩《まばゆ》い街の灯を放っていた。四階部分までがショッピングモール、その上が二十階までオフィスフロアになっているようだった。オフィスの上には螺旋状に伸びるトラス構造の柱と、その中央に配置された高速エレベーターのコアだけの空間が広がっている。

ビルの基部を空っぽにすることで容積率を抑え、高い位置に居住区を置くこの構造は、ニードルでよく採用されている。二ベッドルームの最低価格が一千万ドルとも言われるニードルの居住区は、高さ五百メートルから始まる。千メートルを超える建物だというのにフロア数が百六十しかないのはそのためだ。

「見ろよ」迫田がニードルの上部を指さした。「てっぺんのあたりはまだ日が沈んでないぞ。日差しも金で買えるってことだな」

レイチェルは腰を屈めて迫田の指さすトラスの上を見た。確かに、柱に支えられた居住区の上半分はオレンジ色に輝いている。

「高さ千二百メートルだっけ」

「そうだよ」と迫田。

「すごい数のドローン。〈バンガウ〉かな?」

近づいてきたニードルの周囲には無数の有人ドローンが飛び交っていた。迫田は目をすがめたが首を振って降参する。

「そう確か一人乗りのドローンだったっけ」

「そうね。どこにでも出てくる」

レイチェルは〈バンガウ〉を撃ったときのことを話した。中央アジアで原理主義者を名乗るテロ組織と戦った時、敗戦を悟った指揮官が〈バンガウ〉で逃走を図ったのだ。レイチェルは見慣れない動きに一瞬だけ戸惑ったが、ローターに照準して銃撃手に狙撃させた。安全装置が働いた〈バンガウ〉は前線の真後ろに軟着陸して、潰走《かいそう》していた自分の私兵に蹂躙《じゅうりん》されてしまった。

フロントグラスの手前に入居者用の資料を浮かべた迫田が、感心した口ぶりで言った。

「当たりだ。〈タワー・ドネルソン〉には、〈バンガウ〉が二千機用意されている。上階の住人が低層階のショッピングモールと行き来するのに使うんだそうだ。近隣の街に行くための大型ドローン〈アルバトロス〉もある。専用の発着ポートを備えた部屋もあるんだとさ」

レイチェルはため息をついた。

「〈バンガウ〉もそうだけど〈アルバトロス〉なんて老人ホームの設備とは思えないな。でも、こんな時間に会ってくれるかな。おじいちゃんたち、夜は早いんじゃない？」

「すまん、調べが足りなかった」

迫田が謝った。彼は〈タワー・ドネルソン〉が、周囲五キロメートルに及ぶ土地を買い上げて、フェンスで取り囲んでいることを知らなかったのだ。フェンス沿いの道路には、ご丁寧に自動運転の妨害ビーコンまで敷設してあった。自動運転を切ってタワーの周囲をぐるりと回り、ようやく〈タワー・ドネルソン〉のゲートにたどり着いた時には、すでに日が落ちていたというわけだ。

〈タワー・ドネルソン〉の敷地はフェンスの外側にも及ぶようで、二人は、テネシー州で許可されていない重機関銃を備えた警備員のピックアップトラックとすれ違った。

フォードをゲートに近づけながら、迫田が「ものものしいな」とつぶやいた。

ホワイトハウスの意匠を取り入れた白い門は、分厚いコンクリート製の構造物だった。ゲートの内側には二十トンのトラックでもまるごと検査できる車両用のスキャナーまで設置されている。

レイチェルは飾り窓を指さした。

「あの窓は銃眼だよ。中に、赤外線サーチライトがある。ちょっとした要塞だね」

「よく気づいたな」と迫田が窓からレイチェルの指した窓を見上げる。「おれには全くわからないや——おっと、IDが要るみたいだな」

迫田がゲート脇の注意書きを指さした。

「パスポートが無難かな」

「多分」と迫田が頷く。

〈タワー・ドネルソン〉がどのように独立したのかは知らないが、完全武装の警備兵に巡回させているのなら、外国だと思った方がいい。

ゲートの前で車を止めると、すぐに警備兵が運転席の脇にやってきた。迫田が二人分のパスポートを渡すと、ボディーカメラで写真のあるページをスキャンした警備兵は、パスポートを返しながら言った。

「日本人か。入国の目的は？」

迫田はベストのポケットを叩いた。

「届け物なんだ。住所を聞いてやってきた」

渋い顔をした兵士に、迫田はイグナシオからもらったメモを渡した。

「チェリー・イグナシオ少佐の使いだ、と伝えてくれ。それでわかるらしい」

肩をすくめた兵士は、メモをスキャンすると車内を見渡した。

「申請しなければならないものは？」

レイチェルが後部座席を指さした。

「銃が三丁。所有証明は要る？」

銃のケースを確かめた警備兵は笑顔を見せた。

「ここでは要らないよ。装弾した状態で持ち歩かないようにしてくれればいい」

レイチェルはゲートの内側に展開している部隊を指さした。

「すごい警備ね」

「住民には身体の不自由な人も多くてね。誰でも彼でも入れるわけにはいかないのさ」

「なるほどね」と答えながら、レイチェルは部隊の装備を確かめていた。

ほぼ全員が装備している自動小銃はテネシー州兵も使っているAR－15。ヘルメットやボディーアーマーは海兵隊の装備品と同じものだ。警備兵たちは若くはないが、きびきびとした動作は軍隊そのものだった。多脚型戦場ローダー〈マスチフ〉も二台配備されていた。驚いたのは、ボディーアーマーの襟に刺繍された、金色の手が握手するマークだった。彼らはレイチェルが所属する〈グッドフェローズ〉の警備員なのだ。

迫田もその点には気づいたらしい。

「お仲間だな。何人ぐらいいるんだ？」

「二十名近くいるね。〈グッドフェローズ《うち》〉の運用規定だと三分隊ってところかな」

ゲートの外で訪問者に目を光らせている門番四人と、パスポートを確かめるために出てきた二人がひとチーム。二台の〈マスチフ〉と、それを囲む七名の警備員がそれぞれ一分隊で構成される。フェンスの外周道路を巡回していた警備員たちと合わせると、五分隊と言ったところだろうか。二十四時間警備を行うならこの三倍だ。

「三交代制なら二個小隊ってところかな。毎月いくらぐらいかかるんだ？」

「わかんないよ。ORGANは出してないからだいぶ安そうだけど」

「〈マスチフ〉があるじゃないか」

「二人乗りの〈マスチフ〉はORGANで使わないよ。あれは、運転手《ローダー》と銃撃手《ガンナー》で役割分担して使うやつ」

へえ、と迫田が相槌を打ったところで、ゲートに行っていた警備兵が走ってきた。

「失礼しました。ファルキ博士の確認が取れましたので、お通しします」

「ファルキ博士？」

「はい。もうすぐお食事の時間とのことですので、お急ぎください。面倒ですが、スタンプを押させてください」

警備兵は、ベストのパウチから取り出した透明インクのスタンプを、レイチェルと迫田の右手の甲に押し当てた。

「このスタンプは二十四時間有効です。車はアリーナを右に回ったところにある居住者エリアに止めてください。来客用の駐車場に、サコダ様の場所が空けてあります。車を止めたらロビーに入って、右側にあるのが住民用のエレベーターです。ファルキ博士のドミトリーは百六十階ですので、もっと手前にある高層階行きのエレベーターをお使いください。エレベーターのリーダーに、いまのスタンプを読み取らせれば、目的階で止まります。層化視《クシュヴ》は使えますか？」

「ええ」

「タワーのローカルネットワークに層化視《クシュヴ》を接続すれば、ドミトリーまで迷わずに行けますよ。それでは、最後に顔紋を取得させてください」

警備兵は肩のカメラを迫田の顔に向け、車を回り込んでからレイチェルの方にもやってきた。兵士がこちらに向けたボディーカメラのレンズの脇にあるスリットが輝いた。レイチェルは顔をしかめる。

撮影終了を告げる電子音が鳴ると、警備兵は敬礼した。

「ご協力ありがとうございます。それでは、ごゆっくりお過ごしください」

気づくと、ゲートの近辺に展開していた警備兵がずらりと並んで、敬礼していた。手紙を届けるファルキ博士は、〈タワー・ドネルソン〉の重要な住民ということなのだろう。

レンズ脇の輝きがまだ目の奥に残っていた。瞬きして、その残像を振り払おうとしていると、迫田がこちらに顔を向けた。

「どうかした？」

「フラッシュが目に入っちゃって」

「フラッシュなんか焚いてたか？」

レイチェルはため息をついた。迫田には、やはりあの光は見えないらしい。

言われた場所にフォードを停めると、二人はロビーに入り、層化視《クシュヴ》に浮かぶ矢印に沿ってエレベーターへと向かった。

「見ろよ」と迫田がグレーで縁取られたプライベートワークスペースをレイチェルの前に表示させた。

「ゼペット・ファルキは製薬会社の役員らしい」

ワークスペースにはファルキのプロフィールが表示されていた。

ゼペット・ファルキ、七十二歳。クラークスビル大学で分子生物学博士をとり、在学中に出生前検査を行う〈Ｐ《ピー》＆Ｚ《ズィー》〉を起業している。

迫田が会社名を指さした。

「〈Ｐ＆Ｚ〉は博士の専門の遺伝子検査会社だった。どうやら出生前検査を細々とやっていたみたいだが、二〇二〇年のワクチン開発レースの投資を受けると、格上の会社をいくつも合併してグループ化してる」

吸収合併した企業は五十を超えているが、ファルキが専門とする妊娠・出産に関する企業が多い。この大合併を経た〈Ｐ＆Ｚ〉は不妊治療の総合メーカーになった。特に体外受精《ＩＶＦ》に必要な精子洗浄キットを出荷していた三社を全て保有したため、その製品では事実上の独占企業になっている。プロフィールには、学会で発表している写真もあった。ドイツ系だろうか。広い額の下では、小さな写真でもはっきりスカイブルーだと分かる瞳が聴衆を眺めていた。大きな鼻と薄い色の髪の毛の持ち主だ。特に印象の強い顔立ちではないが、誰かを思い出させる顔つきだった。

「あいつとの関係は?」

「イグナシオのこと?　親子ぐらい離れてるって言いたいところだけど、少佐の年齢は当てにならないからなあ」

迫田は肩をすくめてエレベーターに乗りこんだ。

一キロメートル登る長い加速と減速に、レイチェルと迫田は顔を見合わせる。不快というほどではないが、エレベーター酔いする高齢者もいるだろう。レイチェルは居住者たちがドローンを使いたくなる気持ちがわかった気がした。

百六十階に到着したカプセルのドアが開くと、植え込みを巡らせて庭園のように設《しつら》えられたホールの隅に出た。中央にはドローンの発着プラットフォームがあり、自家用の〈アルバトロス〉が架台に乗っている。迫田たちが乗ってきたエレベーターは、物資の搬入やスタッフの出入りにしか用いていないのだろう。

居室に繋がるらしいドアの前まで行くと、プロフィール写真で見たファルキが出迎えてくれた。生え際は後退し、微かに背中も曲がっているが七十代とは思えないほど若々しい。ファルキは、ゆったりとしたチノパンツと着心地のよさそうな生成《きな》りのシャツに、カーディガンを羽織っていた。

迫田が一歩進み出て、握手のために手を差し出した。

「はじめまして。ジョウヘイ・サコダです。ジャーナリストです」

迫田を一瞥したファルキは、差し出された手を鷹揚《おうよう》に握った。

「ゼペット・ファルキです。こちらは?」

迫田の横に並んだレイチェルは、ファルキが差し出した手を握る。

「〈グッドフェローズ〉ORGAN打撃第一分隊のレイチェル・チェンです。軍曹です」

「ほう」自己紹介を聞いたファルキはレイチェルの全身を眺め回し、確かめるように握手した手を握り直した。「セレージャ——おっと失礼。いまはチェリーと名乗ってるんだった。彼と交戦した部隊の生き残りかな?」

「はい」

予想していなかった質問にレイチェルは戸惑ったが、イグナシオの知人なら知っていてもおかしくない。握手を離したレイチェルは、後ろで両手を組んで休めの姿勢をとってから、短く答えた。

態度を変えたレイチェルに苦笑いしたファルキは質問を続けた。

「いや、すまない。失礼だが年齢を聞いてもよろしいだろうか?」

「二十四歳です。入隊した十八歳から、ずっとORGAN部隊に所属しています」

「なるほど、二十四歳か」

ふん、ふん、と頷いたファルキはレイチェルをじっと見つめた。髪の毛から瞳、そして全身の骨格へと移っていく。性的な興味と違うことだけはわかった。ひとしきりレイチェルを見た後、ファルキは質問を続けた。

「チェンということは、中国系なのかな?」

「もういい？」

レイチェルは顎を引いてファルキを睨む。ようやく怯《ひる》んだファルキは一歩後退《あとずさ》った。

「立ち入ったことを聞いてしまったな。失礼した。それで、お二人はチェリーの使いということでしたが、ご用件はなんだろうか」

迫田は内ポケットから、封筒を取り出した。

「手紙を預かっています。ここに届けられないとのことで」

「ん？　どういうことかな。とにかくありがとう」

封筒を受け取ったファルキは、封をしてないことに気づいて顔をあげる。

「受け取った時から封はありませんでした。読んでいいとも言われています」

「なるほど」と、頷いたファルキは、手紙を取り出しながら、迫田に尋ねた。「それで、サコダさんは読みましたか？」

迫田が頷く。

「あなたは？」と、ファルキがレイチェルにも水を向ける。

「何が書いてあるかは、ジェイクから聞いてる」

嘘をつくこともない。迫田に手紙を渡した時、イグナシオは記事にしても構わないとさえ言っていたはずだ。

ファルキは、ふんと鼻を鳴らしてから手紙に目を通し始めた。もっとも、内容は大したことがない。


親愛なるゼペット。

お元気でしょうか。最後に会ってからだいぶ時間が経ってしまいました。記憶は薄れつつありますが、研究に協力していた日々のこと、特に病院での経験は、いまもわたしの大きな財産です。ご存じかと思いますが、ようやくアメリカ大陸に戻ってきました。いつか〈タワー・ドネルソン〉のお宅も訪問しようと思っています。

わたしは、この手紙でもわかるように元気でやっています。

健康をお祈りしています。

チェリー・イグナシオ

手紙は白い紙に焦げ茶色のインクでしたためられていた。迫田によると、イグナシオは常にチェ・ゲバラが愛用していた万年筆、パーカー51で手紙を書くのだという。今回も例外ではないのだろう。ボールペンとは違う強弱のついた、読みやすい筆跡だった。

これもまた迫田によると、署名が普段使っている「ｃｈｅ《チェ》」ではなく、名前を書いているのが珍しいということだった。

手紙から読み取れるのは、イグナシオがファルキと親しくしていたこと、一時は病院で同僚だったということだけだ。

迫田はファルキの勤務した病院をいくつか突き止めていたが、それがイグナシオと働いていた病院かどうかはわからないということだった。イグナシオのプロフィールを補うことはできるが、伝記作家でもない迫田にとって、優先順位の高い話ではないようだった。

拍子抜けをしたのはレイチェルも同じだった。捕虜の虐殺とは何の関係もない内容だ。

ファルキが手紙を畳むと、迫田が尋ねた。

「イグナシオ少佐とお知り合いだったんですね」

「ああ。彼が軍人になる前の話だよ」

「彼が医師だという話はこの間初めて知りましたが――」

「医師？」と、ファルキは鼻で笑って迫田の話を遮った。「彼がそう言ったのか？　少なくともわたしといた頃は、医師の資格なんてものは持っていなかったがね」

迫田が首をかしげる。レイチェルも同じ顔をしているはずだった。咳の発作が出た時、彼は助けに来たカミーロに「医者の言うことは聞くもんだ」と言っていたはずだ。手紙の文面を思い出すと「元気でやっています」の一文が嘘だということに気づくべきだった。病名まではわからないが、イグナシオは死病に冒されている。

この手紙の文面は、まるで信用ならないということだ。

「ええ、言っていました」と、迫田。「一緒に病院で働かれていたのではないんですか？」

怪訝《けげん》な顔をしたファルキは、手紙を見直すと鼻の頭をかいた。

「確かにそうも読めるのか。調べてくれてもいいが、わたしは彼と働いたことはないよ」

「どんなご関係だったんですか？」

ファルキは迫田の質問を無視して手紙を裏返し、封筒の中を検《あらた》めてから顔をあげた。

「他には何も預かってないのかな」

「これだけです」

「なぜまた、持ってこられたんですか」

「郵便が届かないとのことでしたので」

ファルキは肩をゆすって笑った。

「君は騙されたんだな。〈タワー・ドネルソン〉には、毎日二度、ナッシュビルの郵便局から手紙が届いているよ。紫外線と放射線で消毒した年金小切手がね。ウイルスを持ち込まれるのはたまらないからな」

「そうなんですか」

再び笑い声を立てたファルキは、意地の悪そうな声を出した。

「君は、ここを差別主義者の巣窟だと思ってるんだろう」

「いや、そんなことは――」

「そう思われるのはわかるが、ここはただの老人ホームだよ。豊かだった人は多いし、そのせいで肌の色に偏《かたよ》りはあるが、わたしたちが合衆国から独立したのは、資産を守るためだよ。年金暮らしの老人に資産課税は酷だと思わないか？　思わなくてもいいが、わざわざ持ってきてくれたことには礼を言うよ」

手紙をひらひらと振ったファルキは、ふと目を細め、紙を顔に近づけて息を吸い込んだ。

「なにか？」

「いや、何でもない」ファルキは手紙を封筒と重ねて持った。「改めて礼を言う。届けてくれてありがとう」

迫田がレイチェルを振り返る。どうやら彼は気づいていないらしい。レイチェルはファルキの前に進み出た。

「封筒は返してください」

「え？」

戸惑ったファルキの手から、レイチェルは封筒と手紙を取り上げる。

「ごめんね」レイチェルはウインクして、手紙をファルキに返した。「封筒はわたしたちが貸したものなの」

ファルキがじっとレイチェルの目を見つめた。その視線は、先ほどの、体のパーツを検分していたかのようなものとは異なっていた。ファルキはレイチェルが何を考えているのか知ろうとしているようだった。観察の対象ではなく、迫田の添え物でもなく、初めて、考える単位として認識したようだった。

レイチェルは封筒を手に迫田を振り返った。

「さあ、帰ろうか」

「え？　まだ聞きたいことがあるんだけど」

「あっちにはなさそうだよ」

身を翻したレイチェルはエレベーターに向かった。

「ちょっと待てよ」という迫田の声を無視して足早に歩いたレイチェルは、開いていたカプセルに乗って迫田を手招いた。

「行くよ」

慌てた迫田がエレベーターに入ると、カプセルの扉が閉まる。地上へ降りていくエレベーターの中で、レイチェルは詰め寄ろうとした迫田の顔の前に封筒を掲げた。

「匂い、わかる？」

レイチェルは封筒の両端を押して開くと、迫田に差し出した。鼻を中に差し込んだ迫田は、すっと息を吸いこんで顔をしかめる。

「これは……」

「そう、血の匂い。手紙は血で書いてあった」

「なんのために？」

当然の質問。レイチェルは肩をすくめた。

「復讐の警告？」

迫田が封筒を受け取って、もう一度中の匂いを嗅いだ。

「確かに血の匂いだな。血で書いた手紙を届けたかったのなら答えはわかってる。血を送りたかったんだ」

「誰の？」

「イグナシオ自身のものだろう。ジョーンズ分隊のものかもしれないが。捕虜だった時、採血されたか？」

「ううん」レイチェルは首を振って次の質問を投げかけた。「なんで血なの？」

「DNAだと思う。ファルキの専門はゲノム解析だ――ああ、そうか」

「なに？」

「郵便を使わなかった理由だよ。消毒でDNAが失われるのが怖かったんだ」

「どうしてDNAを送ったの？」

迫田はため息をついた。

「それを調べろってことなんだろう」

レイチェルは頭上を見上げた。

「ファルキは答えてくれそうもないね――なに？」

迫田がレイチェルを見つめていた。

「いや、こっちもかなと思ったんだ。イグナシオが手紙を届けるように頼んだ理由」

目を細めて迫田を見たレイチェルは、質問の意味を考えた。

「わたしを会わせたかったってこと？」

「少なくともおれじゃない気がする。たまたま取材に行っただけだからな。ファルキは君に何を聞いた？」

「中国系かどうか、あと年齢」

迫田が手元にワークスペースを立ち上げて、指をぱらりと振った。テキストフィールドをスクロールする時の仕草だ。数回指を振った迫田は、人差し指でワークスペースを押さえて、レイチェルに真剣な顔を向けた。

「チェリーも同じ質問をした」

「そうだっけ？」

「ああ。壁越しに拳銃を吹き飛ばしたときだ。二十四歳ならカミーロと同じことができる、と言ったんだ」

不意に怒りが湧き起こる。レイチェルは床を蹴った。

「お、おい……」

「ごめん」うろたえた迫田にレイチェルは謝った。「ジェイクのせいじゃない」

ファルキのあの目だ。まるでモノを確かめるかのようなあの目つきだ。

あれと同じ目でイグナシオもわたしを見た。何よりたまらないのは、それが兵士に対する畏怖でもなく、無教養や貧困を馬鹿にするようなものでもないことだった。

二人は、憐れむような目でわたしを見るのだ。

8

「暑くてごめんなさいね。エアコンを動かすには風が足りなくて」

そう声をかけてきたのは、ミシェル・ジョーンズだった。

「いえ、お構いなく」と返答した迫田は、ミシェルが見上げた天井の向こうから聞こえてくる、カラ、カラ、カラという音に耳を澄ます。若草色の屋根に並ぶシリンダー型の風力発電機の音だ。

同じように天井を見上げたレイチェルが立ち上がった。

「シリンダーに何か引っ掛かってるよ」

「あら、そう?」

「草か何かだと思う。ちょっと取ってくるね。ハシゴは裏?」

夫人が頷くと、レイチェルはダイニングの奥にある勝手口を開けて出て行った。

内戦中、エネルギー危機に陥った自由領邦では様々な発電方法が試された。ジョーンズ家の屋根に並んでいる風力発電装置は螺旋状のブレードを円筒に収めたもので、場所もとらず音も静かだったため、多くの場所で使われたものだ。ダウンタウン育ちのレイチェルが躊躇《ためら》いもなく清掃を申し出られるのは、都市部でもこのシリンダーが使われていたためだ。

屋根の上からゴソゴソという音がしたかと思うと、カラ、カラと鳴っていた断続的な音がやみ、ジョーンズ家のリビングルームが生き返った。LEDの電球が部屋を明るく照らし、シーリングファンが淀んだ空気をかき回す。

「あら、そういうことだったのね。モーリス！」

納得したミシェルは、バスルームにバッテリーを調整しに行った夫に呼びかけた。

「なんだい？」

浴室のドアの向こうから、ジャスパー・ジョーンズの父モーリスの声が聞こえてきた。

「草がシリンダーに引っ掛かってたんだって。レイチェルさんが取ってくれたのよ」

「そうなのか！」

ガタガタというパネルを閉じるような音がすると浴室からモーリスが戻ってきて、迫田の前に腰を下ろす。

「面目ない。自分の家なのに発電機の不具合がわからないなんて。まあ、ゆっくりしてください」

勝手口から戻ってきたレイチェルも迫田の隣に腰を下ろした。

「いいところだね」

「何もないところですよ」モーリスが窓から外を眺める。「だからジャズ――ジャスパーは出て行った」

褐色の肌の頬に手を当てて街を眺めるモーリスの顔を、迫田はじっと見つめた。街から離れた森の中に暮らす黒人夫婦は、養子であろうジャスパーを引き止められなかったことを後悔しているようだった。もし夫妻が刺激のある街中に住んでいれば、稼ぎが良ければ、彼が家を出ていく必要はなかっただろうし、兵士になって早すぎる死を迎えることはなかったかもしれないのだ。

数日ほどだが付き合いのあったジャスパーの青い瞳を迫田は思い出した。真っ白な肌とブロンドの髪を短く刈りそろえた軍人らしい風貌は、陸軍の募集ポスターに出てきそうなほどで、規定がないために長髪の多かった〈グッドフェローズ〉では際立っていた。趣味を聞いたことはなかったが、出撃の前夜に開いたノンアルコールパーティーで披露したダンスはなかなかのものだったし、初対面の迫田にも気負いなく話しかけてきて、関係を作ろうとしてくれた。こんな――と言っては失礼だが――田舎ではエネルギーを持て余したことだろう。

ジャスパー・ジョーンズの遺族が住んでいたのは、途中のパリス市から車で三十分ほど離れた林の広場に建つ、ペンキの剝げかけた小さな一軒家だった。隣家は綿花畑を隔てた五キロメートル先にしかない。何もない、というモーリスの言葉は謙遜ではない。若者がいつまでも暮らすような場所ではないのだ。

モーリスは、迫田とレイチェルに顔を戻した。

「こんなところにわざわざ来てくださって、ありがとうございます」

「こちらこそ」と、迫田は頭を下げた。「遅れて申し訳ありません。お昼ごはんを邪魔することになってしまって」

昨日〈タワー・ドネルソン〉を出た迫田とレイチェルは、二百五十キロ離れたメンフィスまで走ってモーテルで一夜を明かしていた。予定していたパリスには、慰謝料を現金に交換できる交換所がなかったのだ。

朝一番で交換所を出た迫田とレイチェルがジョーンズ家にたどり着いたのは正午近くになってからだった。

「いいんですよ」と、キッチンからミシェルが声をかけてくれた。「ジャズのお友達とご飯が食べられるなんて思ってもいなかったんですから。あなた、配膳をお願いできる?」

「僕が行きますよ」

立ちあがろうとしたモーリスを迫田は止めてキッチンへと向かい、ミシェルがサンドイッチを並べた皿を手に取った。四枚の皿をウエイターのように手と前腕に載せた迫田がテーブルに戻ろうとすると、ミシェルは首を傾《かし》げた。

「確か、もうおひとりいらっしゃるのよね」

迫田は頷いた。

「ええ、サンフランシスコからやってきます。さっきメッセージが来たんですが、三十分ぐらい遅れて到着するみたいです」

「ジャズとはどういう関係なのかしら」

「ジャスパーさんとは面識がありません。僕の記事を事実確認した会社です。〈コヴフェ〉っていうんですけど」

「ああ、あの会社!」とミシェルが手を叩く。「内戦を終わらせたすごい会社なんでしょう? ジェイクさんって、そういう会社ともお付き合いがあるんですか」

「ええ、まあ」と、迫田は笑顔をつくってみせた。〈コヴフェ〉のせいでジャスパーが虐殺されたという〝事実〟を配信できなかったのだ。「彼は車内で食べているようでしたので、お構いなく」

「手放しで運転できるなんてすごい時代ねえ。じゃあ、あなた食べて」

ミシェルは、取り分けていたサンドイッチを迫田が持ってきた皿に載せると、いつの間にか用意してあったティーポットを持ってテーブルへ向かった。迫田もそのあとを追う。テーブルに着くとミシェルは迫田の手から皿を取り上げて、テーブルに並べた。

「さあジャズの大好物だったターキーのサンドイッチよ。たっぷりいただきましょう。あら、だめよレイチェルさん！ 味はついてないの。ソースを選んでちょうだい――」

明るい声でレイチェルに語りかけるミシェルの声を聞きながら、迫田は部屋を見渡していた。水色のダイニングテーブルの角には無数の傷がついていて、黄色と赤、そして緑色のペンキが層をなしていた。狙ったものではないのだろうが、アフリカを象徴するラスタカラーの層になっていた。アフロアメリカンのモーリスとミシェルによく似合っていた。

だが、色らしい色があるのはこのテーブルだけだった。

元は薄い緑色だったらしい壁紙は日に当たる部分が真っ白になっていた。かろうじて残った青の染料で、部屋を彩っていた模様がアイリス柄だとわかる程度だ。床は度重なる補修で木材のパッチワークになっていた。

ジョーンズ夫妻の食べる速さに合わせながら、ボリュームのあるサンドイッチをゆっくりと食べながら、迫田は小さなリビングルームとダイニングルームを見渡した。

この部屋にあるものは全て古びていた。だが、不思議と嫌な感じは受けなかった。丁寧に年齢を重ねてきた二人の人柄がこの部屋に現れているようだ。

迫田は、ワークスペースに〝Polite living（丁寧な暮らし）〟というフレーズを書き留めた。あまり聞かない言い回しだが、紛れもなく自分の言葉だ。記事は自分よりもずっと英語のうまい機械に任せてきた迫田だが、自動生成した記事が配信できなかった衝撃は大きかった。どうせ配信できないのなら、せめて自分の表現を試したくなっているのだ。

メモはその一環だった。

サンドイッチを食べ終えると、迫田とレイチェルは皿を片付けてダイニングテーブルに戻った。ジョーンズ家のリビングルームには、向かい合わせに座れるようなソファーがないからだ。

椅子に腰掛けると、ミシェルがティーカップに新しい熱い紅茶をなみなみと注いだ。迫田は紅茶に口をつけてから、二人に礼を言った。

「ごちそうさまでした。美味しかったです」

「どういたしまして」

答えるミシェルとモーリスの顔には、先ほどまで感じられなかった緊張の色が浮かんでいる。これから二人は、もう一度、息子の死に向き合わなければならないのだ。二人がジョーンズを何歳の時に引き取ったのかはまだ聞いていないが、ジャスパーがジョーンズ姓を名乗っているところからすると、強い絆で結ばれていることは想像できる。

迫田が始めようとしている気配を察したレイチェルが立ち上がって、テーブルの中央に置いてあったティーポットを持ち上げた。

「片付けてくるね」

「ありがとう」

迫田はその空間に、床に置いてあったアタッシェケースを置いて蓋を開け、夫妻の方へ中身が見えるように回した。

「電話でお話しした慰謝料をお渡しいたします。千二百万ドルです。あと三つ、同じケースがあります」

ケースの中には黄色の帯封で百枚ずつ束ねた百ドル紙幣がびっしりと詰まっていた。紙幣がこれだけ集まっているのを見たのは、ジャーナリストの迫田にとっても初めての経験だった。

ケースの中身と迫田の顔を見比べるモーリスに、迫田は紙の領収書を差し出した。

「サインしていただけますか」

「……わかった」

言われるがままにサインした彼は、そのまま固まってしまった。現金で受け取ると言ったのはモーリス自身だが、どうしていいのかわからないのだろう。

「モーリスさん、現金が手に余るようでしたら、お二人の口座に振り込んでおきますよ」

「ええ……」と、ぼんやり答えかけたモーリスは我に返って、首を横に振った。「いや、このままにしといてください。銀行を使うと、ジャズを殺した野郎が、何十万ドルも連邦に納税することになるんでしょう。そんなのはごめんですよ。全部使い切ってやらなきゃ、ジャズに顔向けできない」

「……なるほど、わかります」

とりあえず迫田は相槌を打った。

理屈は通っていないし、贈与税を支払うのはモーリスの側なのだが、彼が息子の死と、慰謝料をなんとか結びつけようとしていることだけはわかった。五日前に初めて連絡した時は「そんなもん、受け取れるか！」と電話を切られた。二度、三度とインタビューの約束なども絡めて話しているうちに、慰謝料でジャスパーが行ったことのある国に旅行に行くのだと使い道を聞かせてくれるようになったのだが、やはり目の前にすると混乱してしまうのだろう。

「ご旅行はどこから始めるつもりですか？」

モーリスは壁を指さした。

「そこかな。先月、絵葉書が届いたんだ」

リビングルームの一番いい壁の前には、層化視《クシュヴ》が普及した都市部では目にしなくなった木製のテレビ台に百インチほどの液晶テレビが置いてあった。モーリスが指さしたのはテレビの周囲に所狭しと貼り付けられている写真の一つだった。

アカシアの灌木を背にして夕日に顔を染めるジャスパーの写真だった。まぶしそうに目を細めて、空色の瞳で地平線を見つめるジャスパーは、少しだけ伸びた金髪に指を差し込んで、写真を見るであろう里親に笑いかけていた。オリーブ色の加圧肌着には、鍛え上げられた筋肉の陰影がくっきりと浮き上がっていた。

オレンジ色で焼き込まれた日付は二〇四五年五月十二日。〈テラ・アマソナス〉に行く直前の任務だ。現地に到着して二、三日後に撮った写真なのだろう。日に焼けて赤剝けした白い肌が痛々しい。

迫田は、写真の端に写っている独立市の旗で場所を特定した。

「トルコ南部ですね。ガイドをつけることをお勧めしますが、いい場所ですよ。他の写真を見ても構いませんか？」

ジョーンズ分隊という現場の話はレイチェルから取材できるが、隊員たちを生きた人間に感じさせるのは、兵士に至る人生だ。はじめてできた友人、幼稚園と初等教育の成績、コミュニティ活動やクラブチームでの役割、子供の頃に好んだ遊びや好きだった本、スマートフォンを持った年齢、初めての自動車はどのように手に入れたのか、友達と遊んだのはアメフトや野球、バスケットボールのような伝統的なスポーツなのか、それともスケートボードやパルクールなどのストリートスポーツか——迫田が隊員の遺族に聞こうと思っている質問は多岐にわたる。

分隊員がイグナシオに虐殺された謎に繋がることはないだろうが、若い公正戦士の死を通して公正戦を考えることの意味は計り知れない。そこに、隊員が生身の人間であることを伝える情報はどうしても必要なのだ。

「役にたつかね」

「ええ。とても助かります。もしも記事で使うことがあれば、その都度連絡します」

「君の記事はどうやれば読めるんだい」

「そのタブレットで読めますよ」

迫田はテレビの前で充電ケーブルにつながっている、タッチスクリーン型のコンピューターを指さした。層化視《クシュウヴ》が普及してからすっかり見なくなった形式だが、七十歳を超えるモーリスとミシェルにとっては、最後に使うコンピューターになる。

モーリスは自嘲気味に笑った。

「実はバッテリーが死んでてね。慰謝料の使い道が一つできたな」

「ぜひ買い直してください。僕が撮ったジャスパーさんの写真をお送りします」

「じっくり見てくれ。わかるとは思うが、右に向かって古くなっていく」

礼を述べた迫田はワークスペースに取材メモを開いて壁に向き合った。

モーリスの言葉通り、テレビの右側にはジャスパーが家を出る前の古い写真が年代順に貼り付けられていた。

迫田はジャスパーの写る写真を一つ一つ、コンタクトレンズのカメラで写していった。

戦地から送られてくる写真がひとしきり終わると、農場を手伝うジャスパーがいた。

コミュニティカレッジの角帽を空に投げるジャスパーがいた。

初めて手に入れたらしいシェビーのハンドルを嬉しそうに握るジャスパーがいた。古びた教科書の束を両手で抱えてスクールバスに向かうジャスパー。水鉄砲を携えて走るジャスパー、キックバイクにまたがるジャスパー、友人たちに囲まれてバースデーケーキにかぶりつくジャスパーがいた。

そのほとんどの写真に、モーリスとミシェルのどちらかが写り込んでいた。

迫田は家族がもう一人いたことに気づいた。

ジャスパーが小学校に上がる前の写真に、年上の男の子が現れたのだ。三歳ぐらいの頃に撮影したらしい家族写真では、蝶ネクタイをつけてジャスパーを抱いていた。縮れた黒い髪の毛と濃い肌の色はモーリスとミシェル譲りだ。異様に痩せこけているのが気になった。

その右側にも、まだジャスパーの写真は続いていた。

パリスのダウンタウンで乳母車に乗ってはしゃぐジャスパーがいた。初めて立ったらしい写真、ゆりかごに入って天使の寝顔を見せている写真――。

迫田は、シーツで下半身を覆ったミシェルが、しわくちゃのジャスパーを抱いている写真のところで足を止めた。青い瞳がとても印象的だった。ジャスパーのお腹には、縛った臍《へそ》の緒が残っていた。二人は、新生児のジャスパーを引き取ったのだ。これも後で質問することにしよう。

頃合いだ。迫田は床に置いておいたバックパックから、名刺入れほどの大きさのドローンを四つ取り出してテーブルに置いた。レンズがモーリスから見えるようにした。

「そろそろ、お話を聞かせていただいてもよろしいでしょうか」

「構わないが、カメラは、そのドローンについてるやつで撮るのかい？」

「ええ、これは〈セルフィン〉というスポーツ用カメラです」

全周カメラと赤外線フラッシュで三次元的な光景《ライトフィールド》を記録する装置はどちらかというと3Dスキャナーに近いのだが、最後に映像を取り出すのだからカメラと呼んでも構わない。説明を始めると長くなってしまう。

迫田が層化視《クシュヴ》のターミナルを操作すると四台の〈セルフィン〉は微かなローター音を響かせて宙に浮かび、部屋の中にピラミッドのようなフォーメーションをとった。

部屋がゆっくりと静寂に包まれていく。〈セルフィン〉のローター音も、うっすらと聞こえていた発電機の音も消えてしまった。

うろたえたモーリスが口を開く。

「これは――おっと」

あまりに明瞭な声に驚いたモーリスは、口に手を当てて迫田を見つめる。

「ごめんなさい。ノイズキャンセリングが強すぎました。ほんの少しだけ外の音を入れましょうか」

迫田が層化視《クシュヴ》でスライダーを操作すると、家の外を吹く風の音が、柔らかく部屋に戻ってくる。

「音が消せるのか。こりゃあ驚いた」

隣ではミシェルが、ティースプーンでカップを叩いて、その音が小さくなっていることに目を見張っていた。

「こんなことができちゃうの。すごいのねえ」

感嘆の声を上げた二人だが、迫田はミシェルがドローンのレンズに眉をひそめていることに気づいた。第二内戦の後にアメリカを覆った〝映像〟に対する不信だ。

アメリカを二分した第二内戦の引き金を引いたのは、女性の、そして初めての先住民大統領を目指していた候補者がバーで友人に語る映像だった。

《わたしはアメリカから、市民の手から、マシンガンを消し去ってみせるわ。完全に、永久にね！》

候補者はすぐに発言を否定した。専門家は口と発音が合っていないと指摘し、写り込んでいる友人も、撮影の現場だったバーも、発言の真正性を否定した。映像の公開から三日後にはこの映像をＡＩで生成した留学生が名乗り出て逮捕され、一週間も経たないうちに彼が映像生成に使ったプロンプトとモデルが突き止められて、この映像がＡＩ生成されたものであることも証明された。

だが、事実が顧みられることはなかった。

同じ党の対立候補は彼女の「思慮の浅さ」を厳しく糾弾し、現職の大統領も「あんなことを言う女に、偉大なアメリカを任せられるか！」と繰り返した。銃の自由を求めるデモが繰り広げられて、乱射事件まで起こった。虚構に反発する声と銃声は、皮肉なことに「フェイク」だったはずの銃規制を推し進める結果となった。まず二〇〇四年に失効していたロングマガジン規制が復活し、銃器を購入する際の背景調査も連邦法で制定された。反発の声は大きかったが、意外なことに議員が交代するたびに銃規制を容認する議員が増えていった。選挙権を得た若者たちは、幼少期から生命を脅かしてきた銃にうんざりしていたのだ。

そして二年後、激しい選挙戦を制して大統領になったのは件《くだん》の女性候補だった。あらゆる物証がバーでの発言をディープフェイクだと告げていたが、その認識が定着したのは、十八の州が合衆国から〝独立〟した後だった。

そして映像に対する不信感だけが残った。

複数の小さなカメラで記録した3D光景《ライトフィールド》を使う映像構成は、映像の中に登場する事物を編集可能な物体に変えてしまっていたのだ。話し手が吸っているタバコを消す、服を変える、部屋を片付ける。もちろん、人に好きなことを喋らせることなど基本中の基本だ。

それでも物理的なスクリーンに映し出される映像を見ている間は他人事《ひとごと》でいられるのだろう。映像を見せているときや、どうやって編集するか相談している時に不安そうな顔をする人はいない。だが、ドローンの複眼レンズが向けられた時に、ようやく気づくのだ。映像が、自分の考えているのと全く違う方法で作られていることに。

層化視《クシュウヴ》の恩恵を受けていないモーリスとミシェルなら、なおさらだろう。

迫田は腰をかがめてミシェルと目の高さを合わせた。

「ここで記録した映像を公開することはありません。もしも記事にする時には、公開する映像を確認していただいてから許可をいただきます。その時に、わずかな修正を施すことは可能です。もしもお二人がご希望であれば」

不安そうにティースプーンを弄《もてあそ》ぶミシェルの手にモーリスが手を重ねた。

「大丈夫だろうよ。いまどきの記者ってものは、話を適当に作ったりはできないんだそうだ。それに、ジェイクが聞きたいのはわしらのことじゃない——おや、どうしたんだ？」

洗い物を終わらせてダイニングテーブルに向き直ったレイチェルが、顔の前に手を翳して目を細めていたのだ。

「目に何か入った？」

迫田が聞くと、首を振ったレイチェルは「違う」と言って天井の中央でゆっくりと回転する〈セルフィン〉を眩しそうに見つめた。「赤外線ドットをフラッシュさせてるでしょ。嫌なのよね」

「は？」

迫田は思わず天井のドローンを見上げてしまう。

確かに〈セルフィン〉は部屋に不規則なドットを投射して、３Ｄスキャンを行っている。他の三台が取得する奥行き情報の精度を上げている。だが、目に見えるものではないはずだ。

「止める？」

「もういい、コンタクトレンズでフィルタリングしたから」

「すまんね、手間をかけさせて」

兵士が使う層化視用《クシュヴ》コンタクトレンズに、赤外線を可視化する機能が備わっているに違いない。迫田は慌ててミシェルとモーリスの様子を窺った。映像に対する恐怖をようやく振り払った二人に、赤外線ドットのことを説明するのは骨が折れるはずだ。

なんと言おうかと迫田が考えていると、ミシェルは目を潤ませて、レイチェルを見つめていた。

「あなた、それが見えるの？」

「赤外線ですか」レイチェルが不思議そうに首を傾げた。「見えるというか、眩しく感じるんです」

「ジャズもそう言ってたの。テレビのリモコンが眩しいんだって」

「そうそう」と、モーリスも会話に入ってきた。「ジャズが生まれるまで、瞳が青いとリモコンの赤外線が見えるだなんて知らなかったよ。おや、あんたの目は青くないな」

レイチェルの瞳は薄茶色だし、赤外線が見えるかどうかは瞳の色に関係ない。自由領邦で流通していたリモコンが本物の赤外線ではなく赤いフィルターを使っていた可能性もあるが。

そこで迫田は気づいた。新生児のジョーンズを里子にもらった話を聞くチャンスだ。迫田は新生児室の写真を指さした。

「しわくちゃなのに瞳だけは真っ青なんですね」

ミシェルがうっとりと答える。

「そう。まるで空みたいだって思ったわ」

「生まれたばかりの写真ですね。ご友人から引き取ったのですか？」

モーリスとミシェルが顔を見合わせて、吹き出した。

「ジャズは、わたしがお腹を痛めて産んだ子供ですよ」

嘘だろう？　という言葉はなんとか飲み込んだ。迫田は層化視《クシュヴ》で新生児室の写真をズームして、写っているものを確かめる。先ほどはよく見えなかったが、点滴の管がミシェルの背中に回り込んでいた。無痛分娩に使う脊椎麻酔だ。ミシェルが妊婦だったのだ。

モーリスは笑っているが、黒人の男性を夫に持つ黒人の女性から、典型的な金髪碧眼の赤子が生まれる理由はあまり愉快なものにならない。不義か強姦か、そうでなければ取り違えだ。曖昧な笑顔を浮かべるしかなかった迫田に、モーリスが畳み掛けた。

「ほら、ジェイクが驚いてるよ。正真正銘、わたしたちの子供なんだ。五十歳を過ぎていたが、どうしてもネイサンに弟か妹をつくってやりたくてね」

迫田は、少し左手にある家族写真を指さした。

「この子ですね」

「ああ、痩せてるせいでかなり年上に見えるが、ジャズと八つしか変わらん。それでも遅い子供だったが……おれが、死なせてしまった。ネイサンを身ごもっていたミシェルに麻疹《ましん》をうつしてしまったんだ」

ミシェルが首を振り、テーブルの上で震えたモーリスの手に手を重ねた。

「あなただけじゃないのよ、悪いのは」ミシェルは夫の手を握っていた。「わたしも予防接種していなかったんだし」

「それは――残念でした」

本心からそう言った迫田は、壁の写真にネイサンの姿を探した。赤ん坊だったジャスパーが歩きはじめる頃から、疾患が表面化したらしいネイサンは急激にやせ細っていく。ジャスパーと一緒に撮った家族写真は四枚だけだ。

銃を保有する自由とともに、反ワクチン思想を取り込んだ自由領邦は、一世紀にわたって封じ込めてきた伝染病を解き放ってしまった。中でもポリオと麻疹は、自由領邦に生まれた子供に深い傷跡を残した。妊婦に感染した麻疹は生まれてきた子供の目や耳、心臓に回復不能な障害を与えてしまう。

ネイサンはその被害者だったというわけだ。

「ジャスパーさんは、お兄さんのことを覚えていたんですか？」

「もちろんですよ。ネイサンはよく世話をしてくれましたからね。お人形さんみたいだって言いましてね」

「金髪の弟がやってきて、驚いたでしょうね」

モーリスがおどけたように腕を広げる。

「みんな驚いたさ。でも、ジャズは間違いなくわたしらの子供なんだよ」

迫田は二人を傷つけないために優しく頷いた。だが、モーリスの言葉を聞いて目を見開いた。

「体外受精《IVF》なんだ」

「え、そうなんですか？」

「そうとも。出生前検査だって念入りにしたさ。ネイサンのこともあったしな。親子の鑑定はするつもりがなかったが、勝手にくっついてきた」

胎児の時は間違いない。となると取り違えか——そう考えた迫田の考えはまたも裏切られた。

「頭が見えてきた時のあなたの顔！」

ミシェルが笑う。

「ほんとにな。血色が悪く見えてな。また弱い子か、と思ったよ。だが、元気に泣いてミシェルにしがみつくジャズを見てると肌の色なんかどうだっていいと思ったんだ。育つと、よくわかったよ。おれたちと違うのは肌や髪の毛の色と鼻筋ぐらいでね。まぶたの形や耳なんか、ミシェルそっくりなんだ」

「性格はあなたそっくり。何かに集中すると、周りのことがどうでもよくなるの」

迫田はついに納得した。黒人がアメリカに連れてこられてから、三世紀は経つ。そういうこともあるのかもしれない。

「あら?」と、ミシェルが窓の外を見た。

「どうしました?」

ミシェルはしばらく外を見つめてからため息をついた。

「サコダさんのお友達がいらしたのかと思ったんですが、気のせいだったみたいです」

そうですか、と言ってインタビューに戻ろうとした迫田の層化視《クシュヴ》に、トーマからのテキスト通知が現れた。

《サコダさん、緊急です》

9

《目的地に近づきました。ハンドルを出します。ご注意ください》
自動運転エージェントのアナウンスが耳の中に響くと、トーマは運転席から助手席まで広げていたワークスペースを畳んだ。自動運転レベル5^+《ファイブプラス》の間は収納されていたハンドルがせり出してくる。見えていないが、足元ではペダルも出てきているはずだ。
メンフィス国際空港でレンタルした〈テスラXX〉はビーコンが少ない道路でもレベル5相当の自

動運転で走れるのだが、最終運転者が手を置くハンドルは出さなければならない。

ひんやりとしたハンドルに手を乗せたトーマは、辺りを見渡した。

「どこかな」と、思わず声が漏れる。

パリスの街を取り囲む郊外の住宅地を抜けてからそれほど経っていないはずなのだが、綿花畑を区切る木立と電線の他には何もないところだった。畑から飛ぶ砂に覆われた道路に残るいく筋かの轍《わだち》だけが、人の行き来した痕跡をトーマに伝えていた。運転席の脇に浮かぶナビゲーションパネルによると、目的地はこのカーブを曲がった木立の先にあるようだが、人家があるような気配はない——いや、あった。

「あれか」

層化視《クシュヴ》に描かれる目的地の赤いピンを見るまでもなかった。ゆるいカーブの奥に見えた水色の一軒家が、迫田の訪問しているジョーンズ家だ。緩く傾斜したスレート葺《ぶ》きの屋根には、アルキメデス式のブレードを内蔵した円筒風力発電機が四台並んでいた。庭に建つガレージの扉は開き、ピックアップトラックとトラクターが収まっている。

道路に面したところに柱を二本立てただけの簡素な門があり、その先に迫田から聞いていたフォードのSUVが停まっていた。

あの隣に停めればいいか、とトーマが思ったところで、〈テスラXX〉は減速してゆっくりと停車した。

目的地を入力し間違えたか——と思ったトーマの耳に警告音が鳴り響く。

ハンドルを握りしめるとアナウンスが続いた。

《前方にレベル4の脅威を検知しました。繰り返します。レベル4の脅威を検知しました。直ちに引き返し、当地の法執行機関へ連絡することをお勧めいたします》

フロントグラスには三角形の注意標識が点滅していた。危険の種別を示すアイコンは自動小銃だ。

「どういうこと?」

トーマの声にエージェントが答えた。

《自動小銃を携行した人物が、二台の軍事用警備ロボットに搭乗して、目的地周辺を移動しています。なお、人物たちの自動小銃には、連邦法で販売と所持が禁止されている大容量の弾倉がついていますす》

白い矢印がトーマの視線の先に現れて、左手の森に移動した。注目するよう促しているのだが、そこには何もなかった——というわけでもなかった。よく見ると森の一部が歪んでいるし、梢の陰影も背後と違う。同じ歪みが、もう一つ、家の向こう側を動いていた。

トーマの背筋を、ぞくりとするものが走った。光学迷彩だ。

サンフランシスコでも見たことはあった。オフィスビルに立てこもった凶悪犯を取り押さえるために出動したSWATが使っていたのだが、SWATのチームは犯人に向いていない方に鮮やかなブルーの制服を映し出して、市民に注意を喚起していた。

本来の目的に使用すると、ここまで見えなくなるとは思ってもいなかった。

二つの歪みがジョーンズ家にゆっくりと近づいていく。ぼんやりしたシルエットしかわからないが、ORGAN部隊が使う四脚ローダー〈マスチフ〉にまたがる兵士のようだ。目をすがめていると《人物とロボットの輪郭を描きます》というアナウンスが流れて、二台の〈マスチフ〉が描かれる。タンデムシートの前席には運転手《ローダー》がまたがり、後席には自動小銃を構える銃撃手《ガンナー》が、腰を浮かせぎみに座っている輪郭が描かれた。

二つのシルエットはジョーンズ家にゆっくりと近づいていた。

カーブの曲がり口で停車したトーマの〈テスラXX〉に気づいた様子はない。

どうしようかと迷っていると、フロントグラスに緊急連絡先のボタンが並んだ。

《トーマ・クヌート様、緊急連絡をお勧めします。現在地の警察権を持つのはギブソン郡保安官事務所。そのほかに、トレントン市警察、メンフィス市保安官事務所にも連絡できます》

エージェントがボタンの横に並べた地図を見て、トーマは愕然とした。ギブソン郡保安官事務所は百キロは離れている。一番近いトレントン市警察が車で三十分。どこの警察に連絡しても、第一陣が到着する頃には襲撃が終わっているはずだ。

それなら、まずはジョーンズ家にいる迫田に連絡すべきだろう。拉結陣《ラジエチエン》というジョーンズ部隊の生き残りも同行しているから、襲撃を知っていれば対処できる可能性もある。

保安官を呼ぶのはその後でいい。

トーマは迫田との連絡に使っていたチャンネルを探したが、成層圏ネットワークに層化視《クシユウ》を使う帯域は足りなかった。襲撃者たちが巨大乱数をアップロードするかどうかして埋めつくしてしまったのだろう。単純だが効果的な妨害だ。となると、音声の通話かテキストだ。トーマはテキストを選んだ。

《サコダさん、緊急です》

すぐに既読がついて、音声通話の呼び出し音が響く。トーマはジョーンズ家の周囲を層化視《クシユウ》で拡大表示した。

《サコダです。いま、どこですか？》
「ジョーンズさんのお宅が見えるところです」
《じゃあ――》と言いかけた迫田にトーマは声をかぶせた。
「サコダさん、その家の外に、警備ロボットがうろついています。大容量マガジンをつけた自動小銃も持ってます。その家を襲撃しようとしているようです」
《なんだって？》
拡大表示した家の窓の奥で、それまで見えていた人影が消えた。伏せたのだろう。続けて外に向いた二つの窓をカーテンが覆い、室内の様子がわからなくなった。
《――いいから、わたしが話す》
若い女性の声が聞こえた。これは虐殺を生き延びたラジェ・チェンだろう。
《わたしはレイチェル、トーマでいい？　あなたは安全な場所にいる？》
「はい。銃口がこっちを向いたら、このテスラは勝手に逃げ出しますから」
《テスラ？　モデルは？》
「XXです」
ひゅう、という口笛の音がした。
《トーマさん、テスラの層化視《クシュヴ》にゲストの入れるワークスペースを作って、こっちを見ながら家の前の道を通ってくれる？》
トーマはレイチェルの意図を理解した。カーテンを閉めた家の中から外の様子を見たいのだろう。
「わかりました。パスワードなしで入れるようにしておきます。テスラが見えたらアクセスしてください。僕からは〈マスチフ〉の姿はよく見えませんけど、いいですか？」

《大丈夫。時速四十マイル（六十四キロメートル）でお願い》

「警察への連絡は？　このあたりは保安官事務所みたいですけど」

その質問には迫田が答えた。

《後でいいらしい。すぐ済むんだそうだ》

「わかりました。テスラ、自動運転のレベルを3まで落として」

トーマはハンドルを握るとアクセルを踏んでテスラを発進させた。

家を挟む位置をそろりそろりと動いていた陽炎《かげろう》が動きを止めて、完全に背景に溶け込んだ。光学迷彩の有効な角度を、道路を走ってきたテスラにロックしたのだろう。テスラのセンサーが捉えた輪郭がなければ、そこに何かがあることすらわからない。

車が家の正面に差し掛かった時、層化視越《クシュュヴ》しにレイチェルの声が聞こえた。

《サンキュー》

声と同時にジョーンズ家の窓が震えた。

家の正面に動いていた〈マスチフ〉の光学迷彩が揺れた。首を摑まれて後ろに引っ張られるように、黒いコンバットスーツを着た二人の男性が現れる。運転手《ローダー》は〈マスチフ〉の横に転がり、銃撃手《ガンナー》は撃ちかけていた自動小銃を空に向けて連射しながら、地面に倒れ伏す。二人は首から血の糸を引いていた。

二人死んだ。いや、殺された。トーマの目を通して外を見たレイチェルは、カーテン越しに二人の喉を撃ち抜いた。たったいま、トーマは殺人に手を貸した。命を奪う「目」になったのだ。

喉から血を流す二つの体と自分の行為が繋がると、喉の下に不快な塊が膨れ上がった。だが、その塊が吐き気に成長することはなかった。

職場で残酷な映像を見た時と同じように、トーマは冷静さを取り戻す。そもそもこの二人は軍事ローダーの〈マスチフ〉を用意して光学迷彩に身を包み、自動小銃を携えて家に忍び寄ろうとしていたのだ。レイチェルに、安全に排除する意思があったかどうかわからないが、今回は無理だったのだろう。

家を通り過ぎていくトーマの耳に《家の左を見て》と指示が飛ぶ。

まだ、もう一組いる。トーマが指示された方を見ると、陽炎は反撃に気づいて素早く移動していた。トーマがそのシルエットを視界に収めた瞬間、再び二人の男が同じように喉を撃ち抜かれて陽炎の中から弾《はじ》き出された。

痙攣していた四人の男がぐったりと動きを止める。二台の〈マスチフ〉はセンサーの集中している鼻先を倒れた四人に近づける。死亡を確認したらしい〈マスチフ〉は、ぐっと姿勢を低くすると、人間を乗せていては不可能な姿勢と速度で、メンフィスの方向へ走り去っていった。〈マスチフ〉の姿が見えなくなると、ダッシュボードに表示されていた警告も消えた。

テスラをUターンさせたトーマがジョーンズ家に戻ると、古びたライフルを担いだ女性がドアを開けて現れた。

「レイチェルさんですか?」

「そうだよ。手伝ってくれる?」

レイチェルはトーマを手招いて、うつ伏せに倒れた男にライフルを向けた。

「気持ち悪いかもしれないけど、こいつの腕を引っ張って仰向けにしてくれないかな。死んでるはずだけど、もし動いたらトーマさんに手をかける前に、かならず殺すから」

テスラを降りたトーマは、言われたように男の腕を摑んで仰向けに転がした。全身を覆うボディーアーマーにフルフェイスのヘルメットを装備しているので少し難しかったが、重心を捉えると簡単に転がせた。

「うまいね」

「ジュージュツやってますので」

「なるほど。さすがサンフランシスコのエンジニアだ」

軽い揶揄《やゆ》にトーマは苦笑してしまう。西海岸のエンジニアが親しんでいるジュージュツなんて、本職の兵士から見るとままごと以下だろう。

「サコダさんは？」

「ジェイク？　ジャスパーの両親を慰めてたけど」

レイチェルが振り返ると、顔面を蒼白にした迫田が戸口に寄りかかっていた。

「……なんだよ、これ」

レイチェルがこともなげに答える。

「わたしたちを襲おうとした連中だよ。〈マスチフ〉に乗って、フルオート射撃用のダブルマガジンを装塡したＦＡＲ-15を持っていた」

迫田はレイチェルの顔を見つめた。

「……それで？」

「トーマのカメラで照準して撃った」レイチェルは手に持っていたライフルを掲げた。「こっちは五発しかなかったし、違法なアサルトライフルを持ち出す相手に手加減する必要はないので、殺すつもりで撃った」

レイチェルはそれだけ言うと、トーマが仰向けにした死体に近づいて膝をついた。胸のパウチからショートマガジンを抜いたレイチェルは、装填されている弾丸を確かめると口笛を吹く。

「何よこれ、曲射弾《ステア・ビュレット》じゃない」

「どうしたんですか?」

トーマが聞くと、レイチェルは弾頭にオレンジ色の線が走る銃弾を一つ取り出してててステータスを表示させた。

「ORGANで使う弾だけど初期化もしてない。普通の店では買えないから、ORGAN部隊の誰かにもらったのかもね。お守りかな」

マガジンを自分のカーゴパンツのポケットにねじ込むと、レイチェルは黒服の他のポケットも検めていく。その平然とした様子にショックを受けたらしく、口をぱくぱくとさせてよろめいた迫田の腕をトーマは支えた。

「大丈夫ですか」

トーマの顔を、迫田はじっと見つめてから言った。

「トーマさんですね……慣れてるんですか?」

「いえ、人が死ぬのを見たのは初めてです。でも――」

「ごめん。レイチェル、何やってんだ!」

言いかけたトーマを遮って、迫田が手を振り解《ほど》く。

死んだ黒服の傍に膝をついたレイチェルは、両手にビニール手袋をはめて、黒いユーティリティ・ナイフを握っていた。

「何って」レイチェルが振り返りもせずに言った。「このFAR‐15は民間軍事企業用のモデルなの。でもこいつらは部隊章をつけてない」

「だからインプラントを読むのよ」

男の腕をとったレイチェルは、ナイフを死体の手首に滑り込ませていく。レイチェルがナイフの先を動かすと、シリコンケースに覆われたカプセルがポロリとこぼれた。レイチェルはそれを掌で受け取った。

「ばか、やめろ――」と言いかけた迫田は膝をついて、玄関ポーチに胃の内容物をぶちまける。胃液の酸っぱい匂いは、混ざるターキーローストの香りがぷんと香った。

「ジェイク、あなたこそなにしてんのよ」レイチェルが声を荒らげる。「吐くのは止めないけど、せめて家の裏でやって」

口に手を当てた迫田が抗議しようとレイチェルを睨むが、彼女は外の様子を窺う老夫婦を指さした。

「わからないの？　モーリスさんとミシェルさんに迷惑がかかるでしょう？　テスラの安全装置が通報するんだから、あと一時間で保安官が来るの。これをどう説明するのか決めるんだから、余計なものを増やさないでよ。吐くなら裏で」

迫田は「わかった」とつぶやいて立ち上がり、よろめきながら家の裏手に回る。ミシェル、と呼ばれた老婦人がタオルを持って迫田の後を追った。

老婦人を見送るように出てきた男性は、庭の惨状に顔をしかめる。

「こいつは……まいったな。レイチェルさん、ライフルを返してくれ」

レイチェルからライフルを受け取ったモーリスは、弾倉に弾が残っていることを確かめると、レイチェルが調べていた死体の肘を踏みつけて、手首をライフルで吹き飛ばした。

「傷口は消しといたぞ」

「ありがとうございます」

モーリスに礼を言ったレイチェルは、トーマにインプラントを包んだ手袋を差し出した。

「読める？」

トーマは裏返しになった手袋を慎重に開いて、インプラントを確かめる。手首に埋めて層化視《クシュヴ》のジェスチャーを補助してくれる標準的なインプラントだった。血液型や緊急連絡先などのメディカルIDを記録している人が多い。レイチェルは人体通信接続《BAN》するための、繊維状のコネクターも取り出してくれたので繋ぐことはできる。

「体から抜かなくてもよかったのに」

「ダメよ」レイチェルは男の腹を爪先で押した。「こいつの通信モジュールはまだ生きてるの。BANで繋いだらあなたの情報も伝わっちゃうんじゃない？」

「あ、なるほど」トーマは納得した。これこそ兵士の知恵というものだろう。「じゃあ試してみる。消毒したいけど――」

「おれがやろう」

言いかけたトーマの手からモーリスがインプラントを取り上げた。玄関脇のアルコールスプレーを吹きかけて、血と繊維に絡みついていた組織を拭いとる。

「これでいいかな」

トーマはチップを受け取った。

「大丈夫です」

トーマは手首の、自分のインプラントを入れているあたりを唾液で濡らしてから、受け取ったBANのコネクターを押し当てた。皮膚越しの通信は誰でもやれるが〝死んだ〟チップを、皮膚越しに起動するのはコツがいる。BANに適合した体質も関係するようだ。深呼吸すると、トーマのBANに新たなチップが接続したことを示す通知が視界の端で瞬いた。

「読めました。層化視《クシュウ》に共有します。ボイス。コマンド実行。〝tail -n 1 /var/log/ban.log ¥> scratchpad -out〟」

音声入力が終わるか終わらないかのうちに、三メートルほどの文字列が目の前に現れた。

19th Jul 245144915localbody connect(){"Id":"46FJM-TJEMGWDL-4L9U5","device_id":"99XTK-T44PU5RS-MWBF4","vendor_id":024……}

「うわ、長っ」

レイチェルが声をあげる。読みやすく整形すれば、リーガル用紙三枚分ほどにまとまってしまうはずだが、いまこのコードを読むのはトーマだけだ。手間をかける必要はない。

「どこ読みます？」

レイチェルは迷わず答えた。

「医療情報。武装警備員は、メディカルＩＤに会社の連絡先を必ず入力するのよ」

「機密にしてないんですか？」

「負傷して、現地の医者に診てもらう必要はあるからね。血液型にアレルギー、何より大事なのは保険。延命措置にいくらかけていいか決めるためにね」

「ああ、なるほど」

トーマは文字列を手繰《たぐ》ってオレンジ色に輝く一連のデータを引き寄せた。

「生年月日と血液型に、アレルギー、既往症に、保険がついてました。電話番号ですよ。かけてみますか？」

返事はなかった。トーマが振り返ると、レイチェルが、親指と人差し指の間に浮かべた電話番号を見つめていた。

「その番号ですよ。いつコピーしたんですか」

「これ、わたしの保険会社の番号なの」

「え？」

トーマが戸惑っていると背後から迫田の声がした。

「つまり、こいつらも〈グッドフェローズ〉ってことか」

吐いてすっきりしたからか、目にも輝きが戻っている。隣には、迫田を気遣うように見上げているミシェルがついてきていた。その後ろには、ほかの三人の警備員の様子を見にいっていたモーリスも戻ってきた。

「そういうこと」

頷いたレイチェルが東の空に目をやった。迫田もそれにならう。トーマが二人の視線を追うと、林の梢の隙間に白く輝く人工物があるのがわかった。モーリスとミシェルも目をすがめるが、何も見えなかったらしく、困った顔でトーマたちを見渡している。トーマは聞いた。

「あのニードルが、どうかしましたか？」

「レイシストどもの老人ホームだ」

モーリスが地面に唾を吐き捨てると、事情を知っているらしいレイチェルがくすりと笑い、トーマに教えてくれた。

「わたしとジェイクが昨日行ってきたんだけど、そこの警備員が〈グッドフェローズ〉だったんだ」

「つまり」モーリスがはっとした目で迫田とレイチェルを見渡した。「君たちふたりが狙われたのか？」

「そう思います」

迫田が申し訳なさそうに頷くと、モーリスが家の中を見つめて言った。

「てっきりあの慰謝料を狙ってやってきた奴らかと思っていたんだが……まあ、そうしとくか」

モーリスはライフルを持っていない方の手で小さな携帯電話を取り出して、緊急番号に電話をかけると耳に押し当てた。

「事件だ。おれはモーリス・ジョーンズ。シモンズ・ハイクウェイわかるか？　そうそう、五十四号線からグランダッド・チャーチの脇を折れた通りだ。そこの五軒目だ。いま、警備員崩れに襲われたんだ。撃退したがね――なんで襲われたかって？　実はね、家にちょっとした大金があるんだよ。話せば長いことなんだが、今朝、息子の友人がメンフィスの銀行から持ってきてくれたんだ——一千万ドルちょっとあるらしいが、どうもその金を狙われたらしい」

「モーリスさん——」

迫田に人差し指を立てたモーリスは、フォードを指さしてから、「さっさと行け」という風に手を振って電話を続けた。

「自動小銃を持ってきてやがってな、仕方なく、おれのウインチェスターで撃った——相手の身元だぁ？　それはそっちで調べてくれよ。黒服だ。死体はそのままにしておくから」

モーリスは画面をじっと見てからミュートボタンを押して、迫田とレイチェル、そしてトーマを見渡した。

「急いでこっちに向かうらしい。さあ、面倒臭いことになる前に行くんだ」

「いいんですか？」

「構わんよ。好き勝手しやがるニードルの連中に一発食らわしてやらなきゃな」

わかりました、と頭を下げた迫田の肩をモーリスが叩いて、トーマに握手を求めてきた。

「そういえば挨拶もしてなかったな。モーリス・ジョーンズだ」

トーマは分厚い手を握り返した。

「ありがとうございます。トーマ・クヌートです」

「クヌート……北欧系なのかい？」

トーマは黒い髪の毛をつまみ上げた。

「僕はこんなですが、生みの親はバイキングみたいな赤毛のノルウェー人なんですよ」

ていた。

「そりゃ奇遇だな」

モーリスが携帯電話をトーマに向ける。待受画面には、空のように青い目をした金髪の男性が笑っていた。

「ジョーンズ隊長のお父さんですか」

「正真正銘のな。こっちがママだ」

たくましい腕を伸ばしたモーリスはミシェルを抱き寄せる。

「そっくりだろう?」

トーマは頷いた。自分も、アン・ホーもマルシャもそうだったが、肌や髪の色のような派手な特徴を無視してじっくり観察すると、耳の形や目鼻のバランスから血のつながりは見て取れる。

「トーマさんも?」と、迫田が話しかけてくる。

「僕がどうかしましたか?」

「いや、レイチェルも——」と言いかけた迫田をレイチェルが遮った。

「ちょっと待って」

レイチェルは目を細めて木立を見つめていた。それは二台の〈マスチフ〉が去っていった方向だった。

「警察じゃないのが来る」

レイチェルが見ている木立をトーマも見つめる。木立の奥に違和感があった。層化視《クシュウヴ》で拡大してみたトーマは、レイチェルの見ていたものに気づいた。木が立ち並ぶ林の奥を、陽炎が横切った。

「後援《バックアップ》よ。多いわね。二手に別れよう。テスラ借りていい? バッテリーは?」

「もちろん。あと三百キロぐらい走れる」

レイチェルはジョーンズ夫妻に顔を向けた。

「パパとママはテスラで逃げて。連中まだ諦めていないみたい」

「ど、どういうことだね」

狼狽《うろた》えたモーリスが木立に目を細めながらライフルを構えようとしたが、レイチェルはその手を押さえて、モーリスの手からライフルを受け取った。

「見えないだろうけど、こいつらと同じような連中が来てる。狙いはわたしたちだと思う。でも、念のために逃げて欲しいの」

「わかった……だが、そのライフルの弾はもうないぞ」

「いいの。トーマさん、どこに逃げてもらう？」

トーマは層化視《クシユヴ》に地図を浮かべた。

「裏の農場から北に出てハイクウェイを走ると、一時間でケンタッキー州に入れます。フルトンの街なら人目もありますよ。僕の荷物を出しますね」

トーマはテスラに走って、後部座席に載せていたダッフルバッグをひきずり出すと地面に放り投げた。

「ジェイク、二人をテスラに乗せて！」

「え？　ああ」

言われるがままに夫妻をせき立てた迫田は、モーリスの背中を押し、ミシェルの手を引いてやってくる。トーマはドアを開けたままレイチェルに確認を求めた。

「二人は後部座席?」

「もちろん」

レイチェルは手際良くモーリスを押し込むとシートベルトを締めさせた。車の反対側にミシェルを連れて行った迫田は、同じように座らせる。

「ジェイク、現金渡して! 一つでいいから」

左右を見渡した迫田は家の中に飛び込むと、重そうなケースを持って飛び出してくる。

「シートベルトは緩めないで。車が警告したら頭を下げる。運転は全部自動車任せ、ハンドル握ろうなんて思わないでね」

「わかった。じゃあ——」

さよならを言いかけたモーリスに、迫田から受け取ったアタッシェケースを押し付けたレイチェルは、テスラのドアを閉める。

「トーマ、お願い」

「テスラ、二人をケンタッキー州のフルトンに連れて行って」

すでに危険を察知していたテスラはコンデンサーの音を響かせると急発進して、ジョーンズ家の隣にある農道に突っ込んでいった。木立の中の陽炎は迷う素振りを見せたが、レイチェルがモーリスのライフルを構えると、動きを止めてこちらに向かってきた。

「ジェイク、何ぼーっとしてるの!」迫田の手をレイチェルが引いた。「わたしたちも逃げるんだよ! トーマについてって!」

トーマは地面に放り投げていたダッフルバッグを拾ってフォードに駆け出した。バッグに振り回されるように走るトーマをレイチェルが追い越していく。

「あんなことがあったのに、冷静で助かるよ」

トーマは首を振った。目の前で人が撃たれるのを見たのは、今日が初めてだったのだ。まさか映像を見た時のように、心にフィルターがかかるとは思っていなかった。

トーマよりも先にフォードにたどり着いたレイチェルは、助手席のドアに手をかけて叫んだ。

「ジェイク、鍵開けて！」

10

バックミラーに目を走らせたレイチェルは警告した。

「来たよ」

車内に緊張が走る。運転席の迫田が無言でハンドルを握り直し、後部座席に座るトーマが首をすくめた。

ジョーンズ家を退去したフォード・エクスプローラーは、光学迷彩に身を隠した〈マスチフ〉を難なく振り切った。空荷なら時速五十マイル（約八十キロメートル）で走れる〈マスチフ〉だが、運転手《ローダー》と銃撃手《ガンナー》を乗せた状態では、時速三十マイル（約五十キロメートル）でしか走れないのだ。

国道の五十五号線に出て、自動運転に切り替えてから情報交換をしていた三人は、大型トラックに尾行されていることに気づいた。牽引《けんいん》しているのは〈グッドフェローズ〉が戦地で物資を輸送するときに使う二十トンの防弾コンテナだった。兵員輸送用のキャビンと六体の〈マスチフ〉を載せられる。背後でトーマが動く気配がした。振り返ると、彼はそっと首を伸ばしてリアウインドウを見つめていた。

「暗くなるまで待ってたんですね」

トーマの口調は落ち着いていた。ジョーンズ家でも不思議だったのだが、彼は特別な訓練を受けていないコンピューターエンジニアなのに、銃撃を目《ま》の当たりにしても、手首を吹き飛ばすような死体の損壊にも、自分自身が襲撃される状況下でも、レイチェルの話を聞き、優先順位を決めて判断を下している。

いまは迫田も興奮抑制剤の〈ストナイジン〉を服用して襲撃される恐怖を抑えているが、トーマは薬なしでこの状態を保てるらしい。まるでわたしのように。

「道もね」と、レイチェルはガタガタと揺れるフォードの床を指さした。「〈マスチフ〉は悪路なら自動車よりも早く動けるから」

「すまん」と、迫田が謝った。「工事の情報がナビに入ってないとは思わなかった。あと十分は悪路が続きそうだ」

「仕方ないよ」

レイチェルが慰める。自由領邦だった場所によくあることだが、国道のはずの五十五号線でも舗装の状態は悪く、街灯のない区間に差し掛かっていたのだ。再び振り返ったトーマが言った。

「詰めてきました」

トラックの高輝度ＬＥＤヘッドライトは先ほどよりもずっと近づいていた。

「引き離せる?」

聞かれた迫田が首を振る。

「自動運転で三十マイル。これが上限だ。おれの運転じゃこんな速度では走れない」

レイチェルはため息をついた。ここでやるしかなさそうだ。そう思ったのは相手も同じだったらしい。

車内が一瞬にして暗闇に包まれる。真後ろから詰めてきたトラックがヘッドライトを消したのだ。

レイチェルは顔に熱を感じた。リアウインドウの向こうから、何かで照らされているのだ。

後部座席のトーマが「うわっ」と慌てた声を出す。

「目を閉じて、闇に慣らして」

「はい」

落ち着いたトーマの返答を聞いたレイチェルは、運転席の迫田の肩を叩いた。

「ジェイク、こっちも明かりを消して」

「なんだって?」

迫田を無視してレイチェルは腕を伸ばし、ヘッドライトもスモールライトも消してしまう。

「自動運転だから、車を信じて。トーマ、銃を取れる?」

「どれですか」

「FAR-15、上から二番目のケース」

レイチェルは言いながらしまった、と思った。ケースの上面にはでかでかとFAR-15と書いてあるが、明かりを消してしまったいまは探すのが面倒だ。

「トーマ、わかる？　大きい方のケース。グリップが木製じゃなくて――」

「どうぞ」

特徴を説明しようとしたレイチェルの手に、ＦＡＲ－15のピストルグリップが収まった。真っ暗な車内でレイチェルの手に正しく銃を持たせてくれたのだ。

「サンキュー」

不思議に思いながらも、安全装置と弾倉を確かめたレイチェルはボルトを引いて初弾を薬室に送り込んだ。確か二十発。

「予備弾倉はわかる？　足元のザックに入ってる長いやつ」

ゴソゴソという音がしたかと思うと、ちょうど左手が届くところに冷たいものが差し出された。

「これですか？」

受け取ると、確かにＦＡＲ－15用のロングマガジンだった。

「見えてるの？」

「あれ？　違いましたか？」

「当たってるから聞いたんだ。この暗い中で、マガジンが見えたのね？」

息を呑む気配が伝わってきた。

「マガジンはあと三本ありますね。すぐ出せるようにしておきますか？」

レイチェルが頷くと、熱の塊がザックの方に動いて、再び後部座席に沈み込む。彼は闇の中でレイチェルの仕草を読み取ったのだ。レイチェルは、ＦＡＲ－15のスリングを左手首に絡ませて、暗闇でも見える仲間がいたことを思いだした。

「見える話、後で話そう」

背筋を伸ばしたレイチェルは暗闇しか見えないリアウインドウに顔を向けて、眩さに目を細めた。大きな熱源がこちらを照らしているのだ。レイチェルは窓の奥を指さしてトーマに言った。彼ならわかるはずだ。

「わたしたちはいま、赤外線投光器で照らされてる」

「この眩しいのは、投光器《それ》だったんですね」

「光源がわかる？　その左右を見て」

もやりとした後部座席でトーマの熱が動いてリアウインドウの奥に輝く熱源を遮った。トーマも後ろを確かめたらしい。

「はい。見えます。トラックの左右に〈マスチフ〉が出てきました。昼と同じように二人乗りです」

「わかるのか？」と迫田の驚いた声。「何にも見えないぞ」

「いいのよジェイク。ハンドルだけは離さないで。トーマ、これから窓を開ける。〈マスチフ〉が飛び出したら、右か左かを大声で教えて。余裕があったら前の様子も教えて」

「わかりました」

フォードが速度を落としていく。

「ジェイク、スピードは維持！」

「無理だ」と迫田。「路面が荒れてるん――」

言いかけた迫田にトーマの声が飛ぶ。

「前、段差来ます。捕まって！」

レイチェルがシートベルトを握りしめた瞬間、フォードは急ブレーキをかける。人間が走る程度に速度を落としたフォードは段差をゆっくりと乗り越えた。トーマが続けて叫ぶ。

「〈マスチフ〉来ます！　左右同時」

「ジェイク、とにかく速度を上げて！」

「わかった。フォード、自動運転レベル2。車線を維持」

レイチェルが口笛を吹くと、迫田はアクセルを踏み込んだ。レベル2はいくつかの運転支援に支えられて人間が全ての責任を負うシステムだ。レイチェルは窓を開けた。

「〈マスチフ〉、あと三秒で追いつきます。三、二――」

レイチェルは窓の外を確かめた。熱に照らされた影が近づいてくる。親指でＦＡＲ‐15の安全装置を外したレイチェルは、ドアを蹴り開けて運転手のいるあたりにバースト射撃を叩き込む。

オレンジ色のマズルフラッシュに〈マスチフ〉が照らされて、転げ落ちていく人影が一瞬だけ目に見えた。

「右の二人、落ちました。左の〈マスチフ〉、来ます」

「頭下げて！」

レイチェルが迫田の頭を押さえると、まばゆいマズルフラッシュに車内が照らされて、サイドウィンドウが粉々に砕け散る。自分も身を屈めたレイチェルは、射撃が止んだ瞬間に体を起こして、窓の向こうに見えた塊を撃ち抜いた。

「左の銃撃手《ガンナー》も落ちました。下がっていきます」

「やったのか？」

「ハンドルは離す。続きは？」

レイチェルは迫田にそう言うと、シートベルトに右腕を絡めた。

「新しく左右二台ずつ出ました。並走してきます」

わかった——レイチェルは左脇の下にＦＡＲ－15のストックを挟み込むと、車外に体を乗り出した。

何をやっているか気づいたらしい迫田が慌てた声を出す。

「おい、やめろ！」

レイチェルは構わず、投光器の光を遮る塊に向けて引き金を引く。一度目のバースト射撃は外れたが、マズルフラッシュで見えた〈マスチフ〉の姿を頼りに残りの弾丸を叩き込む。人が転がり落ちていくのがわかった。それをトーマが裏打ちしてくれる。

「右二台とも、運転手《ローダー》が落ちました。銃撃手《ガンナー》は振り落とされました」

「左は？」

「下がっていきます」

レイチェルは車の揺れが小さくなっていることに気づいた。

「ジェイク、逃げ切るよ！　ライトつけて」

レイチェルが座席に戻ってドアを閉めると、ヘッドライトを点けたフォードは猛然と速度を上げて走り始めた。ダッシュボードのＬＥＤに照らされた車内で、レイチェルはＦＡＲ－15の安全装置をかけてマガジンを抜き、後部座席のトーマに差し出した。

銃を受け取ったトーマが、いつの間にか開けていた横の窓から首を出して後ろを確かめる。

「トラックは停車して、撃たれた人たちを回収しています」

レイチェルはバックミラーでトーマが見ている光景を確かめた。闇夜のままだ。

「あの……レイチェルさん」

「何？」

「あんまり見えてないんですか？」

トーマはまだ後ろを見ていた。

「わたしはぼんやりしかわからない。仲間には、赤外線で見える人がそこそこいた」

「ちょっと待ってくれ」迫田が口を挟んできた。「仲間というと、ジョーンズ分隊のことか？」

レイチェルは首を振る。

「他のみんなもだよ。〈グッドフェローズ〉のＯＲＧＡＮ要員はみんな赤外線が感じられる。程度は人によって違うんだけどね」

トーマは背後を指さした。

「僕には、トラックと〈マスチフ〉と、地面に転がっている人たちがはっきり見えます」

「すごいじゃない。わたしは投光器の光源ぐらいしか見えないよ」

レイチェルが言うと、迫田が勢い込んだ。

「普通は見えないいんだよ」

「あ、ごめん」と言いながら、レイチェルは苦いものを口の中に感じた。忘れがちだが、赤外線が見えるのは普通ではない。遠ざかる赤外線投光器の輝きから目を背けたレイチェルは、フォードの向かっていく先の暗闇に視線を戻した。

「ジャスパーとローズは、わたしと同じぐらいしかわからなかった。そうね。ユリアとか、ハオラン

・イみたいな若者ほどよく見える」
トーマが助手席の背もたれに手をかけた。

「ジョーンズ大尉と、サイード少尉のことですね。やっぱり、偉い人には見えないんだ。うちの会社も同じですよ。若い社員ほど見えます」

「なんだって？」と、迫田。「どういうことなんだ。〈コヴフェ〉でも若い社員ほど赤外線が見えるって言うのか？」

トーマが頷いた。

「はい。層化視会議《クシュヴ》で使う3Dカメラを試したとき、若い社員ははっきり格子模様が見えたんです。でも社長はただ眩しいって言ってて」

「なんてこった」と、迫田が頭に手を当てる。「赤外線に、安定剤要らずの図太い神経、そんで親と違う肌の色か……」

「肌の色？　それって隊長さんだけの話じゃないんですか？」

レイチェルは後部座席を振り返った。両親とは違うカールした髪を指に絡ませて、二重瞼《ふたえまぶた》を思い切り目立たせる派手なウインクをしてみせる。車内は暗いが、トーマにはその仕草がはっきり見えているはずだ。

「そうなの。わたし、中国系アメリカ人なのよ」

トーマの影が身じろぎをする。ため息をついた迫田が誰にともなく言った。

「どこかで休もう。話したいことがたくさんある」

11

レイチェルがフォードを止めたのは、〈マスチフ〉に襲撃を受けた場所から南に百五十キロメートルほど離れたエリオットの町にあるダイナーだった。裏手にはミシシッピ州軍のキャンプ・マケインがある。

五十五号線での襲撃は警察にも伝えてあるが、現場は管轄の不明な非法人地域にあり、通報した迫田たちが怪我をしていないこともあって、相手の反応は鈍かった。相手もそれなりに狙いをつけていたらしく、車に弾痕は残っていなかった。唯一の被害は運転席横の窓ガラスだけだ。

運転をレイチェルに任せた迫田が保険会社に襲撃のあらましを伝えている間に、レイチェルとトーマは、軍の基地の近くなら、〈グッドフェローズ〉も無茶はしないだろうということで、この店を選んでいた。

その選択は間違いではなかったらしい。

二十四時間営業のダイナーの、表通りに面した大きな窓は部隊のステッカーと写真で埋め尽くされていて、店内を覗き見ることはできなかった。席をまばらに埋めているのは深夜早朝のシフトに向かう州兵たちだ。連邦政府の陸軍と同じ戦闘作業服を身につけた彼らは、壁の大画面テレビに映し出されるフォックスニュースを眺めていた。店内は静かだった。音は層化視《クシユヴ》の共有レイヤーで流れているので、ニュースを聞きたいものだけに届けばいい、というスタイルだ。都合のいいことにダイナーの隣には、基地関係者が使うための百部屋ほどのモーテルもあり、駐車場にはたくさんの車が停まっていた。同型のフォード・エクスプローラーも二台駐車していた。

駐車場に車を停めると、迫田たちは部屋を三つ押さえてからダイナーに入った。

カウンターの列で飲み物を待っていた迫田は、二度の襲撃を思い返していた。ジョーンズ家を襲ってきた二台の〈マスチフ〉と四人の武装警備員と、暗闇の中を襲ってきた六台の〈マスチフ〉だ。前者はインプラントの保険情報で〈グッドフェローズ〉の警備員だということはわかっている。後者も同じだろう。

あのタイミングでやって来られたのなら〈タワー・ドネルソン〉の警備員なのだろうが――なんらかの関係があったのはゼペット・ファルキしかいないが、その目的はいまひとつわからない。慰謝料のことは話していないが、強盗は考えにくい。千二百万ドルは遊んで暮らせる大金だが、のべ八台の〈マスチフ〉を動員したとなると、組織的な動きが必要になる。

考えなければならないのはそれだけではない。ジョーンズ家のインタビューも整理しきれていないし、層化視《クシュウヴ》を頼りにカーテン越しの狙撃を成功させたレイチェルの力や、彼女が話す〈グッドフェローズ〉のORGAN部隊の話は迫田の知っている常識を大きく超えている。

そして、新たな旅の仲間になったトーマ・クヌートの話も聞いておきたい。親と異なる人種的な特徴を持ち、赤外線が見えるという〝体質〟がレイチェルに似ていることだけでも驚きなのだが、彼の同僚もまた同じような特徴を持つというのだ。

これからの旅程についても話し合わなければならない。窓の割れたエクスプローラーに乗り続けるわけにもいかないし、トーマがサンフランシスコに戻ることを考えると、慰謝料を渡して回る順番も考え直す必要があるだろう。

テレビに見入る州兵を眺めながら、トーマは安堵の息をついた。

そんなことを、ようやく考えられるようになったのだ。

迫田の前に、レイチェルの頼んだコーラと自分のセブンアップ、そしてトーマの頼んだミネラルウォーターが用意された。トレイに巨大なグラス三つを載せた迫田は、トーマとレイチェルが並んで座るテーブルに戻って、向かいに腰を下ろした。テーブルの中央には、すでに三人分のハンバーガーがやってきていた。

迫田は分厚い肉のパテとチーズを三重に重ねたダイナーの看板メニュー、レイチェルは肉のパテの他にベーコンとレタス、トマトを乗せたBLTバーガー、トーマはアボカドバーガー。テーブルの中央には、マカロニ＆チーズと山盛りのポテトが置いてあった。ハンバーガーには個性が出たなと思いながら、迫田は飲み物のグラスを配って自分のハンバーガーに手を伸ばす。

「熱《あつ》っ！」

「注意しようとしたのに」と、レイチェル。「ここ、バンズも焼いてあるのよね」

トーマも頷いた。彼は食べる時にハンバーガーを入れるバーガーバッグを二重に重ねているところだった。

迫田はグラスについた水滴で指先を冷やしながら、二人に話しかけた。

「さっきの話なんだけど、熱そうかどうか、見てわかるの？」

レイチェルが眉をひそめた。

「このハンバーガーが？」

「そう。できたてのハンバーガーはどう見えるんだろうって思ってさ。赤外線が見えるって、どういうことなんだ？」

レイチェルはハンバーガーに目をこらしてからふざけた様子で手を振った。

「見たってわからないな、ただのチーズバーガー。レタスやトマトが冷たいかどうかもわからない」

「そうか……じゃあ、トーマさんは？」

迫田は、ハンバーガーを手にとったトーマに尋ねてみた。

「僕ですか？」

首を傾げたトーマを、迫田は注意深く観察した。巻き毛と褐色の肌、そして黒よりも少し薄い色の瞳を持つ彼はわずか半日の同行の間に、迫田を何度も驚かせてくれた。

ORGAN部隊のレイチェルが闇夜の襲撃を撃退できるのは理解できなくもない。だが、このひょろっとしたサンフランシスコ在住のプログラマーは、ジョーンズ家に到着したとき、目の前で四人が射殺されたのに取り乱すことなく、逃走を手配してくれた。つい一時間前は闇の中を疾走するフォードの後部座席で、レイチェルの目となって赤外線投光器に照らされた〈マスチフ〉部隊の位置を伝え、反撃をサポートしてのけたのだ。

「そう、どう見える？」

トーマは、じっとバーガーを見つめてから首を振った。

「真ん中のパテが熱いのはわかりますよ。でも、普通に見るのとはちょっと違いますね」

「そうそう」とレイチェルは言って、自分のハンバーガーにかぶりついた。「わたしは熱源の方向がわかるだけ。目を閉じているときに陽射しの方向がわかるでしょ。あんな感じ」

迫田はまぶたを閉じて店のシーリングライトに顔を向けてみた。確かに光の方向はわかる。

「こんな曖昧な感覚を信じて、射って、当てたのか?」

「暗闇だったし、連中が赤外線投光器を使っていたから、かなりはっきりとターゲットの位置はわかった。トーマが数とか教えてくれたしね。トーマはどうなの?」

話を振られたトーマは、つまんだポテトで宙に四角形を描いた。

「〈マスチフ〉の四つ脚のシルエットはわかりました。走っている場所も、だいたいは。残像が一番近いかな。眩しいものを見た後に残るような。色は緑」

「緑色?」

「あえていうなら、ですよ。食べ物が熱いかどうかわかるのは便利ですけど、リモコンとか3Dスキャンのための赤外線は鬱陶しいですからね。どっちかというと不便なことが多いかな」

「不便?」

迫田は首を傾げたが、レイチェルもトーマに同意した。

「そうそう。リモコンつけるとピカッ。写真撮ろうとするとピカッ」

「そうか……レイチェルは仕事で使ったりしない?」

「ないない。機械の方が優秀だよ。ORGANの層化視《クシュウ》の赤外線レイヤーならズームもできるし、奥行きもわかる。解像度だって高い。あの感覚をあてにして射撃したのは初めてよ」

迫田はあわてて口を挟んだ。

「ちょっ、ちょっと待って。いまの録音していい?」

ハンバーガーにかぶりつこうとしていたトーマが手を止める。

「僕もですか?」

「頼む。虐殺の理由を調査していて、隊員に関係することならなんでも知っておきたいんだ」

トーマが自分の目を指さした。

「これが関係してるんですか？」

「わからない。でも、ジョーンズ分隊と同じ能力を持ってる人が他にもいるってのは、引っかかる」

「珍しいのかな。〈コヴフェ〉の社員はみんなそうですから」

迫田は首を振った。

「おれは見たことがない。話に聞いたことすらなかった。会社の皆さんにも話を聞きたい」

トーマはレイチェルの顔を見て、それから頷いた。

「わかりました。僕はかまいません。会社の方には連絡しておきますね――テキストチャットに『赤外線を見たことのあるスタッフについて、サコダ記者が質問したいんだそうです』と送信」

「ありがとう」

迫田はライフログを遡って、席に着いたところから録音を開始した。音声がテキストに変換されると、取材で交わした会話や映像が、樹状のツリーに嵌《は》め込まれていく。注目すべきキーワードは「赤外線」と「ジョーンズ分隊員」だった。

迫田は、レイチェルとトーマに夕食を食べ始めるように勧めてから尋ねた。

「確認なんだけど、きみたち二人とジョーンズ分隊員、〈コヴフェ〉の社員は赤外線を見ることができるわけだね」

「あ、ちょっと待ってください」

マカロニ＆チーズを手元の皿に取り分けようとしていたトーマは、マカロニを取る手を止めることなく空いている左手でワークスペースのスナップショットを撮り、層化視《クシュヴ》の共有ビューに置いた。

「返事をくれた四人全員が、赤外線を感じられるって書いてます。アン・ホーはリモコンの発光部が、はっきり緑色に見えるんだそうですね」

「その彼、何歳？」

ポテトを口に放りこんだレイチェルが聞いた。

「十九歳です。〈コヴフェ〉は最年長がマルシャなんですが、彼女はなんとなくわかる程度みたいですね」

「うちと同じだ。ポールとハオラン・イは十九歳。リモコンを向けるなと言うぐらい嫌がってたな。ジャスパーとローズは、わたしよりも、感度でいいかな、低かった」

迫田は二人の会話が樹状メモの中に組み込まれていくのを確かめながら聞いた。

「歳をとると鈍くなるのかな？」

こちらには見えないチャットルームを置いているらしく、皿の左側をちらりと見たトーマは首を振った。

「マルシャは、アン・ホーみたいに見えたことはないみたいですね」

「ローズも同じ。子供の頃から変わってないって聞いた――ねえ、これチェリーのやったことと関係あるの？」

迫田は、樹状メモの基部あたりにあるイグナシオとの会話を見直した。

「関係するかもしれない。彼は、遺族を回って分隊のみんなの人生を調べろと言ってるんだ」

「わたしたちのことを？」

頷いた迫田は樹状メモの「ジョーンズ分隊」に指を当てて、ぐるりと回してみた。LLMでネットワーク化された取材テキストは配置を変えて、新たな樹形図を作り出す。そこには、忘れかけていたキーワードも並んでいた。

「そう。赤外線が見えること。両親と違う肌の色でアメリカ生まれ。あと、〈ソルダム〉を使わずに多数のインプラントを使っていて、興奮抑制剤も必要ない――トーマさん、何？」

トーマがマカロニをフォークに刺したまま、口を開けて迫田を見つめていた。

「いまのは、ジョーンズ分隊の皆さんの話ですか？」

「そうだけど……」

フォークを置いたトーマは、誰かに聞かれるのを恐れるようにあたりを見渡してから口を開いた。

「それ、僕もです。インプラントは二十個埋めてます。〈ソルダム〉みたいな浸透圧調整もしてませんし、興奮抑制剤も使ってません。あと、みんなアメリカ生まれだし」

迫田は目を見開いた。レイチェルもかぶりつこうとしていたハンバーガーを皿に置いて、トーマに顔を向ける。

「パパとママ、ノルウェー人だって言ってなかった？」

「生まれたのはサンフランシスコです」

樹状メモにぶら下がっていた単語に気づいた迫田は、テーブルに身を乗り出して声を低めた。まだ全員に聞いたわけではないが、もしもトーマがそうなら、これから全員に聞くべきだ。

「答えなくてもいいけど、ひょっとして体外受精《IVF》？」

答える代わりに、トーマはレイチェルの顔を見た。

「わたし？　そうよ。かなりお金かかったって。ジャスパーもそうだったって聞いたけど、トーマも？」

「はい」と頷いたトーマに、迫田は聞いた。

「〈コヴフェ〉のみなさんは？」

「聞いておきます？」

「頼む。もちろん希望者だけでいいけど」

見えないキーボードを叩いたトーマが目を見開いた。

「チャットルームにいる四人は、全員ＩＶＦで生まれてます」

「みんなアメリカ生まれ？」とレイチェル。

「うちの社員は、確かみんなそうですよ」

「うん、そういえば」レイチェルは、ハンバーガーを手に取った。「これまでに五十人ぐらいとチームを組んだけど、外国人はいなかったかも。さっきの話だけど、インプラント二十個埋めてるって？」

「ええ、うちはみんなたくさん入れるから専用のドライバー書いてるぐらいです。こんなこともできますよ」

トーマは共有の層化視《クシユウ》に金属の知恵の輪を浮かべて、指の微妙な動きでバラバラに分解してみせた。迫田もジェスチャーは強化しているが、触覚のフィードバックと微妙な力の入れ具合が必要なパズルを層化視《クシユウ》で解ける気がしない。

「すごいじゃない。わたしは十六個。もう少し入れたいんだけど、神経の干渉が出るみたいで」

「それ、うちのドライバーで解消します。差し上げますよ」

「興奮抑制剤を使ってないって話だけど、そもそもプログラマーに必要なの？」

「子供のポルノとか虐待とか、戦争とかの映像を扱うことがありますからね。〈コヴフェ〉はたまたまみんな薬なしでも平気なので、直接見てます。レイチェルさんの方こそ使ってないんですか？　兵士は義務化されたって思ってました」

「義務化かぁ。海兵隊とかじゃないかな」と、レイチェルは首を振る。「ウチのORGAN部隊は、誰も〈ストナイジン〉飲んでないよ」

　二人があげていく共通点を聞いていた迫田はテーブルが傾いていくような錯覚に陥った。

　体外受精《IVF》で生まれたレイチェルとトーマ、そして二人の同僚たちは、赤外線を見ることができて人体通信の帯域が広くなるような体液組成を持ち、興奮抑制剤なしに死や暴力を直視することができるという。そしてアメリカ生まれだ。

　とても偶然とは思えない。

「ちょっと調べ物をするよ」と迫田は二人に言った。「ヘイ、リサーチスミス、合衆国の出生者に占める体外受精の比率は？」

《二十一・三パーセントです》

　迫田は少しだけほっとした。五人に一人もいるのなら、たまたま〈コヴフェ〉で聞いた四人が全員そうだったとしても、それほど驚くようなことではない。高いレベルの教育を受けた両親の家庭で育っているはずだから、晩婚、不妊治療は多くなるはずだ。だが、レイチェルはその数字を聞いて不機嫌そうに言った。

「偶然じゃないのね。四人全員がＩＶＦになるのは、すこし《レス》二パーセントかな？」

「え？　あ、そうそう」奇妙な言い方に一瞬迷ったトーマは、すぐに理解して頷いた。「すこし《レス》二八だね。でも、僕とレイチェルさん、ジョーンズ隊長を入れると七人だから、その言い方だとすこし《レス》三の三五パーセントになる」

迫田は呆気に取られた。「すこし《レス》」はジョーンズ分隊のメンバーが口にしていた言い回しだ。レイチェルの使い方は、まるで計算しているようだった。そしてその言い方がトーマにも通じているらしい。

「いま、何の話をしてるんだ？」

「確率ですよ」

トーマはワークスペースに白いノートを出して「0.213^4」と「0.213^7」を求める筆算を書いていく。

「誰か一人がＩＶＦで生まれた確率は、二十一・三パーセント。二人ならその二乗だから四・五パーセント、三人だと三乗なので〇・九七パーセント。〈コヴフェ〉のチャットに答えた四人が全員ＩＶＦ生まれの確率は、〇・〇二パーセントということになります。レイチェルさんの言うすこし《レス》は、十の畳数なんですね、マイナスの」

「僕は対数を使う方が楽なんですけどね」

トーマは、ペンを持っていない方の左手で何かのサインを出すと$e^{7\times\ln(0.213)}=0.000019891\cdots$と答えを書いた。

迫田はようやく気づいた。

「暗算したのか？」

「いえ、指で数えてますよ」

　トーマは左手を掲げた。親指で薬指の関節を押さえている。セリで使うような手つきだが、片手で小数点以下十何桁にも及ぶような数字を数えられるわけがない。

「仮に、〈コヴフェ〉のスタッフが全員そうなら？」

「二十五人がですか？」トーマは左手の親指で人差し指を撫でた。「いま、$e^{25}\times\ln(0.31$の式を入れました。これはネイピア数の乗数なので、有効桁数五で、一・六一九九九Eマイナス十七です」

　迫田は言葉を失った。算盤《そろばん》の達人なら掛け算を繰り返せるかもしれないが、対数となると尋常ではない。

　言葉を失った迫田に、レイチェルが意外そうに声をかけた。

「できないの？」

「レイチェルはできるのか？」

レイチェルはトーマの筆算を指さした。

「こういう細かいのはできないよ。でも、だいたいわかる。そのeって何？」

　トーマはちょっと驚いた顔をしたが、さらりとグラフを描いた。x軸のマイナス側にずれた放物線のようなカーブに、$y=e^x$と数式を書き込んだ。高校で習った自然対数のグラフだ。アメリカの高校でやるだろうか——と思ったが、レイチェルはこともなげに言った。

「もっと《モア》の元になる数。二・七ぐらいだよね」

「それです」と、トーマ。用語はまるで違うが、どうやらレイチェルの理解は正しいようだ。

　迫田はもう一つの可能性に気づいた。

「まさか、ジョーンズ分隊の隊員は……」

「みんなできるよ。すこし《レス》とかもっと《モア》とか言ってたでしょ」

迫田はゆっくりトーマに顔を向ける。操り人形のようだと自分でも感じていた。

「〈コヴフェ〉のスタッフは——当然できるんだよな」

トーマは頷いた。人間離れした計算力を持つ集団に属している誇りとか、レイチェルのようにできない迫田に呆れるというわけではなく、ただ「できます」と伝える仕草だった。その自然な振る舞いに気づいた迫田は、ふと思いついた。

「ひょっとすると、そういう計算も、若い社員ほど上手だったりするのかな？」

その質問はトーマにも意外だったらしい。迫田の顔をしばらく見つめてから、トーマは頷いた。

「なんでわかったんですか？　その通りですよ」

「レイチェルは？」

「同じだよ。隊長とローズはすこし《レス》二までしか摑めなかった。わたしはすこし《レス》四か五まで。ポールに聞いたことはないけど、ハオラン・イは、すこし《レス》七とか使ってたよ」

迫田は口に出かけた言葉を飲み込んだ。若い——新しいスタッフほど性能が高いのは、まるでソフトウェアのバージョンアップのようだ。

迫田は層化視《クシュヴ》のキーボードを使って樹状メモに書き足した。インプラント数の上限、感情抑制の強度についても、後から調べておきたい。反射神経や視力についても。

樹状メモを見直した迫田は、イグナシオが仄《ほの》めかした領域を超えてきたことに気づいた。遺族に会って隊員の人生を掘り下げろ、〈グッドフェローズ〉を調べろとは言われているが、事実確認を行った〈コヴフェ〉のスタッフについては何も口にしていなかったのだ。

ハンバーガーを食べ終わったレイチェルは、トーマに数学の質問をしていた。レイチェルの質問はトーマにとっても興味があることなのか、ワークスペースにグラフやチャートを描きながら丁寧に答えていた。その様子を見ていた迫田は気づいた。二人が出会ったのは偶然だが〈グッドフェローズ〉や〈コヴフェ〉は違う。

迫田は、グラフをアニメーションさせていたトーマに話しかけた。

「トーマさん、ちょっと聞いていいかな。〈コヴフェ〉はどうやってスタッフを集めてるんだ？」

トーマは、ハンバーガーの包み紙をたたんで答えた。

「試験です」

「数学の？」

「ええ、いままでの試験は公開してますよ。予備知識が要らなさそうなものは、これかな」

解けないだろうがと思いながら頷くと、トーマは点がたくさん描かれた紙をワークスペースから取り出してテーブルに置いた。

「点が二十一個あります。全部の点を通る一筆書きで、最も短いと思うものを描いてください。座標の数表も用意してあります」

「時間さえかければ、なんとかなりそうだな」

「時間も採点します。僕は二秒でした」

「二秒？」

迫田が聞き返すと、レイチェルが用紙をテーブルに置いた。

「できた!」

「惜しい!」とトーマ。「それは四番目に短いルートです。五秒ぐらいかかりましたね。あと何回かやれば、合格ラインに届きそうです」

迫田はレイチェルの顔をまじまじと眺めた。

「こういうテスト、受けたことある?」

「あるよ」

「どこで?」

「大学進学適性試験《SAT》」

拍子抜けした迫田は思わず吹き出した。アメリカの高校生なら誰でも受けている試験だ。数学もあるが、これほど難しい問題が出るはずはない。笑った迫田にレイチェルは腹を立てたようだった。

「バカにして。奨学金取れるかなと思ってたんだよ。無理だったけどね」

「そうか……そうだ。〈グッドフェローズ〉は、どんな試験でORGAN隊員を集めてるんだ?」

「試験なんてないよ」

「なんだって?」迫田は自分の声に驚いて口を押さえた。「軍歴なしで入隊させてるのに、試験もやってないのか?」

レイチェルは残っていたコーラのグラスを持ち上げると、肩をすくめた。迫田は〈グッドフェローズ〉の採用情報ページを層化視《クシユウヴ》に開いて二人に見せた。

「これ見ろよ。試験はあるぞ。軍歴も必須だ」

「知らないよ」とレイチェル。「前言ったでしょ。手紙が来たの」

「覚えてるよ。応募したんだろ、試験なしで入隊できたのか？」

「うん。ダラスのオフィスに行って簡単な身体検査を受けた。そのあとは一般採用の警備員と一緒にブートキャンプして、部隊に配属された」

そんなやり方で〈グッドフェローズ〉は連戦連勝のＯＲＧＡＮ部隊を編成しているのだ。

どう答えていいのか分からず口を覆った迫田は、見るともなしに樹状メモを見つめた。試験なしに集めた隊員たちは対数をまるで足し算のように扱うことができて、浸透圧調整をしなくても十数個のインプラントを使い、興奮抑制剤なしに戦闘行為に従事できる――この情報と、〈コヴフェ〉のことを伝えれば、イグナシオから何かしら引き出せるかもしれない。

樹状メモに太い枝を作った迫田は〈コヴフェ〉に関する情報をいくつか結びつけて、全体を眺めてみた。

「あれ？」

思わず声が出た。トーマとレイチェルが顔を向ける。

〈グッドフェローズ〉と〈コヴフェ〉の共通点は薄い緑色のチップに描かれていたのだが、一つだけ紫がかったチップがあった。他の調査でも出てきたキーワードらしい。体外受精《IVF》だ。迫田はＩＶＦのチップを中心にメモを再配置して、接続している情報の塊を探し出した。

「ＩＶＦだけ、他でも聞いてるな。〈Ｐ＆Ｚ〉のプロフィールだ」

「ファルキの？」

レイチェルが声を尖らせる。迫田はもつれていた情報を整理して確かめた。

「〈Ｐ＆Ｚ〉は不妊治療に使う薬品――精子洗浄剤で、実質的に独占的な企業らしい」

言いながら、迫田は尊大なファルキとのやりとりを思い出していた。ファルキはイグナシオとの関係を否定しなかった。それから自分の住むニードルについて話した。その前だ。ファルキは迫田との挨拶もそこそこに、レイチェルに興味を示していた。

特にその年齢に。

ファルキは、確かに何かを知っているのだ。

「話を聞きに行けるかな」

つぶやいた迫田にレイチェルが鼻を鳴らす。

「何言ってんの。〈マスチフ〉を差し向けたのあいつだろ」

「……それもそうか」

聞くならイグナシオだ。彼が知らないはずの〈コヴフェ〉のスタッフたちのことを教えれば、取引ができるかもしれない。樹状メモをさらに整理しようとした迫田は、レイチェルとトーマが、ダイナーのテレビに見入っていることに気づいた。振り返ると、何度も見た映像が流れていた。

オリーブ色の戦闘作業服を羽織ったチェリー・イグナシオがピックアップトラックの荷台から地面に降りたところだった。イグナシオの前には、投降したジョーンズ分隊の面々が並んでいた。

迫田が撮影した映像だった。それが〈サン〉から提供されていることと、撮影者として自分の名前が入っていることを確かめて迫田は胸を撫で下ろした。配信ロイヤルティが入るのはもちろん嬉しいが、何よりも嬉しいのは、虐殺を記録したこの映像が、全米ネットで流れたことだ。これで、イグナシオの戦闘犯罪を告発できる。

『チェー』と言ったイグナシオが激しく咳き込んだところで、レイチェルが席を立った。

「部屋に入ってる。まだ話があるなら、終わってからテキストして」

切り替えが早いとはいえ、この後に流れる映像を見たくはないだろう。

「わかった」

ダイナーの出口に向かうレイチェルは、通り過ぎる時に迫田の肩に手を置いた。

「映像、ジェイクのでしょ。よかったね」

「ああ」迫田は頷いた。「あいつが忙しくなる前に捕まえなきゃな」

そうだね、と言うように迫田の肩を叩いたレイチェルは店を出て行った。

様子を窺っていたトーマが心配そうに、レイチェルの行方を目で追った。

「大丈夫でしょうか」

迫田は肩をすくめる。

「大丈夫じゃないから部屋に戻ったんだろ。ところで〈コヴフェ〉の事実確認スコア、修正したのか？」

「いいえ」と、トーマは首を振った。「スコアの修正はやりません。記事の文章が変わってるんだと思います」

トーマが指さした映像には、テロップが流れていた。


公正戦コンサルタントのチェリー・イグナシオ少佐、アマゾン川流域の国際独立市紛争において捕虜を殺害した疑いで、国連から召喚される。

層化視《クシユヴ》で確かめると、事実確認スコアは、○・九二三。ほんの十日前に速報した時には○・五を切るスコアで弾《はじ》かれたばかりなのに。迫田は思わず不満を漏らした。

「ほとんど同じじゃないか。なんでこの見出しはありなんだよ」

「伝えるのが遅れました」

トーマは、いまのテロップに似たテキストを書き込んだワークスペースを迫田に差し出した。

○・八七二：アマゾン川流域の国際独立市紛争にて捕虜を殺害させたチェリー・イグナシオ少佐、近く渡米か。（投稿者：〈サン〉／無記名記事）
○・八九一：チェリー・イグナシオ少佐、アマゾン川流域の国際独立市紛争にて捕虜を殺害させる。（投稿者：フォックス／マット・イデ記者）
○・三九：チェリー・イグナシオ少佐、投降した〈グッドフェローズ〉のＯＲＧＡＮ部隊員を虐殺。近く渡米か。（フィード：公正戦監視会議公式アカウント）
○・四二五：チェリー・イグナシオ少佐、投降したジョーンズ分隊を殺害。近く渡米し、釈明の予定……

行頭の数字は事実確認スコアだ。内容の異なる文章が並び、それぞれにスコアがついていた。投稿者も様々だ。

「これはトーマさんが調整したテキスト？」

「そうです。一般ユーザーには許可していない再編集テストです。三つ目と四つ目だけスコアが低くなっています」

迫田の腕に鳥肌が立つ。

「固有名詞か？」

トーマは頷いた。

「被害者が〈グッドフェローズ〉やジョーンズ分隊だと書くと、スコアが下がるんです。特定の軍事年鑑と、国際刑事裁判所や赤十字の提供しているモデルを参照してる時だけなんですけど……」

口をつぐんだトーマは、唇を舐めてからぼそりと言った。

「この二つのモデルは〈グッドフェローズ〉のＯＲＧＡＮ部隊員たちの死を、普通の人が死ぬ時よりも軽く扱っているように思います」

飾り気のない言葉が迫田の頭に染み通ると、先ほどの寒気が形になった。軽く扱われているものは隊員たちの人権、あるいは尊厳だろうか。

「……ジョーンズたちの扱いが、違うっていうのか？」

迫田は、自分の口にした言葉が奇妙に響くことに気づいた。

彼らは確かに違う。調べてみなければ分からないが、ありえない確率で集められたＩＶＦ生まれの集団だ。親と人種的な特徴を共有せず、赤外線を見ることができて、人間離れした数字の才能を持っている——しかし、だからと言って、その死が軽く扱われていい理由にはならない。

「ジャンルごとの量子モデルを使ってるんだったな。こんなモデルは、使うべきじゃない」

「いまは使っていません」

トーマは深く頭を下げた。

「わかったよ。それで、そのモデルが間違うのは〈グッドフェローズ〉の時だけなのか？」

トーマは、今度は軽く頷いた。

「はい、条件や資料映像を変えて検証していますが、〈グッドフェローズ〉のORGAN部隊と、その構成員が入っている時だけ、まるで……」

その時、店内がどよめいた。テレビに背を向けていた迫田だが、何が流れたのかは手に取るようにわかる。イグナシオが生き残らせるレイチェルを指さし、カミーロが百式歩槍《バイシブーチャン》のフルオート射撃を放ったところだ。

息遣いがわかる距離にいる人物を冷静に撃ち殺した冷酷さと、フルオートで放った銃弾をすべて延髄に命中させた人間離れした技術に、州兵たちは衝撃を受けたのだ。ダイナーの店内には、州兵が怒り映像の残酷さにうめく声が残った。

映像を見終えたトーマは、何かを決心したように迫田を見つめてそっと言った。

「まるで、隊員たちなら殺していいかのように扱うんです。どうしても同じにならない」

「そうなのか……」

言って安心したのか、トーマは肩をほぐしてから立ち上がった。

「僕も部屋に戻ります。明日のことはテキストで打ち合わせましょう」

迫田は頷いてトーマに手を振った。

「わかった。ゆっくり休んで」

まだざわめいている店内を横切ってトーマは出口に向かう。その背中を見送った迫田は、ダイナーの柔らかいシートに背中をもたせかけた。弛緩《しかん》した背中と肩にどっと血液が流れ込む。どうやら、ひどく緊張していたらしい。

「同じにならない——か」

トーマが最後に言ったことを口にしてみた迫田は、収まりかけていた鳥肌が再び立つのを感じた。確かに、レイチェルやトーマには人間離れしたところがある。〈グッドフェローズ〉のORGAN部隊員や〈コヴフェ〉のスタッフたちもだ。迫田は自分に言い聞かせるために、そのことを口にした。

「もしもそうだからって、軽く扱っていいわけがないだろう」

迫田はもう一度深呼吸をして立ち上がった。イグナシオに連絡すべき時だ。連絡の取りにくい男だが、国連の召喚を待っているいまなら反応があるかもしれない。

12

《いいかな?》

層化視《クシュウ》に3Dアバターで現れたイグナシオは大ぶりな葉巻を胸ポケットから取り出すと、根元に巻いてある紫色のラベルをさりげなくこちらに向けた。銘柄はモンテクリスト。ゲバラの愛したハバナ葉巻だ。吸っていいかと聞いたのだろうが、いいも悪いもない。理想的な環境なら煙分子のブラウン運動まで伝達できる層化視《クシュヴ》だが、匂いや有害物質がネットワークを越えてくるわけではない。

「もちろん、どうぞ」

鷹揚に頭を下げて礼を述べたイグナシオは、突然手の中に現れたシガーカッターで吸い口と火口《ほくち》を切り落とした。シガーカッターは現れた時と同じように消えて、その代わりにジッポーの葉巻用ライターが握られていた。おそらく、現実のイグナシオがテーブルから取り上げた道具だろう。

ライターで葉巻を炙《あぶ》るイグナシオのアバターは、恰幅《かっぷく》のいい風貌を迫田の層化視《クシュヴ》に見せていた。革命政府時代のチェ・ゲバラに寄せてある顔色のいいアバターは、病苦に痩せ細ったイグナシオとは大きく違う。

《サコダ記者は物分かりがよくて助かるね。最近は層化視《クシュヴ》会議だと葉巻を嫌がられることが多いんだ。ジェイク、の方がいいかな》

「嘘はやめてください」

《おっと》と、イグナシオは右の眉を高くはね上げる。《さすがだな。ジェイクは引っ掛からない》

「あなたが映像メディアの顔出しを嫌っているのはよく知られています。特に層化視《クシュヴ》の3Dアバターに出てきた公式記録はほとんどない。滅多に見られない〝少佐〟がゲバラの葉巻を吹かすんですから、見たい人の方が多いに決まってるじゃないですか」

イグナシオは、よく調べたなと言わんばかりに目を丸くして頷いた。

《それはそうか。みんなお話が大好きだ》

火口の具合を確かめたイグナシオは、葉巻を咥《くわ》えるとゆっくりと煙を吸い込んだ。迫田が録音とテキスト化が滞《とどこお》りなく進んでいることを確かめていると、煙を吸い込んだイグナシオは、息を詰めてから慎重に吐き出した。どうやら咽《む》せかけたらしい。

「葉巻も身体に悪いですよ」

《やかましい》

実際はどうだか知らないが、涼やかな顔のアバターでそう吐き捨てたイグナシオは、もう一度葉巻を咥えて煙を吸い込むと、迫田に向けて吐き出した。層化視《クシュヴ》に描かれた濃密な煙は、ふわりと漂ってきて顔を包む。手で払うと、まるで本物の煙のように手にまとわりついてから散っていく。

迫田は怪訝《けげん》に思った。モーテルの層化視《クシュヴ》はリアルな煙を描くほどの性能はない。ということは、こちらの状況に合わせてイグナシオ側の層化視《クシュヴ》で描いた映像ということになるが、〈テラ・アマソナス〉とのネットワークはこれほど速くない。光速は意外と遅いのだ。

渦を巻いた煙の向こうでは、カウチに腰掛けたイグナシオが次の煙を吸い込んでいるところだった。

「いまは、どちらにいらっしゃるのですか？」

イグナシオが背後を親指で指し示すと、ダークブラウンの窓枠が現れた。ガラス窓の向こう側にはエンパイアステートビルが聳《そび》え、その手前には二十四時を回ったいまも煌々と明かりのついているビルが佇《たたず》んでいる。ニューヨークの国連本部だ。

「もうニューヨークに来てたんですか。査問ですね」

《さすが。耳が早いな》

「ついさっき、ニュースで見ましたよ。どう言いのがれるつもりですか？」

イグナシオは唇の隙間から煙を漂わせながら言った。

《何言ってるんだ。おれは一度だって虐殺を否定していないぞ。〈グッドフェローズ〉の告発は正当

なものだ。投降して、殺されるなんてことがあってはならない。おれは国際条約を破ったんだ。謝罪するのが当然だろう》

「感心な心がけですね」

《そうだろう？　だが、条件が合わなくてね》イグナシオは顔をしかめた。《連中、査問を非公開でやるつもりなんだ》

「謝罪するのは同じでしょう。何が問題なんですか？」

両方の手指を鉤爪のように曲げたイグナシオは、中空から何かを掴み取ろうとするような仕草で迫田に訴えた。

《誰も見ていない会議室で罪を認めて誰が納得するっていうんだ。遺族にも、関係者にも何も伝わらない》

「……自分で、会見を開けばいいんじゃないですか？」

《いいや》イグナシオは首を振る。《おれが開く会見じゃあ見てくれない人も大勢いる。国連のカメラで中継して全米に放送してもらわないと意味がない》

軽口を叩いている様子はいつもと変わらないが、嘘をついているようには思えない。だが、言い分に納得したわけでもなかった。

「どうして中継にこだわるんですか」

「君たちがライブをありがたがるからさ」

迫田はため息をついた。確かに生中継の方がニュースバリューはある。

「会見でもその葉巻をふかす予定ですか？」

意表をつかれたのか、イグナシオは盛大に咳き込んだ。アバターの作った笑顔のまま、ひゅうと喉を鳴らして息を吸い込んだイグナシオは、発作の間隙をとらえて言った。

《当然だ――こうしていないと落ち着かなくてね。それより――ジェイクの調べた――内容を教えてくれ。ゼペットと、ジョーンズ家のところに行ったんだよな。慰謝料は受け取ってもらえたかな？》

「現金で千二百万ドルお渡ししましたが――」

迫田はどう話を進めるべきか迷った。イグナシオが気づかせたがったのはジャスパーが両親と異なる人種的な特徴を持っていたことだろう。ひょっとすると体外受精《IVF》や赤外線の知覚能力に気づくことも期待していたかもしれない。ジョーンズ分隊や〈グッドフェローズ〉のORGAN部隊の特殊性についても、イグナシオは考えているはずだ。

慰謝料の話をするならジョーンズ家の襲撃の件も話さざるを得ない。黒幕はファルキだろうが、イグナシオの手紙がきっかけになったのは間違いない。

迫田が手にした情報の中で、最も強いカードはトーマだ。全米屈指の天才集団〈コヴフェ〉がレイチェルたちと共通する特性を持っていることは、イグナシオも知らないはずだ。だが、切り札は最後に出すべきだろう。迫田は襲撃のことを問いただそうとしたが、その僅かの間にイグナシオは口を挟んだ。

《ありがとう。手間をかけさせたね》

迫田は、イグナシオがどこまで知っているのか確かめてみることにした。

「全部は渡せませんでした」

《ほう？》

イグナシオは片眉を跳ね上げたが、そのまま迫田の言葉を待った。
「何も聞いていませんか？」
《何の話かな？》
迫田は、イグナシオの顔をじっと見つめた。層化視《クシュヴ》ごしにわかるわけもないが、かすかに首を傾げた仕草からは、顚末を知っている気配を感じ取ることはできなかった。
「慰謝料を渡している最中に、襲われたんですよ。〈マスチフ〉に乗った武装警備員に」
《そうか》
頷いたイグナシオは葉巻を咥えた。
「やっぱり驚いていませんね」
《おれが襲わせたとでも思ってるのか？》
「そうは言ってません。でも、何かありそうだとは予想してたでしょう」
《サコダもレイチェルさんも怪我はしなかったんだろう？　なら、いいじゃないか》
「ファルキ博士ですか？」
返答は跳ね上げた眉毛だけだった。つまり知っていたということだ。何度かのやりとりで気づいたことなのだが、彼は嘘をつかない。
「わかりました。彼に直接聞くことにしましょう」
《それがいいな。紹介状ぐらい書いてやるよ。様子はどうだった？》
「とても元気そうでしたよ」
《なんてこった。七十二歳になるのに。長生きの秘訣は金持ちってことか》

はぐらかされそうになっていることを感じた迫田は、ファルキとイグナシオの言い分が食い違っているところから攻めることにした。

「チェリーさんは、手紙でファルキ博士の研究仲間だと書いていましたが博士はそう思っていないようです。どんなご関係だったんですか？」

《父親だ》

「えっ？」

一瞬だけ意味が摑めなかった迫田だが、他に考えようがない。ファルキはイグナシオの父親だったのだ。そう言われると納得できなくもなかった。肌や髪の毛の色は違うが、大きな鼻と広い額はファルキの若い頃の写真と似ていると言えなくもない。だが、ファルキに子供がいたという話は聞いたことがない。X世代の平均的なSNSユーザーだったファルキは多くの写真を〈フェイスブック〉や〈インスタグラム〉などに残しているが、三十代の頃に短い結婚生活を一度経験したあとは、成功した起業家にありがちな、独身生活を謳歌する人生を送っている。決まったパートナーを持っていたとか、子供がいたというような形跡はない。

どのように聞こうか迷った迫田を先回りするかのように、イグナシオは言った。

《代理母出産さ。産んだのはメキシコ人の不法入国者だ》

「つまり……体外受精《IVF》ということですか」

《そうだ。だが、会ってもいないはずだ。彼の名誉なんてものがあるかどうかわからんが、卵子の提供から出産まではハウスキーパー付きの家に住まわせて、おれを産んだ後は一族郎党の市民権も世話してやっている》

イグナシオが頷くと、重要度のネットワークが書き換えられた樹状メモが風に煽られたようにばさりと揺れる。もちろんその中心は体外受精《IVF》だ。おそらくこれは重要な鍵になるが、聞き逃せないことがあった。

「いま、卵子も代理母に提供してもらったって言いました？」

問う迫田の声はうわずった。それが本当なら、ファルキは会ったこともない相手との子供を作ったということになる。ファルキは本当に子供が欲しかったのだろうか、それとも——どうやら疑念が態度に出ていたらしい。イグナシオは座りなおして、詰め寄ろうとしていた迫田と距離をとった。

《そう慌てるな。その通りだよ。卵子も提供してもらっている。知ってると思うがファルキは出生前検査のプロでね。おれも散々調べられたらしい。出生後もな。彼は、おれの完全なDNAコードを持ってるよ》

誘導されていることはわかっていたが「ジョーンズ分隊の隊員たちも体外受精《IVF》で生まれているのですが、関係は？」などと聞いたところでイグナシオは答えないだろう。この疑問をぶつけるのは彼が知らない情報——トーマ・クヌートらの話と一緒にぶつけなければ意味がない。迫田は、イグナシオの誘導に乗ることにした。

「手紙を血で書いたのは、DNAを届けるためだったんですね」

《さすがサコダさん。照合すれば間違いなくおれの手紙だとわかる。郵便だとX線検査を幾度も受けるし、老人ばかりのニードルでは除菌処理もある。DNAを壊されたくなかったんだ》

「しかし——わかりました。署名だったということにしましょう。それで何を伝えたかったんですか？」

《書いてあったろう。元気でやってる、とね》
イグナシオはウインクしてみせた。全てが芝居がかっているので何が本当かわからない。だが一つだけ確かなことがある。
「ぜんぜん、元気じゃないですよね」
言ったイグナシオが突然痩せこけた。オリーブ色のシャツにはハンガーに吊ったような皺が寄り、葉巻を持つ手も、骨の形がはっきりと浮き出している。アバターを取り除いて、実写を層化視《クシュヴ》に送り込んできたのだ。
《これか？》
よほど帯域がいいのか、イグナシオの立体映像は毛穴まで再現されていた。まるで目の前にいるかのようなイグナシオが息を詰めて咳払いすると、迫田もつられて咳き込んでしまう。
イグナシオは、薄い胸に手を当てた。
《これは持病みたいなもんでね。ファルキが一番よく知っているよ》
素顔のイグナシオは迫田の顔をじっと見つめていた。先程まで、会議用のアバター越しに感じられた、人心を操る気配はない。いまなら〝少佐〟の空白のバイオグラフィーを埋められるかもしれない。
「いくつか、聞いてもいいですか」
《答えられる質問ならね》
「生まれたのはどこの病院ですか？」
《ファルキが在籍していたクラークスビル大の病院だ》
迫田はファルキのプロフィールと合致していることを確かめた。だが、樹状メモでハイライトされた大学病院の情報はイグナシオの話にそぐわない。
「クラークスビル大学病院に臨床はありません。先端医療研究所の付属病院ですよ」
《その通りだ》イグナシオはくくっと笑った。《彼の専攻は出生前検査だからな。おれの発生《ディベロップメント》は研究の一環だったんだよ》
嫌な予感が当たった。代理母の卵子を使ったというからには予想しておくべきだったのだ。
「……人体実験ということですか？」
《そういうことになる》イグナシオはうっすら笑った。《おれは主治医が自分の父親だとは知らなかったし、若い頃は彼の研究が必要だと思い込んでもいた。さっき君は聞いたね。ファルキがおれを研究仲間だと思っていないようだと。その通りだ。おれにとってファルキは研究仲間だが、彼にとっておれは自分で診断できる実験動物だ》
「……実験の内容は？」
《遺伝子治療のベース作りだ。彼は自分のＤＮＡを改変した精子を体外受精させ、おれを産ませた》
「どんな改変だったんですか？」
《ＣＲＩＳＰＲ《クリスパー》／Ｃａｓ《キャス》９用のマーカーを書き込んだ》
「クリスパー……」
《クリスパー・キャス９。ちょっと前まで有望だとされていた遺伝子編集技術だよ。ファルキは、自分の二万八千四百三十五の遺伝子座《ジーン・ローカス》にＩＤを埋め込んで、クリスパー・キャス９の置換ヘッダーにしたわけだ》
イグナシオは、層化視《クシュヴ》に染色体の３Ｄモデルを浮かべて、ある棒の端を指さした。

《例えばメキシコ系アメリカ人2型糖尿病の要因遺伝子座はNIDDM1にある。十一番染色体の短腕だ。ファルキはそこにAGCTを数字に見立てた4進数表現でGGT・GAC・ATG・ATG・GGC・AAGというコドンを埋め込んだ。こうしておくと、キャス9ベクターで自在にDNAを挿入できる。いまはシリアルシーケンサーで任意の遺伝子座を書き換えられるから不要だがね——どうしたんだ、その顔は》

「あ、いえ……詳しいんですね」

医師だという言葉を疑っていたわけではないが、専門家らしさを初めて耳にしたのだ。イグナシオは、わざとらしく肩をすくめた。

《医師だという話を疑ってたのか》

「いえ……ファルキ博士が、少佐は医師免許を持っていないと言ってましたので」

《そうだったか？》イグナシオは顎に手を当てて遠くを見やった。《ファルキのところを出る前に大学の医学部課程は終わってたはずだがな——ああ、まだ十九歳だった。確かにその時は医師《MD》のライセンスを持ってなかったな》

「十九歳？　飛び級したんですね」

迫田は「ギフテッド？」と書いて樹状メモに貼り付けた。常人離れした計算能力を持つトーマたちとの関係もあるのだろうか。

《なにも特別なことじゃない。大学病院のベッドにいたから、勉強ぐらいしかすることがなかったんだ。実習していないから卒業時点でMDは取れなかった。公正戦をやりながら取得したんだ》

迫田は、大事なことを聞き忘れていることに気づいた。イグナシオが公正戦コンサルタントとして活動しているのは十年ほどのはずだ。

「チェリーさん、何歳なんですか？」

《三十だよ。二〇一五年生まれだ》

まさかの年下だ。ゲバラ本人が三十九歳までしか生きていないことを考えれば不思議はないのかもしれないが。いまの言葉が正しければファルキが四十二歳の時に生まれたということになる。クリスパー・キャス9は二〇一二年に発表されたというから、かなりリスクをとった研究だったのだろう。

「チェリーさんが、初めての実験…………ごめんなさい、子供だったんですか？」

言い淀むとイグナシオは噴き出した。

《おれに気をつかうところか？　まさか。二ダースぐらい失敗してるらしい。はじめての成功例になったおれは、散々いじりまわされてこんなことになった》

迫田ははっとした。

「何をされたんですか？」

《良心が許す範囲内で思いつく限りのことをされていたらしい。免疫をカットしたり、抗がん剤の耐性を作ったりな。腎臓に特殊な細胞を発生させて生体製剤してみたりとかだ。おれの細胞にはどんな機能でも持たせられるからな。遺伝子編集した幹細胞を植えつけて二週間もすると新しい機能を持った細胞がずらりと並ぶんだ。プラスチックやセルロースだって消化できるようになる》

迫田はそこまで聞いて、ようやく口を閉じた。先ほどの説明ではよくわからなかったが、ファルキが埋め込んだマーカーは遺伝子治療というよりも、人体の改変を行うための下準備だったのだ。そしてファルキは準備に飽き足らず、実際にイグナシオの体を使って実験を行っていた。

「……それを、大学病院で？」
イグナシオは頷いた。
《表向きは、試験管実験《イン・ヴィトロ》ということでね。ＣＯＶＩＤの時はワクチン開発チームにも参加して、投資を呼び込んでもいる。子供の頃はそんなふうに、ファルキはおれを使っていた》
なるほど、と頷いた迫田は、イグナシオの言葉が樹状メモに組み込まれていくのを見守っていた。ファルキは、人体実験をするためにイグナシオを生み出したのだ。迫田は、実業家風のファルキの姿を思い出したところでようやく寒気に襲われた。
「……許されることではありませんね」
ようやく捻り出した言葉はイグナシオに鼻で笑われた。
《言わなかったか？　おれは協力者だったんだ》
イグナシオは頭を指さした。
《物心がついたあと、おれは自分の神経系、主に脳をいじる方に集中した。肉体はどうしようもなく弱かったからな》
脳と聞いた瞬間、迫田は我に返った。
「その改変は、ジョーンズ分隊の人たちにも関係するんですか？」
《そうだ》
イグナシオは、迫田の顔をまっすぐに見据えた。
《彼らは普通の人間にはない力を持っている》
「ええ」

迫田が頷くと、イグナシオは誰かに聞かれるのを恐れるかのように、唇をほとんど動かさずに言った。

《ファルキの構想と、おれの肉体で確かめた遺伝子編集の結果だ。彼らは……》

イグナシオが口の中でなんと言ったのか迫田には聞き取れなかった。だが、迫田の中にははっきりと一つの言葉が浮かび上がっていた。

——新たな人類。

レイチェルやトーマは、ある意図を持って生み出された新たな人類なのだ。

迫田の様子を確かめたイグナシオはゆっくり煙を吐いてから言った。

《順を追って話すとしよう》

マン・カインド

13

《もともとは、筋萎縮性側索硬化症――ＡＬＳの治療を目的として始まった研究だった》

そうイグナシオは切り出した。

知っているか？　と確かめられたような気がした迫田は頷いた。筋肉が萎縮する病気だ。手足の先が動かしにくくなるような初期症状に始まり、言葉のもつれ、嚥下《えんげ》障害、完全な脱力へと進行していくことで知られている。

運動ニューロンが変性する病気だが、眼球の運動には影響が出にくく、知覚・感覚障害は起こりにくいため、周囲の状況がわかっているのに自力で動けないことから大きな精神的ストレスに直面することになる。最終的には自発呼吸もできなくなる難病で、二〇四五年のいまも進行を緩やかにする以上の治療法は確立していない。

だが、いままでの話とは繋がらない。迫田は問いただすことにした。

「ALSは知ってますが、ファルキ博士の専門とはだいぶ違いますよね」
《ああ違う。彼の個人的な関心ごとだ。彼は、ALSの因子を持っていたんだ》
「あれ？　ALSは遺伝するんでしたっけ」
《わずかだが家族性ALSというのがある。有名なのはSOD1という遺伝子変異だ。その他にもC9orf72、TDP－43、FUSあたりがよく知られている。ゼペット自身はSOD1とFUSを持っていたんだ。そこに、クリスパー・キャス9と投資家集団が現れた。釘と金槌が揃ったわけだ》
　イグナシオは葉巻を持ち替えて握り、左手で釘を摘む仕草をした。
《道具があり、材料は自分の体の中にある。ゼペットは没入した。ALSの修正に飽き足らず、二度、三度と編集したくなった。そしてヒトゲノムの全ての遺伝子座《ジーン・ローカス》に検索マーカーを埋め込んだ精子を作り、体外受精したわけだ》
「それが、チェリーさんなんですね」
《そうさ。さっきも言ったが、おれのDNAはシーケンサーなしで検索置換できるようになっている。ゲノム治療の絶好のプラットフォームだ。ゼペットはおれの細胞を使ってさまざまな研究をした。もちろん論文にそう書くわけにはいかないが、予備実験はやり放題だからな。成果は上がったが、投資家たちはおれの体を使う研究にいい顔をしなかった》
　イグナシオは唇の端を上げて笑った。
「そりゃそうでしょう。許されるわけがない」
《ちがう。効率が悪い、と嫌がったんだ》
　予想外の反応に迫田が戸惑うと、イグナシオはクスクス笑った。

《インターネットで財を成したその投資家たちはゲノム編集をプログラミングだと思い込んでいた。DNAがソースコードというわけさ。そういう頭だと生きた人間のゲノム治療なんてまだるっこしい、精子や卵子の段階で変えてしまう方がいい。そこでゼペットを説き伏せて、ソースコードの編集に顔を向けさせた。そしておれが生まれた》

ようやく、迫田に理解できる話になってきた。インターネット業界で財を成した投資家たちは生命科学にソフトウェアのアナロジーを押し付けたのだ。巨万の富を産んだインターネットは、さまざまな分野にビッグテックの流儀を押し付けた。「完璧なものを目指すより、やっちまう方がいい」「素早く動け、そして壊せ」というわけだ。

イグナシオの発言は、二十一世紀を推進させたその考え方が生命に向けられていたことの生々しい証言だった。

《バグは動かす前に修正する方がいいに決まってる。おれは何度もやったから知ってるが、ゲノム編集はそうラクじゃない。そこで、ゼペットも、そちらの方に舵を切った》

「デザインドベイビーを作ればいい、というわけですか？」

不吉な言葉がぽろりと溢れたが、イグナシオはあっさり頷いた。

《そういうことだ。ゼペットは、試験管《イン・ヴィトロ》だが、精子や卵子に対して、染色体の遺伝子を置き換えるベクターの設計を成し遂げてしまった。遺伝疾患の因子を持たず、代謝が良く、身体統一に優れていて、知能が高いスーパーヒューマンだ》

「知能が、ゲノム編集で向上するんですか？」

《何を知能とするかによるが、ゼペットは短期記憶の持続時間を伸ばす遺伝子を入れようとしていた。

神経の導線と皮膜に相当する軸索と髄鞘《ずいしょう》にも手を入れて、神経パルスの伝達速度を二割か三割ぐらい速くすることにも成功しているし、判断力を上げるためのホルモン分泌も素早く行われるように調整した。実際、その遺伝子編集で暗算は速くなったし、記憶力も、運動神経も、身体統一も向上した》

「……向上した？」

迫田は混乱した。計算能力のような結果を測定するには、対象が計算できる年齢に達していなければならない。ゲノムや胚を見ただけでその成果はわからないはずなのだ。だが、イグナシオは自分のこめかみを指さした。

《おれで実験したんだよ。二歳だったが、観察記録によると足し算やスペルのやり取り程度はできたらしい》

迫田が言葉を失うと、イグナシオは続けた。

《他にも、AND、OR、XORゲートに相当するニューロンプロセッサや、指数関数に反応するようなニューロンプロセッサ、三次元格子に、コウモリが音響定位に使う球面座標配置ニューロンの塊《スラッグ》を発生させる遺伝子も組み込まれた。こっちは二歳のおれにインタビューしてもわからなかっただろうがね。そんなふうに実験を重ねたゼペットは、スーパーヒューマンを作る遺伝子セットを作り上げた。ここまではわかるかい？》

迫田は頷いた。ファルキは、マーカーを埋め込んだイグナシオを実験体にして研究を行い、体外受精の際に遺伝子を編集できるようになったということだ。確認はしていないが、ジョーンズ分隊や〈コヴフェ〉のスタッフたちの特異な能力はそうやって作られたものなのだろう。

だが、まだ空白は残る。実験室で遺伝子編集が可能になったということと、そこから生きた人間を作るということの間には大きな隔たりがある。

「実験は、チェリーさんにだけ行ったんですか？」

《はじめのうちはね。だが、出資者は喜んでゼペットに次の金槌を与えた。精子洗浄剤と卵子の凍結防止剤のメーカーを買収したんだ。〈P&Z〉は体外受精《IVF》に使う薬品のトップシェアをもつメーカーになって、IVFのプロセスに介入できるようになった。そして実際にデザインドベイビーを作り始めた。最初の赤ん坊が生まれたのは二〇一七年だ。自然環境《イン・シチュ》でね》

「……誰かの子供の遺伝子編集を請け負ったんですか？」

聞いた瞬間、迫田は自分が間違っていることに気づいた。二〇一七年生まれなら現在二十八歳。いままでにわかっている範囲ではジャスパー・ジョーンズとマルシャ・ヨシノが当てはまる。高い教育を受けられたマルシャはともかく、ジョーンズ家にそんな金はない。案の定、イグナシオは首を振った。

《おれは自然環境《イン・シチュ》と言っただろう？　ファルキはその実験を、社会に対して行ったんだよ。〈P&Z〉が全米に出荷していた精子洗浄剤と卵子凍結防止剤の一パーセントがスーパーヒューマンを作る薬剤に変わった。統計上は二〇一七年に三千人ほど生まれているはずだ。君は二人ほど知ってるはずだな》

「ジャスパー・ジョーンズ大尉と――」

迫田は、舌の先まで出かけた「マルシャ・ヨシノ」という言葉をなんとかとどめ、イグナシオが知っている方の名前を口にした。

「ロザリンド・サイード少尉ですね。二人とも二十八歳です」

《その通りだ》
「一体、どうするつもりだったんですか……勝手に遺伝子編集するなんて、無茶苦茶ですよ」
イグナシオは椅子に座り直すと、遠くを見やった。
《ゼペットは、五年か十年その方法で増やしてから、事故を装って発表するつもりだったらしい。一人や二人を故意の実験で作ったなら非難轟々で追放されるが、不注意で三万人なら風向きは変わるというのが投資家たちの入れ知恵だ。訴訟になっても決着がつくまで十年、二十年かかるし、三万人の子供たちを支援しながら、デザインドベイビーの標準化プログラムに発展させるつもりだったらしい》
「なるほど」
ここでようやく腑に落ちた。無料のアプリを普及させてから収穫に取り掛かるのと同じ、インターネット長者らしいやり口だ。アプリと違い、生きた人間を使うハードルは高いが、デザインドベイビーのトップランナーに躍り出てしまえば、生まれた子供たちの人生を保障する程度の金など簡単に用意できることだろう。
だが、イグナシオは重々しく続けた。
《そこに降ってきたのがCOVID－19だ》
迫田は声を漏らす。小学校が休みになったウイルス禍だ。マスクをして息を潜めるように過ごした日々のことは忘れられない。いまも迫田はワクチンと手洗いを欠かさないし、パンデミックの可能性が高まればマスクをするが、その習慣はコロナ禍の最中に身についたものだ。
経済活動が停滞した三年間でもあった。

「苦境に陥ったわけですね」
迫田が言うと、イグナシオは人の悪い笑みを浮かべて首を振った。
《とんでもない。巨万の富を得たんだ。遺伝子ワクチンを作るために、かつてない規模の投資が始まった。曲がりなりにも遺伝子工学に携《たずさ》わっていたゼペットの手元には十億単位の投資が転がり込んだというわけさ》
イグナシオは何かを思い出すかのように目を細めて言った。
《ちょうど小学校に入る年頃だったが、病室が目に見えて贅沢になったのを覚えてるよ。ベッド暮らしは変わらなかったが、専用の看護師と家庭教師がついて、言えばなんでも買ってもらえるようになった。まあ、おれの話はどうでもいいな》
「いえ、続けてください」
迫田は頼んだが、イグナシオは《後でな》と言って、葉巻を深く吸い込んだ。
ゆっくりと煙を吐き出しながら、イグナシオは吐き捨てるように言った。
《その金と、ゼペットの成果をひっさげた投資家連中はワシントンDCに飛んだ。ロビイストに転身したんだ》
迫田は、意外な展開に驚きつつも納得した。巨万の富を得た投資家は政治に向かう。
「さっき言っていた、発表の根回しですか？」
《もしもそうなら、すでに公開されてるよ。ファルキたちは新しいスポンサーを見つけたんだ》
イグナシオはこちらに差し出した手のひらの上に、四足歩行型のローダーの映像を浮かべた。レイダーセンサーと空冷の内燃機関エンジン、そして制御ケーブルが剝き出しのままになっている古色蒼然とした機械だが、迫田はその機械をよく知っていた。

「〈マスチフ〉の試作品ですね」

《そうだ。スーパーヒューマンの噂に飛びついたのは〈グッドフェローズ〉だった》

「〈グッドフェローズ〉は、何に興味を持ったんですか？」

答えはわかっていた。だがそれでも迫田は聞いた。

《ORGAN部隊の要員だよ。新たなる戦争に向けて準備を進めていた〈グッドフェローズ〉は、ファルキのスーパーヒューマンでORGAN部隊を作ろうと思ったわけだ》

予想は当たった。ストレスに強く、多数のインプラントを埋め込むことができるレイチェルたちはそのために作られたということなのだ。唾を飲み込むとイグナシオは続けた。その声は心なしか柔らかに感じられた。

《ORGANのオペレーターには、恐ろしい負担が強いられる。銃撃手《ガンナー》は一度の戦闘で数十名を射殺するし、照準手を狙って撃ち込まれる数百もの銃弾とグレネードの破片を、その肉体に取りつけた装甲ではじき返さなければならない。そして照準手は、数百名もの命を取捨選択する。そんな負担に並の兵隊たちは耐えられなかったんだ》

「え？　でも、各国でORGAN部隊は編成してますよ」

イグナシオは含み笑いして、バカバカしい、と言わんばかりに手を振った。

《適性のあるやつをかき集めたんだよ。初めてORGANに乗った照準手は民族浄化の被害者だ。戻れる日常はなかったし、少年兵時代に薬物で精神をぶっ壊されてる。だが、普通の人間は目の前で動いている数百人もの命を掌で転がせばおかしくなってしまう。そうならない、ストレスに負けない準

人間が求められていたから、ゼペットは供給したわけだよ。収穫できるまでに十八年かかった》
「薬なら……」と迫田は抵抗したが、イグナシオは鼻で笑った。
《〈ストナイジン〉中毒が問題になってるだろう？》
公正戦は心の折れない兵士を求めた。それに応えるために、ゼペットは、心の折れない人間を作り上げたのだ。
「たとえば赤外線が見えるのも？」
《さすがに気づいたか。赤外線感受性はおれの発明だ。確か、八歳の頃だったかな》
イグナシオは両方の手のひらを、顔の前で合わせるような形にしてみせた。
《錐体《すいたい》細胞の光受容体は、ゲノムで三次元的に決められるんだ。そこで、受容体の一割を赤外線波長よりも少し短い間隔で向かい合わせになるように配置した。すると、赤外線が受容体の中を反射して、光として感じられるというわけさ。脳が認識しなきゃ使い物にならないがね。スーパー兵士のために変更した項目は本当に多い。疲労回復用のBCAAを自力で分泌できるようにしたり、複数の処理に意識を向けられるように、複数の短期記憶領域を作ったのも大きいな。レイチェルさんは照準手だったな。おそらく無意識にその能力を使っているはずだ。意識すると、もっといろんなことができるはずだがね。他にも判断力を高めたり――》
迫田に話すつもりで準備でもしていたのだろう。イグナシオはよどみなく話を続けた。迫田のメモには自動書き取りされた文字が増えていき、樹状メモのノードを濃くしていった。必死でついていこうとしていた迫田だが、いつの間にかイグナシオが話した言葉を機械的に分類し、樹状メモに投げ込むだけのことしかできなくなっていた。

謎は解けた。

レイチェルやトーマの持つ能力も、ジョーンズ分隊のメンバーが全てアメリカ生まれだと断言できた理由も、そして彼らが若い理由も、年齢が若いほど性能が高まる理由も、全てファルキの行ったゲノム編集の結果だった。彼らは、ORGANのために作られたスーパーヒューマンだったのだ。

歴史上の人物のクローンや、臓器を取るための人間スペア、遺伝子を編集したスーパーヒューマンの物語は幾度となく語られてきたが、どの物語でも育てるところに大きな虚構を必要とする。培養カプセルで成長を促進し、睡眠学習で知能を、電磁パルスで筋肉を育てる方法や、最終戦争後の施設だと騙して生活の場を提供する方法もある。全寮制の学校、という設定も飽きるほど使われてきた。

だが、ゼペットたちは、普通の家庭で育てさせたのだ。

人種的な特徴が一致しないのは何かの副作用なのだろうが、モーリスとミシェルはジャスパーを愛し、育てて戦場に送り出した——そこでようやく、迫田の中で育った疑問が形になった。

「ちょっと待ってください」迫田はチェリーを遮《さえぎ》った。「作り方はわかりました。育て方も。でも、どうやって集めてるんですか」

《SATを使う》

「……なんですか？」

イグナシオは意外そうな顔で首を傾《かし》げた。

《サコダさんは受けてないのかな？　大学進学適性試験だよ》

「ああ！」と、迫田は手を打った。

アメリカの大学に進むための標準テストだ。高校卒業とともにアメリカにやってきた迫田は、三度ほどSATを受けている。日本の大学共通テストと異なり、何度も受験できることと、最高得点だけを申告できるのが嬉しかった。

「受けましたよ。でも、どうやって見つけるんですか？」

《彼らが解きやすい問題が紛れ込ませてある。数学ならネイピア数や三平方の感覚があれば計算が苦手でも解けるような問題が組み込まれているし、読解なら短期記憶の持続時間が長くないと解けないような設問だ。その手の問題だけ特異的に解答できた受験生にスカウトレターを送っている》

標準テストを使った選抜方法に迫田は思わずため息をついてしまう。ファルキが用意した設問を、他の問題よりもうまく解いてしまったレイチェルやジャスパーの元に、〈グッドフェローズ〉の手紙が届いたということだ。逆に、ほぼ満点を取ったトーマには手紙は届かなかった。

ジョーンズ分隊のメンバーが全て旧自由領邦の出身だった理由も分かった。高校を卒業する頃までに満足な教育を受けられなかったのだ。

「いったい、何人ぐらい集めたんですか？」

《知らんよ。だが――》イグナシオは顎に手を当てて宙を睨んだ。《あそこのORGAN部隊は五個中隊、千五百人はいるってことだ》

「そんなに……」

イグナシオはゆっくりと首を振った。

《それでもごく一部だよ。統計的にしか言えないが、〈P&Z〉の薬剤でゲノム編集した新たなる人類の総数は二十万人を超えているだろう。能力に気づくこともなく、公正戦など関係のない場所で普通に過ごしている人の方が圧倒的に多い》

迫田は確信した。イグナシオは、彼らが与えた能力がＯＲＧＡＮ部隊以外のところで開花することを知らない。量子コンピューティングでインターネットの通信方式を塗り替え、事実確認プラットフォームで言論を取り戻した〈コヴフェ〉が同じ能力で作られたことを知らないのだ。

迫田は――気取《けど》られないように注意深く――ため息をついてみせた。

「わかりました」

《どういたしまして。記事にしてくれるかい？》

迫田が頷くと、イグナシオは層化視《クシュヴ》に描かれたテーブルに書類ケースを置いた。

《裏を取るための資料だ。〈Ｐ＆Ｚ〉と〈グッドフェローズ〉の関係や、薬剤の入れ替え記録、ゲノム編集とおれたちの体を使って行った実験とその結果あたりが記載されてる。レイチェルさんに教えてあげれば、気づいてなかった才能が開花するかもしれないな》

書類ケースを受け取った迫田は、ふと思いついた。

「子供は産めるんですか？」

《いいや》と、イグナシオは首を横に振る。

「どうして？」

《彼ら同士、または一般人との間に子供を作った時の影響は予測できない。能力が保たれることはまずないし、致命的な影響が出る可能性は高い。ＯＲＧＡＮ兵の供給なんてことをしなければ、安定化のための研究に取り掛かることもできたんだが――奴のことをこう言うのは嫌なんだが、不妊化はゼペットの数少ない良心だ》

「どこがですか！　人をおもちゃのようにいじり回しておいて、何が良心――」

立ち上がった迫田は、イグナシオの立体映像に詰め寄った。その時、胸の中で何かが弾《はじ》け飛ぶような感覚が走った。

膨れ上がった怒りがかき消えていた。

イグナシオの顔からは人を上から見下ろすような態度が消え失せていて、半ば閉じた瞼の下では後悔の涙で瞳がうるんでいた。迫田の胸も苦しくなった。握りしめた拳の中で、爪が手のひらに食い込んでくる。

——あんなことをしなければよかった。

イグナシオが絞り出すように言った。

《そもそも彼らは、存在してはいけなかった》

迫田も自分の声で繰り返した。

「……存在してはいけない。だから、殺したんですね」

《そう単純な話ではないが、その一環ではある》

イグナシオが頷くと、あるフレーズが迫田の中で響いた。

——悲しむべき存在を作ってはならないからだ。

ふとそう思った迫田が顔を上げると、イグナシオがその言葉を繰り返した。

《悲しむべき存在を作ってはならなかったんだよ。いいかいサコダさん、いくらなんでも隠せない。世界はもうすぐ、自分たちよりも優れた人類の存在を知る。そうなれば、どうなる？》

——狩りが始まる。

迫田の中には答えが浮かぶ。それを口にする前に、イグナシオが言った。

《その通りだ。狩りが始まる。その前に、退場しなければならない。滅びなければならないんだよ》

――その通り。レイチェルやトーマたちは滅びなければならない――違う！

そんなことは考えていない。レイチェルが滅びればいいなんて考えるわけがない。迫田は椅子の上で後退《あとずさ》ろうとして失敗し、背後のベッドに倒れ込んでしまう。立ちあがろうとしてタオルケットを握った時、迫田は先ほどの感情が消え失せていることに気づいた。

「いまのはなんですか。チェリーさん、何かしてますか？」

《説得されたんじゃないか？》

迫田は首を振った。いまのは、話に納得したとか信じたとかそういう次元のものではない。まるで心を操られたかのようだ。そういえば、以前にも似たようなことがあった。ジョーンズ分隊に体を晒し、骨董品のピストルを振り回すイグナシオを見つめていた時、迫田は言いようのない攻撃衝動に駆りたてられた。あの時は、ジョーンズ分隊もおかしくなっていた。迫田の衝動に釣られたかのように、彼らはイグナシオを先に撃ってしまい、動揺したところを飽和射撃で潰されてしまったのだ。

イグナシオは、何かしている。

「絶対に違います。何をしたのか教えてください」

イグナシオは肩をすくめた。

《信じてくれないのか。まあいい、一つ伝えておくことがある。噂をしたからじゃないんだろうが、この会議をしている間にゼペットから連絡があった》

「博士から？」

《ああ》イグナシオは苦笑した。《国連に乗り込むつもりらしい。おれの〝謝罪〟をなんとしても止

めようとしてるようだな》
「博士の立場なら、そうしたいでしょうね」
そう言うと、イグナシオは迫田の顔を覗き込んだ。
《兄弟《チェー》、まるで他人事《ひとごと》だな。ゼペットに話を聞くなら、これが最後のチャンスだぞ》
イグナシオは層化視《クシュヴ》のテーブルに、一枚のファイルを滑らせた。クラークスビルからニューヨークへ、そしてニューヨークからワシントンDCへと向かう二枚の航空券のコピーだった。
《あいつは国連の工作を終えたら、DC《ワシントン》の友達の別荘に逃げ込む》
「空港で捕まえろ、ということですか」
チケットの画面コピーを確かめた迫田がそう聞き返した時、イグナシオは層化視《クシュヴ》会議から退出した後だった。

14

迫田からのメッセージで目を覚ましたレイチェルはベッドから跳ね起きた。椅子にかけておいたタクティカルジャケットを羽織ると昨日の銃撃戦であびた硝煙が微かに匂う。レッグピローがわりに足の下に置いていたダッフルバッグをドアの前に放り出したレイチェルは、洗面所に駆け込むと簡単に顔を洗ってばらついた髪の毛をまとめた。正規軍ではないが、軍人暮らしも六年目。いつでも出られるように荷物はまとめる習慣が身についている。

部屋を出ると、目の前にフォードが横付けされていた。後部座席のドアを開いてバッグを投げ込んだレイチェルは助手席に回り込もうとして、ハンドルを握っているのがトーマだということに気づいた。シートに腰を下ろして後部座席を振り返ると、ダイナーの紙袋を抱えた迫田が苦笑いしていた。目の下には隈が浮かんでいた。

　迫田はダイナーの紙袋を差し出した。

「あのあと寝られなくてね。運転はトーマに代わってもらった」

　紙袋を受け取ると、中にはコーヒーのラージカップと銀紙に包まれたブリトーが入っている。そこでようやくレイチェルは層化視《クシュウ》の時計ウィジェットに目をやった。時刻は午前二時。一時間ほど寝た計算になる。

「どこに行くの？」

「クラークスビル空港だ」

　迫田は層化視《クシュウ》に地図を浮かべ、昨日通ってきた五十五号線の先にある街にピンを立てた。

「ニードルの近くを通るよ。戻るってこと？」

　紙袋からコーヒーカップを取り出したレイチェルが確かめると、迫田は頷いた。

「チェリーから、ファルキが明日の朝一番の便でニューヨークに飛ぶという情報をもらった。空港で話を聞きたい。これを逃すとワシントン《DC》に雲隠れされてしまう」

「ちょっと待って」レイチェルは口をつけようとしたコーヒーカップを迫田に突きつけた。「あいつと話したの？　それにDCってなに？　ファルキって合衆国政府と何かしてるわけ？」

　迫田が口をつぐんで目を閉じる。レイチェルが追及しようと身を乗り出すと、トーマが口を挟んだ。

「クラークスビルに行くならすぐ出たほうがいいですよ。話なら走りながらでも聞けますので」

トーマが顎で前方を指すと、迫田が頷いた。

「そうだな……まず出よう。自動運転区間に入ったら話す。レイチェルは飯を済ませてくれ。トーマさんは一回目の休憩の時でいいかな」

トーマは「わかりました」と答えてアクセルを踏んだ。ディーゼルハイブリッドのモーターが唸り、パークウェイの小石を踏むタイヤの音が車内に響く。質問に答えなかった迫田を追及しようとしたレイチェルだが、唇を噛んで、層化視《クシュヴ》のワークスペースが浮かんでいるのだろう一点を見つめている迫田の真剣な表情に、話しかけるのを思いとどまった。

レイチェルはダッシュボードのカップホルダーにコーヒーカップをはめ込むと、紙袋からブリトーを取り出して銀紙をむしりとった。香ばしく焼き上げられたトルティーヤにかぶりつくと、チーズの絡まった米とチリソースが口の中いっぱいに広がった。

レイチェルは頭から迫田のことを追い出してブリトーに集中することにした。二十分もしないうちに五十五号線の自動運転区間にたどり着く。話を聞くのはそれからでいい。切り替えられるのがわたしのいいところなんだから——レイチェルは食べる手を止めた。

層化視《クシュヴ》を見ていると思っていた迫田が、じっとこちらを見つめていたのだ。

「なに？」

迫田は返事をしようとして口を開けたが、何かを思いなおしたかのように首を振って、またレイチェルをじっと見つめてから口を開いた。

「切り替えるのが上手いんだな」

「その話?」レイチェルは答えてブリトーをかじった。「前も言わなかったっけ、子供の頃からだよ」

「覚えてるよ、ジョーンズ分隊の隊員はみんなそうなんだよな」

感情が欠落したかのような言い方にレイチェルは答えるのをためらったが、迫田は構わずトーマに話しかけた。

「トーマさんも、〈コヴフェ〉の仲間たちも、同じだよな? そうだろう?」

「はい」

聞いている風ではなかったトーマだが、返答は早かった。自動運転レベルが4に入っていることを確かめると、トーマは迫田を振り返った。

「でも、どうしてわかったんですか?」

迫田はその疑問に答えずに運転を続けるよう促した。

なぜそんなことを聞くのか、どこからその推測が出てきたのかという疑問が一瞬だけ頭をよぎったが、レイチェルは、二人に尋ねた迫田の声が微かに震えていたことが何よりも気になった。

「どうしたの?」

レイチェルになおざりな微笑を向けた迫田は、街灯もまばらな未明の州道の前後に車が走っていないことを確かめてから口を開いた。

「落ち着いて聞いてほしい」

「おかしいのはジェイクだよ。どんな話でも大丈夫。切り替えられるから」

「それだよ」

迫田がレイチェルとトーマの顔を順番に見つめる。その真剣な眼差しで居心地の悪くなったレイチェルはシートの上で身じろぎしてしまう。

「……それ？」

迫田は右手を顔の前にあげて人差し指を立てた。

「それは、記憶退避《ヒープ・メモリー》だ」

「え？」

「なんですって？」

レイチェルとトーマが面食らう中で、迫田は中指、薬指、小指、親指を立てて数えあげていく。

「心理的外傷《PTSD》を避けるための〈ストナイジン〉分泌腺、錐体細胞の配置変更による高い赤外線感受性の獲得、人体通信《BAN》の帯域を最大化する体液浸透圧、ネイピア数と円周率、平方根、立方根、四乗根、モジュロ環を用いた演算ニューロン、反射同調行動——」

胸騒ぎを覚えたレイチェルは集中して聞くのをやめ、迫田の言葉を頭の片隅に蓄えることにした。大事なことを話しているのはわかった。自分のちょっと変わった特性のことを専門的な言葉で並べ立てているのもわかる。迫田はこうやって整理できるような情報をイグナシオから手に入れたのだろう。そしてそれは、途方もなく深刻なことなのだ。

だが、いますぐには受け止められない。馴染みのない専門用語はまるで機械やソフトウェアのスペックシートのようで、それをそのまま受け入れると、まるで自分がそういうもののように扱われていると感じてしまう。

迫田の声が溜まっていくことを確かめたレイチェルが「日本人は人差し指から数えるのか」とぼん

やり考えながら横を見ると、暗い車内でもはっきりわかるほど顔を青ざめさせたトーマが、食い入るように迫田を見つめていた。

十いくつかの専門用語を数え上げた迫田が息をついたところで、トーマは――前後に車が走っていないことを確かめてから――口を開いた。

「そういう機能――とは言いたくないですが、僕らはそれをゲノム編集で仕込まれてるってことなんですね」

迫田は頷いた。

「チェリーはそう言った」

「意味わかんない」レイチェルは肩をすくめた。「ゲノム編集なら知ってるよ。遺伝病やなんかを治せるのよね。高校の時、同級生が鎌形赤血球を治すんだってカンパを募ってたし。でも、わたしは一度もゲノム治療受けてない。どういうこと？」

「生まれる前だ」

迫田はトーマとレイチェルの間にワークスペースを開くと、書類の束をそこに浮かべた。データシートに画像、映像、メッセージのやり取りなどの雑多なファイルを紙の書類のように描いたウィジェットだ。

「初期の人体実験から実施計画、関係者のやり取りまで、全部書いてある資料の一番上に、すごいのを載せておいた。さすがに疑わしいが……」

資料の山の一番上から書類をとりあげたトーマは、さっと目を通すとレイチェルに渡した。

「多分岐意識《マルチ・ブランチト・コンシャスネス》の実装プロジェクトだそうです。まるでソフトウェア開発です」

「枝分かれ《ブランチ》？」

レイチェルは書類をめくって顔をしかめた。三次元的に重なる短期記憶ニューロン層をキャッシュに見立て、前頭葉クラスターの時分割切り替えで複数の処理を実行する——と書き出されたその書類は、冒頭にいくつか遺伝子に関する数表が示された後はＰｙｔｈｏｎ《パイソン》のコードで占められていた。コンピューター・ソフトウェアの開発がどんなものかはわからないが、トーマが言うのだからそうなのだろう。

レイチェルは資料を山の上に投げながら言った。

「それで？」

「僕やレイチェルさんのことですよね」

トーマが迫田に確かめると、迫田は頷いた。

「そうだ。二人の脳には、右手と左手で違う仕事をしたり、何枚かの文書を同時に読んだり、決められた手続きを自動化できたりもする機能が組み立てられている」

「できないよ」

レイチェルは反射的に答えた。

「ＯＲＧＡＮの照準のこと言ってるんだろうけど、そんなことできないから。何十個十字線《レティクル》が出てきても、全部のターゲットに指を当てて決めてるんだよ。他の組織は知らない。プログラムで自動化してる軍もあるって聞くけどわたしはやってない」

「一人一人、順番に？」と、迫田。

レイチェルは返答に詰まった。

敵の兵士に重なった十字線《レティクル》を両手の五指で指し示すとき、順番を気にしたことがあっただろうか。そこから指を滑らせて、軽度《マイナー》、中等度《モデラート》、重度《シリアス》、過酷《シビア》、致命的《クリティカル》に至る五段階の損傷重要度スコアを決めていく時はどうだろう。

わからない。しかしレイチェルには確信があった。

「指は同時に動いてるかもね。でも、一人一人決めてるよ。はっきり覚えてるもん」

迫田が「わかった」と言って資料に手を伸ばそうとすると、ハンドルに手を置いたトーマが、顔を前に向けたまま言った。

「十七ページです」

「え？」

迫田が資料の上で手を止める。トーマは道路を睨んだまま、奇妙に平板な声で答えた。

「枝意識《ブランチ・コンシャスネス》の記憶について十七ページに書いてありました。同時、並行、あるいは遅延して知覚した体験は、因果関係の明らかな叙述記憶になるだろう、と」

「叙述記憶？」

レイチェルの疑問に、トーマは澱《よど》みなく答えた。

「物語です。これがこうして、こうなって、ああなったというようなお話です」

「トーマ」レイチェルはコンソールに手を伸ばすと素早く自動運転レベルを4に切り替えて、トーマの肩を叩いた。「わたしがお話をつくってるってこと？」

「いいえ」

こちらを見るように求めたのに、顔を正面に向けたままのトーマは夜闇に消える道路を見つめたまま妙に生気のない声で言った。

「僕が言ったのは、このレポートの主筆研究員セレージャ・インガルスの予測です。記憶は連続した体験の叙述――物語になるだろう、と。彼の予測とレイチェルさんの話は矛盾していません。体が一つしかない人間の、それが限界ということです」

レイチェルは資料に目を落とした。

「つまり……本当は同時にやってるかもしれないんだけど、順番にしか覚えられないってこと？」

「そういうことです」頷いたトーマは、人差し指でハンドルをコツコツと叩いた。「指で音をたてるとき、脳は触れた感覚と、音と、指を見る視覚の三つの信号を受け取ります。ただし、これらの情報は同時には届きません。指先からの信号は百分の一秒、音は最短でも〇・〇五秒、視覚は〇・一秒遅れて脳は認識します。〇・一秒――こんな感じかな」

トーマは中指と人差し指の二本の指をレイチェルと迫田に見せてから、ダッシュボードをトトンと叩いた。

「音が二つに分かれて聞こえるほどの遅れです。わたしたちの脳は、この、バラバラに届く指の感覚と、音と、見ているものが同時に起こっているという物語を作り、それを記憶するんです」

トーマはレイチェルが設定した自動運転レベルを元に戻して、ハンドルを両手で握った。

「しかし、インガルスは間違えていました」

そう口にしたトーマの姿が滲《にじ》み、二重になった。シートに深く腰を埋めて運転に集中している現実のトーマと、層化視《クシュヴ》に描かれたアバターのトーマだ。

「なんだ？」

迫田が身を乗り出し、レイチェルが目を見張る中で、アバターのトーマは層化視《クシュヴ》の資料に顔を向け、とりあげてみせた。

「やってみたら、できました。僕はいま、フォードを運転している肉体と、資料を読んでいるアバターの両方の意識があることを自覚しています。肉眼で道路を見て、ハンドルを操作しながら、アバターをインプラントの筋電位センサーで動かしてます。サコダさんが持ってきた資料はおそらく事実です」

アバターの奥で、運転しているトーマが親指を立てた。

「あまり、話せない。慣れれば、もっと話せる」

運転しているトーマに目配せをしたアバターのトーマは、自分の胸に手を当てた。

「と、いうわけです」

アバターのトーマは十七ページを開いてレイチェルに手渡した。そこにはプロジェクトチームの写真が載っていた。白衣を着た四人の男性が、ベッドに体を起こしてカメラに笑いかけている少年を取り囲んでいる写真だ。リーダー風の男性がファルキなのはすぐにわかった。

アバターのトーマはレイチェルの後ろに回り込んできて、ガウンの裾から何本もの管を伸ばしている少年の顔を指さした。

「この少年がセレージャ・インガルスです」

迫田が言い添えた。

「実験に参加しているチェリー・イグナシオだ」

迫田は資料のタイムスタンプを確かめる。

「この写真の時は十二歳かな。ファルキと彼が、この計画の実質的な中心メンバーだ」

「計画？」

レイチェルのつぶやきに迫田は頷いて、資料の山の中から古臭い電子メールを拾い上げる。迫田は一通の書類を複製してレイチェルとトーマに配った。

「ファルキはモディファイド・ヒューマン・スタンダード（修正人類基準）と呼んでいるらしい。略してMHSだそうだ。これは、ファルキが投資家たちに送った内容だ」

修飾のないプレーンテキストで書かれた古めかしい電子メールの、一連のやり取りだった。迫田はピンク色のマーカーで、長い文書の何箇所かに線を引いた。

「もともとファルキはスーパーヒューマンを密かに誕生させて一般家庭で育ててもらい、十分に増えてから公開して、遺伝子編集の標準規格を取りに行くつもりだったらしい」

「なんですって？」と、トーマのアバターが声を裏がえらせる。

迫田は続けた。

「公正戦士として収穫する話は後からくっついてきたものだが、結局それが彼の事業になって、二十八年続いたということのようだ。ジョーンズ大尉やヨシノ社長が第一世代にあたる」

迫田はそれから、MHSについて話し始めた。

イグナシオの体で人体実験を行って研究開発した数々の遺伝子編集には、人体通信《BAN》の速度向上や周囲との同調行動のように自覚できるものもあれば、全く意味のわからないものも多かった。

年に数千人ずつ生まれてくるMHSをSATで〝選抜〟するシステムには唸らされた。確かに、半分も解けなかった試験の中で不思議と解けた問題がいくつかあった記憶がある。まさかそれが〈グッドフェローズ〉の選別に使われていたなんて思いもしなかった。トーマも——彼は全科目で満点だったというが——不自然に難しい問題があったことは記憶していた。

話が精子洗浄剤、卵子凍結防止剤で遺伝子編集を行う手法と、それを全米規模で実施するための企業買収に及んだあたりで不快感を覚えたレイチェルは「記憶退避」を行って距離を置いたが、迫田が不妊について言及した時は血の気が引いた。

子供を持てなかった父と母は、祖父から継いだクリーニング店をフランチャイズの傘下に入れ、祖父が住んでいた部屋も売り払って不妊治療に勤《いそ》しんだ。これでだめなら店を売るしかない、というところで試みた体外受精が実を結んだ。そうして生まれた娘に不妊で悩んだ女神の名前をつけてしまったのは笑い話でも済まされるが、不妊の種を仕込まれた娘につける名前にしては救いがない。

意識の表層から退場してくれない不妊の情報を、なんとか退避《ヒープ》させることに成功した時、レイチェルは、トーマが自分よりも意識的に記憶退避《ヒープ・メモリー》をコントロールし始めていることに気づいた。

レイチェルの記憶退避《ヒープ・メモリー》は、一連の体験を頭のどこかに溜め込んでおいて、あとで思い返すことができるようなものだ。細かなところまで記憶しているし、三つか四つの体験を溜め込める。

だが、迫田の文書を読んだトーマは、退避させたいくつかの記憶を足し合わせたり、比べたり、検索したりしてみせた。いままではなんとなくやっていたが、確信を持って取り組んでみたらできたらしい。

一連の話が終わると、資料を読みながら話を聞いていたアバターのトーマが、運転している肉体の黒い髪の毛に触れて迫田に尋ねた。

「肌や髪の毛の色については、何か聞きましたか？　資料にもないみたいですけど」

迫田は「ごめん」と言って頭を下げた。

「聞き忘れた。イグナシオがMHSに関わる前に開発が――すまん、いい言葉が見つからない、ファルキが作り込んだものかもしれない」

「もう一ついいですか」と、トーマ。「サコダさんの記事のスコアが極端に下がった理由は？」

「それも聞いてないが、ロビイングの成果じゃないかという気がする」

「辻褄は合います」トーマは頷いた。「速報のスコアを引き下げていたのはジェイズ兵器年鑑と赤十字、国際刑事裁判所の言語モデルですが、DCのロビイングは効きそうです。息のかかった職員を就職させてプロジェクトのキーワードを消すぐらいのことはやってるでしょう」

事実確認スコアを減らすことが目的ではないだろうが、大きなウエイトを持つ言語モデルから特定の分野の情報がごっそり欠落していれば、事実確認に与える影響も無視できない。そう説明したトーマはレイチェルに「どうぞ」と言ってから、両手に資料を持って読み始める。トーマは、迫田が話さなかったあることに気づいているのだ。

退避《ヒープ》させた記憶を確かめて、その話が出てこなかったことを確かめたレイチェルは、迫田に顔を向けた。緊張した面持ちの迫田にレイチェルは尋ねた。

「あいつが仲間を殺した理由は聞いた？」

「それは……」

迫田が顔を逸らす。レイチェルはシートの背もたれを摑んで体ごと振り返り、迫田を見据えた。

「聞かなかったの？　それとも言えないようなこと？　殺されたのはわたしの仲間だよ」

「そうじゃない」迫田は顔の前で手を振った。「イグナシオの言ったことの意味がわからなかったんだ。そのまま伝える。ショックを受けるかもしれないけど」

「いいよ」

レイチェルが衝撃に備えて息を整えると、迫田は口を開いた。

「存在してはいけなかった」

「え？」

迫田の声が意味をなした時、レイチェルの腹の中に何かが膨れた。

「だから殺したのかと聞いたが、彼は否定しなかった。そして、悲しむべき存在を作ってはならなかった。世界がその存在に気づいて、排除が始まる前に滅びなければならない——」

「ふざけるな！」

レイチェルは叫んでシートの背もたれを殴った。

「誰が頼んだよ！」

シートをもう一度殴り、コンバットブーツで床を踏みつける。膨れ上がった感情が涙になって溢れ出る。

「兵隊に駆り集めるために人の体をいじり回したのはお前らだろうが。今更後悔したって、こっちはもう生きてんだよ。それで今度は滅びろだと？　ふざけるな！　ふざけるな！　ふざけるな！」

喚《わめ》く声は鼻声になり、嗚咽《おえつ》に変わる。それでもシートを殴り続けていたレイチェルは、視界の片隅にトーマの視線を感じた。いつの間にか迫田の横に浮かんでいたトーマのアバターは、Tシャツの胸元をゆっくり握りしめていた。そのジェスチャーの意味をレイチェルはすぐに理解した。記憶退避《ヒープ・メモリー》は感情も保存しておけるのだ。

絞りだすように叫んだ「ふざけるな！」の直後の息継ぎを捉えたレイチェルは、いまの感情を丸ごと記憶退避《ヒープ・メモリー》した。

瞬間、レイチェルは落ち着きを取り戻す。

ダイナーの紙袋の底からペーパーナプキンを引っ張り出すと、涙と鼻水を拭う。ナプキンで擦りとられた涙が頬に筋を描き、乾いたところにチリチリとした感触を残した。退避《ヒープ》した記憶は鮮やかに怒りをとどめていた。放っておけば薄れていくが、二度、三度と呼び戻すことで強化できる。

「もう大丈夫、ありがとう」

レイチェルが言うと、トーマは迫田から見える位置に動いた。

「この情報を会社に送ってもいいですか？　マルシャは公開すると言い出すかもしれませんが」

「ぜひ送ってくれ」迫田は即答した。「〈コヴフェ〉の皆さんも当事者なんだ。ただ、公開するのは裏を取ってからにしてほしいし、公開の方法は調整させてもらえるとありがたい。まずはファルキに事実関係を確かめる」

トーマは、幼いイグナシオを取り囲む研究者たちの写っている資料を掲げた。

「この研究者たちに話は聞けないんですか？」

迫田は首を振った。

「この人たちは自分たちの研究が自然環境《イン・シチュ》で使われていることを知らないし、チェリーのことはただの天才少年だと思い込んでる。可能な限り連絡はとるが、ファルキに話を聞けるのはいまが最後だ」

トーマは首を傾げる。

「正直に答えると思いますか？」

「否定するだろうな。だが、一度はカメラの前で釈明の機会を与えたい」

「違うよね」

レイチェルは後部座席を振り返り、迫田の脇に積んである銃器のケースを指さした。

「パパとママからもらうはずのものを勝手にいじりまわされたわたしが、ファルキを尋問する。ジェイクはそれを撮ればいい。国際法に則《のっと》ったやり方は講習で習ってるから証言にもなるし、録画もちゃんと使える」

迫田は銃のケースとレイチェルの顔を交互に見てから言った。

「銃は使えないぞ」

「どうして？」

「空港に封印《シール》のない銃を持ち込めるわけないじゃないか」

「空港？」レイチェルは迫田が浮かべておいた地図を引き寄せ、目的地を〈タワー・ドネルソン〉に設定した。「ニードルを出たところで捕まえる」

「それこそ無理だ」迫田が首を振る。「ファルキが自家用の〈アルバトロス〉を持ってるのを見ただろう。あいつは百六十階の部屋から空港まで、地面に足をつけないで飛んでいけるんだ」

「知ってる。だから――」

レイチェルが計画を伝えると迫田は絶句した。

「……だめだ。それは犯罪だ」

「だからわたしがやる。ジェイクは第三者」

「そんな詭弁が通用すると思うのか？」

「もう一つ、保険をかけてる」レイチェルは地図を迫田に向けると、〈タワー・ドネルソン〉を取り囲む線を描いた。「あのニードル、このでっかい敷地の警察権を主張してるでしょ。警備員に捕まらなきゃいいのよ」

「それでも……」

「黙って」レイチェルは迫田に人差し指を突きつけた。「わたしが、わたしの意思で、ファルキを拉致して尋問するの。それをカメラに収めるのも、割り込んでインタビューするのもジェイクの勝手。寝てて」

迫田は不満と納得の混ざり合った顔でため息をついた。レイチェルはトーマに顔を向けた。

「悪いけど運転だけしてくれる？　脅迫されたってことにして」

トーマは肩をすくめた。

「手伝いますよ」

「会社に断らなくていいの？」

「連絡は入れますけど、僕も当事者ですからね。何からやりましょうか」

「ジェイクのドローンに外部照準アプリを入れて射撃管制したい。あと、気象と重力勾配《ジオイド》を再現した層化視《クシュヴ》のＶＲで演習しておきたい」

「わかりました」

トーマは頷くと、運転席の後ろのシートにアバターを腰掛けさせてワークスペースを開いた。トーマは腰をずらすようにアバターを複製して後部座席の中央に腰掛けると、奥でワークスペースに見入っているアバターを指差した。

「奥の僕はドローンのセッティングと操縦の練習をやってます。話しかけても答えないかもしれません。VRの調整は僕に話しかけてください」

ドローンの調整に入った方のトーマのアバターは周囲に意識を向けるそぶりを見せず、そこだけ自由に動くらしい手首の先だけで作業を始めた。

「さ……三人？」

迫田が口をあんぐりと開けてつぶやくと、隣のトーマが苦笑いした。

「練習なしではこれが限界みたいです。どうぞ、寝ててください」

「そうそう寝てて。第三者なんだから」

迫田にそう言うとレイチェルは層化視《クシュウ》の没入VRに入るために全身の力を抜いて、シートに体重を預けた。両足は床にまっすぐ下ろして、手は膝の上に置く。うっかり膝を組んだままで没入すると、終わった時に痺れてしまうこともある。

「〈タワー・ドネルソン〉周辺の基本VR、用意できました」

頷いたレイチェルは、目を閉じる前に膝に置いた自分の手をじっと見つめた。VR用に起動しておいたアバターを重ねれば、現実の肉体と違うように動かせる気がしたのだ。

膝に触れる手のひらの感触を保ちながら、手を持ち上げていく。初めは全く動かなかったが、車が舗装の段差を乗り越える小さな衝撃でアバター側の親指が浮き上がった。

「……これか」

つぶやいたレイチェルは、そのままゆっくりと残りのアバターの指を膝から離していく。

練習すれば肩から先ぐらいは三本目の腕になりそうだが、三つの意識を操るトーマのようなことはできそうもない。この差もファルキの「計画」の副産物だ。新しいほど高機能。まるでコンピューターのソフトウェアのように。

アバターの手のひらを上に向けたレイチェルは、ゆっくり拳を握りしめ、退避《ヒープ》させた感情を呼び戻す。一瞬で膨れ上がる怒りに全身をゆだねたレイチェルは、拳をシートに叩きつける。

力の抜けた手の指がばらりとシートを叩く。アバターではなく肉体の方が動いてしまったらしい。

「どうしました?」と、トーマが尋ねる。

「なんでもない。練習する」

そう答えたレイチェルはトーマが用意したVRに没入した。

未明の森にぽっかり開けた広場に降り立つと、正面には黒々とした〈タワー・ドネルソン〉が聳《そび》え立つ。設定時刻は午前五時なので、低層階のショッピングモールも営業していない。一昨日はビルの周囲を蚊柱のように取り囲んでいた小型ドローンの姿も見えなかった。

ファルキのいる百六十階を確かめてから潜伏する場所を探すレイチェルは、ファルキの顔を見た時に殺さずにいられるだろうかと考えていた。

15

時刻は中部標準時《CST》で午前五時。刷毛《はけ》で掃いたような筋雲はもうすぐ顔を出す陽の光でオレンジ色に輝いているが、雲の向こうに見える空と、その空を眺めるトーマたちが潜んだ森は夜の暗がりに支配されている。

梢の上には鉛筆ほどの大きさに見える銀色の構造物が、朝日を浴びて浮かんでいた。〈タワー・ドネルソン〉の居住階だ。

本当に宙に浮いているわけではない。〈タワー・ドネルソン〉の地上五階まであるショッピングモールの上に、エレベーターコアと鉄骨が剝き出しの空隙階《ボイド》が五百メートルほど続いているせいだ。決まった容積率で高いビルを作るための工夫だが、壁のない空隙階《ボイド》は向こう側が透けて見えるので、居住区はまるで宙に浮いているかのように見える。

VRで見た時は層化視《クシュヴ》の表現力が足りないせいだと思っていたトーマだが、まさか本当に浮いて見えるとは思っていなかった。どうやら同じ感想を抱いたらしいレイチェルの呆れたような声が飛んできた。

「この時間に見ると本当に浮いて見えるんだ。折れちゃいそう」

「ニードルの空隙階《ボイド》は意外と丈夫ですよ。それより、苦しくないですか？」

トーマは振り返って、地面に掘ったスロープに伏せてFAR-15を空に向けているレイチェルを見下ろした。

「大丈夫」

レイチェルはピストルグリップを握る右手からアバターの腕を浮かせて、親指を立ててみせた。銃床に押し当てた頰と地面のスロープに押し付けた肘で支えたFAR-15はぴくりとも動かない。

レイチェルの〝計画〟は、クラークスビル空港へ向かう自家用ドローンの撃墜だった。

殺害が目的ではない。レイチェルは三基あるローターを一つだけ破壊し、不時着したところを拉致して尋問するつもりなのだ。

迫田は「無茶だ」と反対したが、レイチェルは押し切った。〈バンガウ〉や〈アルバトロス〉のように市販されているドローンは推力を失うと、たとえそこが銃弾の飛び交う戦場であっても安全な着陸を最優先させる。過去に何度も戦場から逃げようとする指揮官のドローンを撃墜して捕虜にしたという。

迫田は犯罪だと忠告したが、レイチェルの意思は曲げられなかった。

イグナシオが国連で人類修正基準《モディファイド・ヒューマン・スタンダード》計画を暴露してしまえば、ファルキは弁護士の要塞に立てこもってしまう。遺伝子を編集された当事者が直接ファルキに文句を言えるのはこれが最後の機会なのだ。

トーマもレイチェルの計画を手伝うことに決めた。ファルキのドローンが射程に入ったところで、レイチェルは曲射弾《ステア・ビュレット》を放つ。取材用ドローンでファルキのドローンを観測し、ローターに照準マーカーをつけるのがトーマの役割だ。

マルシャに連絡すると、まるで退避《ヒーブ》させたトーマの感情が伝染したかのように怒りをあらわにし、トーマのサポートを〈コヴフェ〉の業務にすると約束して、レイチェルともども呉鈴雯《ウーリンウェン》に弁護させると言ってくれた。

「ねえジェイク」レイチェルは伏射の姿勢を崩さずに、背後に呼びかけた。「車はいつでも出られる?」

「ああ」と、迫田が応じてハンドルを叩く。「〈タワー・ドネルソン〉の敷地の中に不時着するのは間違いないんだよな」

「任せて」

レイチェルはもう一度アバターの右手の親指を立てると、その手でゆっくりとワークスペースを開いてドローンのカメラを表示させた。迫田が感嘆のため息を漏らす。

「三本目の腕か。すごいな」

「言わないで」レイチェルがアバターに手を振らせる。「いくら練習してもトーマみたいなことはできないんだから」

トーマは肩をすくめる。ファルキの資料には、年を追うごとに「機能」が追加されていくMHSを、世代で分類する方法が記されていた。二〇一七年生まれのマルシャやジョーンズ隊長や副隊長のサイードが第一世代で、二〇二一年生まれのレイチェルは第二世代。トーマは第三世代の一期生で、知っている範囲だとアン・ホーが第四世代だ。それ以降もMHSの「改良」は進んでいるはずだが、迫田がイグナシオから受け取った資料には第四世代までしか記載されていなかった。

意識を丸ごと分岐できるのは第三世代からだ。

トーマは、ファルキが情報公開するつもりだったと聞いたときに退避《ヒープ》させた感情を呼び出した。

想像力の欠如に対する怒りだ。

事実上の標準をとりに行くファルキの計画は、そう珍しいものではない。何万人か生まれたところでMHSの存在を公開すれば、初期の批判を乗り越えたあとで発生前の遺伝子編集の標準を狙えただろう。名乗り出てきたMHSのひとりひとりに謝罪して補償し、遺伝子治療を提供すれば法的には片がつく。補償額が大きければヒーローにだってなれる——それが「治療」の範疇ならば。

「優れた人類」ではそうはいかない。

絶対に手に入らない力を目《ま》の当たりにしたとき、人は平静ではいられない。ORGAN兵としてその力をふるってきたレイチェルですらひがむ心を芽生えさせた。自然人がMHSに与えられた力を知ったとき、どんな反応があるだろう。恐怖と、差別、迫害は間違いなくある。考えたくもない。

だが、ファルキだけは、その想像から逃げてはならない。それをこれから確かめる。

金でも優生思想でも興味本位でも構わない。ゼペットがなぜこんなことを始めたのか、そのとっかかりだけでも与えられなければ、数十万人のマン・カインドは「わたしたちはどこからきたのか」と悩み続けなければならないのだ。

ため息とともに怒りを退避《ヒープ》させたトーマは、レイチェルが開いたワークスペースにドローンのカメラ映像が映し出されていることに気がついた。居住階のフードテラスには灯りがともり、車椅子や歩行器具を頼りに歩く者たちが朝食を楽しんでいるところだった。

「気になることでもありましたか？」

レイチェルはアバターの指を振った。

「老人は早起きって言うけど、いくらなんでも早すぎない？」

トーマは苦笑した。

「〈タワー・ドネルソン〉の中は中部夏時間《CDT》なんですよ」

古き良きアメリカを求める住民たちは、廃止されて久しい夏時間を復活させて暮らしているのだ。

「しょうもな」と笑ったレイチェルはドローンの映像を指さした。「操縦してるトーマはどっち？」

「僕です」

トーマは手を挙げた。少し練習すればドローンそのものに没入して自分が鳥になったように飛べる気もしたが、分岐させた意識同士の対話には不安がある。いまはまだコンソールで操縦する方がいい。トーマは続けた。

「〈メガネウラ〉の一号機が観測経路に入りました。固定翼機モードのままで、高度千八百メートルを維持しながら、半径五百メートルで旋回します」

「了解。目標の様子は？」

トーマは全周カメラで〈タワー・ドネルソン〉の百六十階あたりを切り抜くと、肩から生やした層《ク》化視《シュウ》のマニピュレーターを操ってレイチェルのワークスペースに貼り付けた。

「準備中のようですね。プラットフォームに三ローターの大型ドローンが出てます。〈アルバトロス〉ですか？」

「間違いない」レイチェルは頷いて質問を重ねた。「カメラを引いて、警備ドローンが出てないか調べて」

「調べます」

トーマはフォードの中で演習した通りにカメラの視野を広げて、レイチェルが教えてくれた手順通りに動体検出を試みる。すぐに反応があった。

「ニードル上空に二機のドローンが周回飛行しています。小型の四ローター機です」

トーマの渡した二枚目のスナップショットに目を走らせたレイチェルは、すぐに機種を言い当てた。

「〈グッドフェローズ〉の〈バンガウ〉ね。こっちは後ろのローターに照準マーカーをつけといて」

トーマは自分の視野を〈メガネウラ〉に連携させると、肩に取り付けた層化視《クシュウ》のマニピュレーターを操って曲射《ステア・ビュレット》弾用のマーカーをセットした。

「セットしました。一番のマーカーを上空の〈バンガウ〉の左ローター、二番を下の右ローターにセットしています」

「了解」

レイチェルがアバターの親指を立てた時、迫田が声をかけてきた。

「なあレイチェル——」

「やめない！」レイチェルが声を尖らせる。「ジェイクは車とインタビューのことだけ考えてて」

「違う、そうじゃない。〈グッドフェローズ〉のドローンが出るのか？」

レイチェルは鼻を鳴らすと面倒くさそうに言った。

「そうだけど？」

「ファルキが撃たれたら黙っちゃいないだろう。いまはトーマさんもいるんだぞ」

「考えてある。トーマ、説明お願い」

迫田がため息をついてトーマに顔を向けた。

「〈グッドフェローズ〉のドローンは想定済み？」

トーマは頷いた。

「寝てもらっていた間に、レイチェルさんと層化視《クシュウ》のVRに入って何パターンかシミュレーションしてます。警備ドローンはタイミングをずらして狙撃して、別々の場所に不時着させる予定です」

「そんなに都合よく——あ、だから別のローターを撃つのか」

「そうです」

トーマは頷いた。推力を失ったドローンは搭乗者の安全を最優先させて不時着する場所を目指すので、左右のバランスが変わったり、四ローターの多用途ドローン〈バンガウ〉と三ローターの巡航ドローン〈アルバトロス〉のように、レイアウトが異なる機体で同じ場所に降りることはない。

「何機ぐらい出てくるかな」

「曲射弾《ステア・ビュレット》が五発しかないので、ファルキの他に五機以上出てくると対応できません」

「曲射弾《ステア・ビュレット》なんてもってたか?」

「ジョーンズさんの家を襲った黒服から回収してました」

怪訝《けげん》な顔をした迫田だが、レイチェルに顔を向けると何かを思い出したのか顔をしかめた。

「吐いてた時か。わかった。ファルキの様子は?」

トーマは〈メガネウラ〉の視界を迫田に共有して、百六十階にズームした。

「中が慌ただしくなってますね」

ドローンの周囲では灰色の制服を着たスタッフが歩き回っている。その中に、明るい色のスーツを着た男性が立っていた。あれがファルキだろう。スタッフの一人に話しかけられたファルキはドローンのドアを開いて乗り込んだ。迫田はさらに画面を拡大して、ガラス窓の一角をマーカーで囲んだ。

「プラットフォームのドアが開いた。出るぞ」

ガラスが左右に開いて、〈アルバトロス〉がふわりと浮いた。トーマは視野をさらに拡大して、マーカーを〈アルバトロス〉に貼り付ける。即座に座標が現れる。トーマはその数字が、浮かび上がって前に出てきた〈アルバトロス〉と連動していることを確かめた。

「三番マーカーを〈アルバトロス〉の右ローターに貼りました。ターゲット、方位三百二度、水平距離千八百十二メートル、高度千二百十一メートル」

「了解」

レイチェルは銃身に添えていた左手をそっと離すとチャージングハンドルを短く引いて、開いた薬室カバーに右手の人差し指を差し入れ、装弾を確認した。左手を銃身に戻したレイチェルは、右手を握りしめて地面に叩きつけた。昨日から何度か見せている仕草だ。迫田は不審に思っているようだが、トーマは退避《ヒーブ》した感情を瞬間的に呼び戻していることを知っている。

レイチェルはトーマと迫田に確かめた。

「やるよ、いい?」

六角形《ヘクサ》パターンに輝くコンバットタイツの腹のあたりを撫でた。

「わたしは知りたいの。子供を産めるようになるのか、人工子宮を移植しなければいけないのか。それぐらいのことは聞いたっていいじゃない。ジェイクは?」

突然話しかけられた迫田が戸惑っていると、レイチェルは重ねて聞いた。

「記事にしないの?」

「いや、書く」

「こんなやり方でもいいのね」

「ああ。書くよ」

「トーマは?」

「質問は用意しています」

レイチェルは「わかった」と言って肩から分岐させていたアバターの右腕を消し「準備は?」と、問いかけた。

「できてます」トーマは応じた。「ターゲット三機、ファルキの〈アルバトロス〉を中心に前後に並びました。一番マーカーが先頭、二番はファルキの後ろです。三十五秒から三十八秒で予定していた水平距離千二百メートルに入ります」

「了解、撃墜順は二・一・三」

「精密観測を開始します」

トーマは〈メガネウラ〉を回転翼モードに切り替えた。安定した視野をさらに拡大すると、〈アルバトロス〉の自動車風のフロントグラスを大写しにした。車内では、明るい色のスーツを着て白髪を丁寧に撫でつけたファルキが、不機嫌そうに顔をしかめていた。これから向かうニューヨークで、イグナシオの暴露をどう止めようかと考えているのだろう。

その想像力を、どうして僕たちに向けなかったのだろう。

トーマは分岐した意識を非公開のアバターに作ると、退避《ヒープ》させていた感情に身を委ね、腹の底から湧いてきた熱をそのまま言葉にして、誰にも聞こえない声で喚き散らした。

16

トーマが予告した三十秒が過ぎた。何の前触れもなく金属の板を叩いたような音が響くと、FAR‐15の銃口にマズルフラッシュが輝いた。続けて銃口からは、空に向かって曲射弾《ステア・ビュレット》の軌跡が赤く描かれる。

もちろん線は現実の光景ではない。照準モニタリングソフトが層化視《クシュヴ》に描いた複合現実だ。窓から顔を出して軌跡を目で追った迫田は、高い、と直感的に思った。

銃弾の目指す先が、ようやく米粒ほどの大きさに見えてきたファルキの〈アルバトロス〉よりもずっと上をめがけているように見えたのだ。反射的に「大丈夫か？」と言いかけた迫田の前で、レイチェルは二発目の引き金を引いた。

層化視《クシュヴ》に描かれる火線は今度も高い。

「高くないか？」と、ようやく口にした迫田を無視してレイチェルは三発目を放った。

「大丈夫」

レイチェルは空に伸びる火線を見上げた。着弾までの三秒がじれったい。しかもあんなにずれている。

もう一度声をかけようとした迫田は、描かれた赤い線が放物線を描いて目標に近づいていくことに気づいた。

「当たる」と勝ち誇ったレイチェルにトーマが答える。

「初弾、当たりました」

トーマが宙に浮かべた射撃監視用の映像には、〈アルバトロス〉を中心に編隊を組んでいた〈バンガウ〉のローターが次々に吹き飛ばされていくところが映し出されていた。ローターを撃ち抜かれた二機の〈バンガウ〉は、大きくバランスを崩して高度を落としていく。残ったローターが支える落下速度に迫田は胸を撫で下ろした。あれなら死ぬことはない。

ファルキが搭乗する〈アルバトロス〉は右前と左後ろのローターでバランスをとりながら高度を下

げ、ゆっくりと暗い森を越えて、迫田たちの待つ広場に向かっていく。

膝をついて体を起こしたレイチェルは、FAR－15の弾倉を通常弾の入っているものと入れ替えると、流れるような手つきで薬室に残っている曲射弾《ステア・ビュレット》を排莢しながら言った。

「曲がるというか、落ちる、ね。三秒で四十メートルは落下するんだから」

「なるほど」と、迫田は頷いた。

それなりに戦場に出入りしているが、狙撃手の感覚は持ち合わせていないし、将来どれだけ取材に入っても育つことはないだろう。レイチェルはプロフェッショナルなのだ。もっともその境遇は、MHSだったことと無縁ではないのだが。

レイチェルは即席のライフルマウントの解体に取り掛かり、トーマは地面に周囲の森の3Dモデルを置いて不時着地点の割り出しを始めていた。これもMHSに組み込まれた切り替えの速さの賜物《たまもの》だろうかと迫田が考えていると、トーマが地図をフォードのナビに共有した。

「不時着する場所がわかりました。東、二キロほど離れた空き地です」

トーマの手元の地図を一瞥したレイチェルが迫田に顔を向けた。

「場所、わかる？」

迫田は頷いた。来た道を戻って小川を右に曲がればいい。迷うことはないだろう。

「すぐに動こう。森に逃げ込まれたら〈グッドフェローズ〉に追いつかれてしまう」

レイチェルが上空を指さした。視線を追った迫田は、左右にロールしながらこちらに近づいてくる〈アルバトロス〉が驚くほど大きく見えているのに驚いた。距離にして三百メートルほどだろうか。

レイチェルの声に押された迫田がフォードのスタートボタンを押し込むと、レイチェルは助手席に、トーマは後部座席に飛び込んできた。

「揺れるぞ」と宣言した迫田はアクセルを踏み込んだ。車両音響装置《AVAS》が甲高く唸ってフォード・エクスプローラーは森の小径を猛然と走り始めた。灌木を踏みつけ、溜まり水を跳ね飛ばし、小川を乗り越えて群生するポプラの立木を迂回してしばらく走ると、フォードは目指す広場に飛び出した。だが、不時着しているはずの〈アルバトロス〉の姿はない。

トーマに文句を言おうとした迫田が後部座席を振り返ろうとすると、レイチェルが助手席から飛び出した。慌ててそちらを向いた迫田にトーマが告げる。

「降りて来ます、僕も出ます」

ドアを開いたトーマの指さす方を見ると、真っ白な〈アルバトロス〉がポプラの梢から現れて広場の中央上空で静止した。ローターを一つ吹き飛ばされているとは思えないほど安定した挙動だが、安全を優先させたということだろう。

運転席の窓には周囲を見渡すファルキの不安そうな顔が見える。二人もいた警備員がいなくなって心細いのだろうが、〈アルバトロス〉は意に介さず、少しだけ位置を調整するとクローバーの葉に覆われた場所にふわりと着陸した。

〈アルバトロス〉のドアがゆっくり開くと両手を頭の横にあげたファルキが顔を出して、安堵の表情を浮かべた。

「なんだ、サコダさんか」

「違う」と、レイチェルがFAR-15を突きつける。「用があるのはわたし。話を聞かせて。サコダは取材するだけよ。ドローンを降りて」

戸惑いの表情を浮かべたファルキは、不満そうに手を差し伸べる。

「嫌だとは言えないようだね。誰か手を貸してくれないか」

迫田はファルキに手を差しのべた。

「イグナシオ少佐だと思いましたか？」

「まあな」

ファルキは年齢に似合わない力で迫田の腕を掴むと手繰《たぐ》りよせ、体を持ち上げて〈アルバトロス〉の座席から地面に降り立った。迫田は層化視《クシュヴ》のカメラが動いているコンタクトレンズを入れた自分の目を指さした。

「先に言っておきますが、撮影しています」

「取材のつもりかね」呆れたように言ったファルキも、自分の目を指さした。「こちらも録画しているよ。ドローンを撃墜して、銃を突きつけながら尋問する様をね。犯罪なのはいうまでもないが、こうやって聞き出した話がどれだけ信用されるかな」

「それは話によるんじゃない？」

ファルキの背後に回り込んだレイチェルが、隙のない姿勢でＦＡＲ－15を構えて、植え込みに隠したフォードの方に行くよう銃口を振った。

「さあ、すぐに動いて。警備員《ゴリラ》に追いつかれたくない。車に歩く間に質問の答えを用意しておいて。第一問は、わたしは子供を産めるようになるかどうかよ」

「ゴリラ？」

わざとらしく首を傾げたファルキは、意地の悪い笑顔を浮かべていた。

「おかしい？」

「確かに彼らはゴリラだが、MHSの君が、人間の彼らをゴリラだなんて――」

唇の端を持ち上げたレイチェルに、迫田は「やめろ！」と叫ぶ。しかし、目にも止まらない速さでFAR‐15を持ち替えたレイチェルは銃床をファルキの肘に叩きつけた。パシッという音が鳴り、ファルキが悲鳴を上げる。迫田は慌てて銃に手をかけた。

「何してんだ。殴ったら拷問になるだろうが」

「服を叩いただけ、当ててない。もう一回やってみせようか」

迫田の手を振り払ったレイチェルは、もう一度銃を振ってファルキの額に叩きつける。今度も同じ音がしたが、ファルキは悲鳴を上げることなく、レイチェルの顔と、自分の額を叩いた銃床を見比べて目を輝かせた。

「ニューラル・リバーブは発現していたのか」

「何の話？」

「君が精密な動きを繰り返す機能のことだよ」ファルキは歩みを緩めずに言った。「運動神経への伝達過程を複製・遅延伝達させる機構だ。それが君の脳では働いている――」

「質問の答えは？」

「生殖抑制か」ファルキはつまらなそうに唇を曲げた。「女性なら子宮内壁、男性なら精巣の遺伝子治療を編集したかな。すまないが興味がない。セレージャに聞けばわかる――君らがチェリーと呼んでいる、あの子だ」

レイチェルが「知ってたのかよ、あの野郎」と吐き捨てて唇を噛む。おかしそうにそれを見たファルキに、迫田は言った。

「ファルキさん、話してくださるのは嬉しいのですが、録画してることを忘れないでくださいね」

「なあに」ファルキは髪を整えて言った。「統計上は二十万人を越えるＭＨＳが生まれているからな、いつまでも隠しておくこともできない。そろそろ公開してもいいころあいだとは思っていたんだ。公式リリースと、捕虜を虐殺した戦犯セレージャの暴露、あるいは君らがいまやっている暴力による尋問。どちらが信じてもらえるかな」

「知るか」と、言い放ったレイチェルは銃口でフォードを指して言った。

「さっさと動け。次の質問、なんでこんなことを始めた？」

ファルキはふう、とため息をつくと歩きながら話し始めた。

「きっかけはＣＲＩＳＰＲ《クリスパー》の適用度を調べるためのマーキングだった」

「聞いてるよ」とレイチェル。「代理母に産ませたイグナシオに人体実験をしたんだろう」

「人体実験？」

ファルキは立ち止まり、不本意そうに顔をしかめる。レイチェルは歩くように促しながら言った。

「遺伝子に印をつけて遺伝子編集を試したんでしょ。あいつの喘息とか癌はそのせいじゃないの？」

「ああ、そのことか」ファルキは再び歩き出しながら落ち着いた様子で言った。「確かに、免疫系のノックアウト処置は彼の健康を損なった可能性はあるな。だが、君はその恩恵を受けているぞ」

「恩恵ね」

吐き捨てるように言ったレイチェルをファルキは振り返る。

「君は第二世代のＭＨＳだったな。二千五百二十一種のアレルゲンに対して有害な抗原抗体反応が出ないように設計されている。食物アレルギーも花粉症もないし、シンナーやマシンオイルにかぶれたこともないはずだ。免疫とは関係ないが、虫歯もない。セレージャのDNAマーカーを用いた後天的遺伝治療の成果だよ。感謝の言葉ぐらい欲しいところなんだがな」

「な――」

顔をこわばらせたレイチェルが絶句する。迫田も呆れてなんと言っていいかわからなくなってしまった。だが〈メガネウラ〉を回収していたトーマが声をあげた。

「ファルキ博士、イグナシオさんは二〇一五年生まれ。レイチェルさんたち第二世代は二〇二一年に生まれています。あなたは、六歳のイグナシオさんに人体実験を行った、と言っているんですよ。間違いないですか?」

ファルキは足を止めて、トーマの顔を覗き込む。

「なんと、君もMHSか。兵士じゃないMHSは初めて見たぞ。君は何歳だ」

興奮したファルキにトーマが怯《ひる》む。

「質問してるのは僕ですよ。どれだけの人体実験を繰り返して、人のようなもの《シングズ・オブ・マン・カインド》を生み出したんですか」

「マン・カインドか……確かにその言い方のほうがしっくりくるな。だが、人体実験は誤解だ。セレージャは感謝していたぞ、あれは――」

ファルキが言葉を継ごうとした時に、レイチェルが吠えた。

「伏せろ!」

声が迫田に届いたとき、すでにトーマはファルキの足元に飛び込んで両脚を抱え、レイチェルはファルキの襟首を摑んで後ろに引き倒していた。足を踏ん張ることのできなかったファルキは人形のように後ろに倒れ込む。

自分も地面に倒れ込みながら、迫田は二人の動作に目を見張った。訓練を繰り返して得られるチームワークとはまるで違っていた。まるでシャツのボタンを留める時のような、考えずに行う自然な動作だったのだ。これもMHSの能力だろうかと思った迫田の耳に、銃声が届いた。

頭上で風切り音が変化する。ファルキの頭部があった位置に水蒸気の筋が走った。軌道を変えた曲《ステ》射弾《ア・ビュレット》の飛行機雲だ。

「曲射弾《ステア・ビュレット》！　狙いはファルキだ！」

迫田は叫んだ。地面に引き倒したファルキの致命部位《バイタルエリア》を狙うのは困難だ。しかし、最大で十度曲がる曲射弾《ステア・ビュレット》なら、水平射撃でも致命傷を与えられる。もちろん迫田の声を待たずにレイチェルは反応していた。

ファルキの下敷きになったトーマの襟首を摑んで持ち上げ、ファルキに覆い被せる。トーマを肉の盾にした格好だ。

「おい、トーマが――」と、抗議する迫田の声をレイチェルは遮った。

「曲射弾《ステア・ビュレット》なら付随被害《コラテラルダメージ》は考えなくていい」

なるほど、と迫田は納得した。曲射弾《ステア・ビュレット》は丸腰の市民であるトーマを避ける。だが、武装したレイチェルの身体なら貫通させてファルキを狙うことを躊躇《ためら》わないのだ。トーマはその理屈を理解したらしく、ファルキに抱きついて尋ねた。

「どこから撃たれてます？」

レイチェルがフォードの右を見つめると、トーマがさらに尋ねた。

「フォード基準に〇・六？」

「〇・六七かな」

謎の数字に迫田は苛立った。

「なんだよ、その数字！」

「角度です」トーマは人差し指でフォードを指し、それをレイチェルが見た方向に動かした。「弧度《ラジア》法《ン》です。度で言うと三十八・二三。時計だと一時――見えました」

迫田はフォードの脇に目を凝らす。二つの人影が見えた。

パニックに陥ったファルキはトーマの腕の下を潜り抜けようとした。

「ファルキさん、地面に伏せて」

「どけ、殺されるだろうが！」

「動かないで！」

レイチェルの制止は間に合わなかった。

銃声と曲射弾《ステア・ビュレット》特有の風切音が同時に響き、ファルキの頭が赤い霧に覆われる。早朝の森に湯気が立ち、吹き出した血液で落ち葉が濡れた。その音が森のざわめきに染みて消えていく。その沈黙が迫田にファルキの死をはっきりと知らせてくれた。

痙攣を止めたファルキをトーマは見つめ、膝をついて上体を起こした。

「ばか、やめろ」と迫田は制止したが、トーマは両手をあげて冷静に言った。

「公正戦用の武器ですよね」

「そうよ」と、言ったレイチェルはFAR－15を地面に置くと、両手を高く挙げて立ち上がる。「ジェイクも立って」

迫田も渋々体を起こした。立ち上がると、森の陰から二人の男がこちらに歩いてくるのがわかった。自動小銃を構えた背の高い男と、その横を弱々しく歩く男性だ。一眼で、迫田にはそれが誰なのかわかった。ニューヨークで査問を待っているはずのイグナシオと、その部下のカミーロだった。

「なんでここにいるんですか」

イグナシオは、喘《あえ》ぎながら両腕を広げた。

「兄弟《チェー》、久しぶりだってのにずいぶんな言いぶりだな。しかし、ファルキを撃ち落としてくれて助かったよ。おかげでだいぶ簡単になった」

レイチェルが吐き捨てるように言った。

「利用しやがったな」

イグナシオは唇の端を上げて笑った。

「君は感謝すべきだよ。拷問するところを止めてやったんだから」

「するか」

レイチェルがそっぽを向くのをおかしそうに見て笑ったイグナシオは、ポケットから取り出した葉巻に火をつけてゆっくり吸い込むと、ファルキの死体を見下ろした。

「死んだね」

「あなたが殺したんですよ」

呆れた迫田がそう言うと、イグナシオは葉巻の灰をファルキの体に落とした。

「その通りだが、生きているべきだったのか？」

「当然です。彼には話してもらわなければならなかったんです。ノーコメント、でもよかった」

自分で口にした迫田は、失ったものの大きさに改めて気づいた。

全てを知る人物がいなくなってしまったのだ。

物的な証拠は揃えられる。レイチェルでもトーマでも、民間軍事企業〈グッドフェローズ〉の公正戦要員でも〈COVFE《コヴフェ》〉のスタッフでもいい。DNAを解析すれば、ヒトが進化の過程で獲得したことのない遺伝子が見つかるはずだ。丹念な調査を行えばSATを用いた選抜と〈P《ピー》&Z《ズィー》〉の行った遺伝子編集も、ロビイングも判明するだろう。

しかし動機はわからない。

安価なドローンの登場で始まりかけていた機械による戦争を終わらせるために人類が選んだ解決策、生身の人間が戦場に立つ公正戦に、人ならぬスーパーヒューマン、マン・カインドを立たせた人物から、その始まりを聞き出す機会が永遠に失われたのだ。

迫田の認識を嘲笑《あざわら》うように、葉巻の煙に顔を包ませたイグナシオは言った。

「わたしがいるだろう」

「ファルキの口を封じたあなたに、その資格はありません」

イグナシオは、ふむ、と頷いて顎に手を当てた。

「それもそうだな。ところで、これからどうする？」

レイチェルが〈タワー・ドネルソン〉を顎で指した。

「もうすぐ〈アルバトロス〉の位置情報を追いかけて警備員たちがやって来る」

目を細めたイグナシオは、ニードルの足元を覆う森の奥を透かすように見つめた。

「確かに、そろそろそういう時間だな。何分隊でやってくる？」

ドローン観測を層化視《クシュヴ》で確認したのか、ちらりと視線を動かしたカミーロが森を凝視した。ORGAN用の層化視《クシュヴ》インターフェイスで、ドローン観測した警備員を肉眼の視野に重ねて、対応する方法を検討しているのだろう。

「五分隊……というには、指揮系統が乱れていますね。多目的装甲車《AMV》が七台に、〈マスチフ〉が二十台。総勢九十名です。タワーの警護に必要な分だけ残して、全員でこちらに向かっているようです」

「素人のサッカーか」

イグナシオが嘲笑うと、レイチェルは皮肉をまぶした口調で言った。

「自首する度胸がないなら、突き出してやろうか」

「勘弁してくれよ。わたしたちは帰らなければならないんだ」

意外な答えだった。迫田は問いただすことにした。

「ニューヨークに戻るんじゃないのか？」

「用は済んだ。〈テラ・アマソナス〉に帰るんだ。次の防衛戦があるからな」

「そんな話があるんですか？」

「まだない」イグナシオは歯を見せて笑った。「市長を焚き付けてさんざん挑発してるんだが、ブラジルもペルーも乗ってこなくて困ってるんだ。国連の査察を無視したら乗ってくれるかな」

迫田はイグナシオの真意を確かめようと彼の顔を見つめたが、ゲバラの不敵な笑みに阻《はば》まれてしまった。

イグナシオが言うように、ブラジルやペルー、コロンビア政府が前回の結果を踏みにじって侵攻する理由はないが、仮にそうなったとすれば兵力が限られる〈テラ・アマソナス〉は圧倒的に不利な立場に置かれる。前回は公正戦に引きずり込んで詐術に近い作戦で勝利を収めたが、正規軍の力押しに遭えば〈テラ・アマソナス〉に勝ち目はない。

何らかの方法で再び公正戦に持ち込めなければ自殺するのと変わらない。

「勝ち目なんてないでしょう。市長を巻き込んで、何がしたいんですか」

「勝つからいいのさ。ところで君たちはどうするつもりだったんだ」

迫田は南を指さした。

「幹線道路に出る予定でした。十キロも走れば〈タワー・ドネルソン〉の自治領域の外に出るし、昼間なら昨日のような襲撃もしてこないでしょう。インタビューが終われば、ファルキは解放する予定でした」

「インタビュー？　拷問の間違いじゃないのか？」

墜落した〈アルバトロス〉に顎をしゃくったイグナシオが小馬鹿にしたように笑う。レイチェルは両手をあげたままイグナシオに詰め寄った。

「戦犯のあんたと一緒にするな。こっちは尋問の訓練ぐらい受けてんだ」

「ひどい言われようだが、そろそろお暇《いとま》するよ」

イグナシオが背を向けようとすると、レイチェルが一歩前に出た。

「最後に一つ聞かせろ」

イグナシオは首を横に倒して、どうぞと促した。

「あの慰謝料は、ファルキを殺すための経費の一部だったというわけ？」

「違う」

イグナシオは、短く、強い言葉で否定するとレイチェルに向いて背筋を伸ばした。

「ジャスパー・ジョーンズ、ロザリンド・サイード、ハオラン・イ、ユリア・アロシュ、ポール・マニマ、ジョージ・ヤコブソン。この六名の命を奪ったことは、心から悪かったと思っている。家族と、仲間だった君に心から謝罪したい」

イグナシオは胸に手を当てて頭を下げる。予想していなかったのか、レイチェルは目を泳がせてから問いただした。

「いまのは……本心から？」

「もちろんだ」顔を上げたイグナシオは、じっとレイチェルを見つめた。「君にも謝罪したい。命を与えたことをわたしは深く後悔している」

言葉の意味が染み通ったところで、レイチェルが顔色を変えた。

「母親づらはやめて」

「全くその通りだ。恨んでいいぞ」

イグナシオはそう言うと、迫田の背後で手を上げていたトーマに顔を向けた。

「ところで、君は？」

「トーマ・クヌートです。〈コヴフェ〉の社員です」

イグナシオの顔から皮肉な笑みが消えた。ＭＨＳだという表明はなかったが、イグナシオには伝わったのだろう。顎に手を当て、いままで一度も見たことのない真剣な表情で考え込んだイグナシオは、ゆっくり単語を区切って、確かめるようにトーマに聞いた。

「あの〈コヴフェ〉か？　マルシャ・ヨシノが創業して、若い天才を集めているという量子コンピューティング企業か？」

「自分が天才だとは思いませんが、入社試験は難しいですよ」

しばらくトーマを見つめていたイグナシオは、短いため息をついた。

「なるほど、そういう集まり方か。考えてもみなかったな」

イグナシオはトーマに握手を求めた。

「な、何ですか」

トーマは後退《あとじさ》ったが、イグナシオはその手を取って握った。

「会えてよかった。会社に帰って社員の皆さんに謝ってくれ」

イグナシオはそう言うと、カミーロに声をかけた。

「そろそろ帰るとしよう。警備員は？」

「あと三分で、彼らの索敵範囲に入ります」即答したカミーロは、グリップを握っていない方の腕を迫田たちに差し伸べた。「サコダさんたちの退避する時間を考えると、すぐに動いたほうがいいですね」

頷いたイグナシオは、迫田たちに手を振った。

「そんなわけで、もう行くよ。また会おう」

イグナシオは森に向かってゆっくりと歩き始めた。その後ろを、カミーロが百式《バイシ》を構えて後退っていく。二人の姿はすぐに森の中に消えてしまった。

「わたしらもすぐに動こう」

迫田は、地面に置いたFAR‐15を持ち上げたレイチェルに尋ねた。

「警備員が来るまで待って、イグナシオのことを伝えとくか？」

「意味ないよ」と、レイチェルが首を振る。

「そうか、そうだな」

「そうそう。銃がぶっ放せるって理由で集まったゴロツキだ。理屈は通じないし、わたしだってドローン撃ち落としてるんだし」

レイチェルは墜落した〈アルバトロス〉を指さした。

「こいつの外部カメラとファルキの層化視《クシュヴ》ストレージに、イグナシオがやったことが一部始終記録されてるよ。さっさと逃げよう」

迫田はフォードの運転席のドアを開いて乗り込んだ。

「わかった、ここを離れよう——どうした？　トーマ」

握手をした後、ずっと立ち尽くしていたのだ。

「あれはなんだったんですか？」

「何が？」

トーマはイグナシオに握られた手をじっと見つめた。

「彼が仲間に謝ってくれと言った時、僕も心の底から済まないと思ったんです」

17

出社したマルシャ・ヨシノは、バックパックをカフェテーブルの下のカゴに投げ入れた。テーブルの表面はテンダーロイン地区がサンフランシスコ市街で最も治安の悪かった頃に、客がヘロインをかき集めるために使った剃刀の掻き傷で曇っている。マルシャはそのテーブルに層化視《クシュヴ》の共有ワークスペースを展開して、厚さ十五センチメートルほどはありそうなファイルフォルダーに目を見張った。層化視《クシュヴ》のガジェットなのでどんな見た目にでもできるのだが、ほとんどのスタッフは、資料の量を紙束の厚さに反映させるウィジェットを選ぶ。航空機のマニュアルを思わせる分厚いファイルフォルダーは、アン・ホーが目を通した資料が広範囲にわたっていることを示しているのだ。

マルシャは、ソファーで仮眠をとっているアン・ホーに感謝の念を込めて頭を下げた。

昨夜未明、トーマから資料を受け取ったマルシャは、寝ていたアン・ホーに頼んでその裏を取ってもらった。その成果が、厚さ十五センチメートルのファイルフォルダーというわけだ。

フォルダーを開いたマルシャは「ＭＨＳ——人類修正基準《モディファイド・ヒューマン・スタンダード》」と書かれた表紙に手を押し当てて、天井を睨んだ。

「オペレーター、非ネガティブ《N》格子《M》推定《F》——じゃなくて、潜《L》ディリクレ《D》分布割り当て《A》で分類して。資料《ノード》に時系列と公共度、事実スコアの次元を追加、関連《エッジ》に事象の依存ベクトル、時系列ベクトル、人的関連ベクトルの次元を追加します」

《はい、直ちに実行します》

短い返答が聞こえた瞬間、マルシャの手元で扇形にばらけた資料が互いに線で結ばれて、曇ったテーブルの表面で平面写像された球状のネットワークを描いた。マルシャはテーブルの縁を撫でてさらに指示を出した。

「ノード次元を円筒空間に極座標で写像。テーブルの表面スワイプでノード次元、円周のスワイプでエッジ次元を操作できるインターフェイスを追加」

《ネットワークの写像を行い、インターフェイスを追加しました》

マルシャは右手をテーブルの表面に置き、左手で縁を撫でる。テーブルに沈んだように描かれる膨大な書類の群れは、わずかに指先を動かすだけで渦を巻くようにその位置を変えていく。さて、と姿勢を正したマルシャの背後で、アン・ホーが大きなあくびをして体を起こした。

「おはようございます、資料は大丈夫でしたか？」

普段は自信たっぷりに仕事をひけらかすアン・ホーだが、そのらしくない態度にマルシャは気を引き締める。それだけの内容ということなのだ。

「ありがとう。大変な分量ね。事実確認に使ったモデルは？」

「GQG（グローバル・キュビット・グレイシャー）の二〇一五年から二〇四五年までです」

「ワーオ」

口笛を吹けるといいのに、とマルシャは思った。アン・ホーが口にしたのは、インターネットを通過した全てのデータをエクサ級の量子ビットに格納した世界最大級の資料モデルだ。モデルの利用料と、それを参照するための高速量子プロセッサー群を使う費用は百万ドルを超える。

アン・ホーは、小さなベンチャー企業なら一年間やりくりできるだけの資金を資料の裏取りにぶち込んだわけだが、その程度で済んだのは、三十平方メートルの小さなオフィスに月二十万ドルもの家賃がかかる量子の丘《クオンタムヒル》にオフィスがあるからだ。加速器と光コンピューターがひしめく量子クラスターのネットワークに接続できない企業は、量子オペレーターに数十倍の費用を支払う必要がある。

「それで、アン・ホーの見解は？」

円筒形の写像空間に、座標のくぼみを追加して即席レンズに変えたマルシャは、空間の中心にサコダ記者の樹状メモを固定して、ほとんどの葉状メモから、事象関連度を示す薄水色の線が資料に伸びていくのを確かめた。

「おれは非線形楕円格子で焼きなまし《アニーリング》ましたが、ほとんど同じ結果になりました。サコダ記者の送ってきた資料は、裏が取れると見ていいと思います」

もどかしそうなアン・ホーの声。マルシャは迫田の樹状メモをネットワークから取り出すと、父の盆栽と似た形に整形してテーブルの上に立てた。

「仕方ないよ。事実なんだよ、全く現実味がない話だけど」

「ええ、しかし……」

拳を握りしめたアン・ホーに、マルシャは「わかるよ」と囁いた。マルシャ自身、トーマから遺伝子編集の話を聞いたときは激怒したのだ。だが、そのときは事態の全てを受け止め切れてはいなかった。

最大シェアを持つ製薬会社が体外受精《IVF》で遺伝子編集を行い、スーパーヒューマンを誕生させていたという。生まれた子供はそれぞれの家庭で育ち、時期が来ると公正戦の兵士としてリクルートされていくのだという。プロジェクトが始まったのは二〇一七年。当時の遺伝子編集技術を考えれば恐ろしく先進的で、そして非人道的なプロジェクトだった。

想像すら困難な話だが、それでいて書かれていることが事実で、自分のことだとマルシャにはわかっていた。

世界中から集まってきた秀才揃いの同級生をはるかに凌駕していた数を扱うセンスや、〈ソルダム〉なしで大量のインプラントを挿入できる体質、赤外線が見える若いスタッフたちの話は、全て〈コヴフェ〉にも当てはまる。意識を分割できる能力はよくわからないが、ゾーンに入っている時のアン・ホーやトーマが、自分には真似のできないマルチタスクをこなす姿は何度も見てきた。

レポートには書いていなかったが、骨張った指の浅黒い肌や、蒙古襞《もうこひだ》のないアーモンド型の瞳、軽い絹糸のような細くうねった髪の毛――インド・ベンガル系の人種的な特徴を備えているマルシャが、平らな顔と真っ直ぐな黒い髪の毛を持つ日系アメリカ人夫婦から生まれた理由も、この忌まわしい計画の賜物《たまもの》なのだろう。

今朝、連絡をくれたときにトーマは「マン・カインド」という言葉を使っていたが、人類の一種、という意味を込めたその言葉は妙にしっくりときた。

――わたしたちは、違うのだ。

だからどうする、というところが考えられない。

〈コヴフェ〉は、迫田記者に裏取りをしたことを伝えて記事の執筆を助けることになるのだろう。だが、両親にどう伝えるのか、社会にどんな声をあげていくのか、何よりも自分がどう受け止めていいのかまだわからない。

「じゃあ……まとめるか。オペレーター、まず年表を作って」

テーブルの上で樹状メモが下の窄《すぼ》まった円錐状に変形すると、マルシャが手元に用意したリーガル用紙のウィジェットに、二〇一五年のイグナシオ誕生を起点にした出来事がずらりと並ぶ。あっという間に一枚目の用紙が埋め尽くされて、リーガル用紙が増えていく。最後の出来事が記されたとき、用紙は十六枚になっていた。マルシャはイグナシオの誕生直後に記載されている、ファルキの論文発表に指を当てた。

「オペレーター、同程度の重要性の項目を削除して一枚にまとめて」

リーガル用紙に書かれた項目がずるりと動いて、年表には第四世代までの誕生年や、二〇三七年に始まった〈グッドフェローズ〉へのリクルート、〈コヴフェ〉の創業など、人に関係したものにまとまっていく。よし、と頷いて用紙を眺めたマルシャに、アン・ホーが首を傾げた。

「なんで六次元のネットワークを二次元に写像するんですか」

マルシャは苦笑した。確かに紙に書いた年表は情報量が格段に減ってしまう。

「呉鈴雯《ウーリンウェン》に相談するためよ」

「ああ」と、アン・ホーが納得する。

スタッフたちにも信頼されている呉鈴雯だが、数学や情報理論に明るいわけではない。三次元を超える情報ネットワークをそのまま整理できるマルシャたちには不要な単純化だが、呉鈴雯に読んでもらうには必要な作業なのだ。

「手伝いましょうか」

アン・ホーの肩に六本のマニピュレーターがふわりと浮かんだ。資料に書いてあった分岐意識だ。

「わたしもやってみたい」

マルシャが言うと、アン・ホーが左目を少し細めた。難しいことを言う時の彼の癖だ。いま彼が懸念していることはわかっている。

「わたしだとできないかもって気にしてるんでしょう」

アン・ホーはマニピュレーターで頬をかいた。

「……ええまあ、そうです」

「いいのよ。できなきゃできないで。どこから始めるといい？」

「層化視《クシュヴ》の工芸ウィジェットの中から、クラフト固定肢を探してください」

マルシャはウィジェットの一覧を出してアン・ホーが言ったものを検索して、三つの関節と六本の指をもつマニピュレーターを見つけた。層化視《クシュヴ》のVR空間に本の形をした資料や、VRフィッシング用のルアーなどを固定するためのウィジェットだ。

「精密作業用の腰づけ固定肢？」

「それです。右腰につけてください」

言われた通りにマニピュレーターの根本を腰に当てると、六本の指が右手の指先に重なった。

「右手で資料を摘みます」

マルシャは言われたように、右手で年表を摘み上げる。このまま同期をオフにすると、年表を空間に固定できるのだが、アン・ホーはちょっと違うことを言った。

「年表を空間に固定するイメージを強く持ったまま、右手で他の資料に触れてください」

「え？」と聞き返しながらも、マルシャは右手をテーブルの表面に下げようとする。当然ながら、筋電位インプラントが伝える信号で同期した固定肢は、年表をテーブルの表面におろしていく。

「年表を動かさないで」と、アン・ホー。

「動いちゃうって」

「いや、できます」

アン・ホーは自分の肩に生やしたマニピュレーターで年表を押さえた。触れた感覚こそないものの、そのマニピュレーターの動作で固定肢の動きは止まり、ゆっくり下がったマルシャの手はテーブルの表面についた。カミソリで掻いた傷が人差し指に触れているのがわかる。アン・ホーは自分のマニピュレーターを年表の少し上に掲げた。

「年表をおれに渡してください。テーブルに置いた手はそのまま」

今度は上手くできた。右手をテーブルにつけたまま、固定肢は年表を高く掲げていく。アン・ホーがマニピュレーターで年表を受け取ると、固定肢を下げて、別の資料をテーブルの中から摘み上げてみた。右手を一切動かさずに。

「できるんだ」と、思わずつぶやいてしまったが、マルシャはもうわかっていた。

マルシャは固定肢で拾い上げた資料を空間にピン留めすると、右手でテーブルの縁を撫でて別の資料を探り出した。明らかに、二つの意識が共存しているし、複数の資料を同時に「見て」いることにも気づいた。

全く初めての体験、というわけではなかった。

〈コヴフェ〉を創業した頃、量子アルゴリズムを練り上げているときいつの間にか複数のワークスペースで作業を進めていたり、料理をしながらメッセージを書き上げていたりすることはあった。オフィスの空間と一体化したかのような自分が、複数のデスクで仕事をしていたようなこともあった。

「すごいね、これ」

マルシャは、固定肢に仕事をさせながらスツールに深く腰掛けて時刻を確かめた。

「あ、もうそろそろ呉鈴雯が来る。十時の約束なの」

「おれも手伝いますね」

アン・ホーも、スツールを一つ持ってきて腰掛けながら、六本のマニピュレーターで必要そうな資料をより分けていく。どうやらマニピュレーターを二本一組にして、三つの意識で同時に操っているらしい。肉体を操っている本人は、テーブルに肘をついて作業が進むのを見守っている。

「昨夜練習したの？」

「ええ」とアン・ホー。「自分と話をすることもできましたよ」

「さすが第四世代。五世代目とか、どうなっちゃうんだろう」

「この先は資料がありませんでした。イグナシオ氏が、ファルキ博士のところを離れたせいでしょうね」

マルシャに顔を向けたアン・ホーが、普段より幾分かゆっくりとした口調で言った。返答もピントがずれている。マルシャは、目にも止まらぬ速さで資料をより分けていく三対のマニピュレーターに目をやって言った。

「さすがに、ちょっと鈍くなる？」

「ええ」アン・ホーはぼんやりとした顔で笑った。「意外と、話す負荷が高いです。そういえば、もう十時ですね」

アン・ホーが通りに目をやったところで、オフィスのドアが開いて、呉鈴雯が入ってきた。

「おはよう」

マルシャは挨拶したが、腰に手を当てて仁王立ちになった呉鈴雯は人差し指をマルシャに突きつけた。

「あのねえ、ドローンを撃墜する三人を弁護しろってどういうこと――」

呉鈴雯は、そこで言葉を途切らせて目を剝いた。オフィスの層化視《クシユヴ》に接続して、マルシャとアン・ホーのマニピュレーターに気づいたのだろう。

「あなたたち……何してるの？」

マルシャは出迎えるために立ち上がりながら、分岐した意識を使って固定肢で資料を振ってみせた。アン・ホーは「おはようございます」と挨拶をしながら、六本のマニピュレーターを忙《せわ》しなく動かしていた。

マルシャはまとめていた層化視《クシユヴ》の資料を呉鈴雯に手渡した。

「わかった。撃墜の件は、だれかやってくれそうな人を探す？」

「いいよ。さっきのは冗談」

「大丈夫なの？」

あっさりした答えにマルシャが尋ねると、資料を受け取った呉鈴雯は肩をすくめた。

「下手すると裁判にもならないんじゃないかな。あの手の独立市って、他の州の法執行機関と連携するのがあんまり上手くないのよね。証拠の保全もろくにできないし。今回は遺族もいないみたいだし、立ち消えになると思う――ごめん、ちょっと、これ……」

何枚か資料をめくったところで呉鈴雯《ウーリンウエン》は顔色を変えた。マルシャの腰から生えている、他の生き物のように動く補助肢を見つめる。

「それが……」

「そう、ゼペット・ファルキがやった遺伝子編集。私やアン・ホーは二つの意識を同時に持つことができる」

資料の残りにざっと目を通した呉鈴雯は、頷いてマルシャに顔を向けた。

「戦うんだね」

マルシャは頷いた。

〈P&Z《ピーズィー》〉には責任をとってもらわなければならない。情報を完全公開させ、可能な限りの治療と慰謝料を出させる。ファルキがいなくなったいまとなっては、怒りをぶつける先もない。だけど自分が怒っていることを表明してもいいはずだ。

「どこから始めればいいかわからないけど、手伝ってくれる?」

呉鈴雯はマルシャの手を握った。

「もちろん」

マルシャがその手を握り返そうとしたとき、通話を申し込む通知が入った。

「トーマからだ。どこにいるんだろ、音声だ」

どうぞ、と手を離した呉鈴雯の前でマルシャは手を受話器の形にして顔の横に掲げた。すぐにトーマの声が聞こえてくる。

「マルシャさん、手短に伝えます」

トーマの音声の背後から、誰か——おそらくサコダ記者であろう人物が何かを問いただすような声が聞こえてくる。

「どうしたの？」

「開戦です」

「どことどこが？」

思わず聞いてしまったが、当事者の半分はわかっている。迫田の取材メモには、イグナシオが開戦に引き摺り込もうとしているという話があった。それが実現したのだろう。焦るトーマの声はマルシャの推測を裏付けた。

「第二次〈テラ・アマソナス〉防衛戦が行われることが決まりました。〈テラ・アマソナス〉がサコダさんを報道に呼ぶことにしたんです。僕も行っていいですか？」

「いつ？」

「四日――いや三日後です。サコダさんも慌てていました。慰謝料を配るのは戦争が終わってからにするそうです」

マルシャは天井を仰いだ。それだけ時間がないと、迫田が記事を仕上げるのを待つこともできないし、遺伝子編集を糾弾するためのアクションも間に合わない。何をやったとしても、遺伝子編集に手を染めていたイグナシオが、遺伝子編集された兵士を相手に戦うというインパクトの前にはかき消されてしまうことだろう。はっきりしていることは一つだけ。

イグナシオに先手を取られたのだ。

マルシャはため息混じりに言った。

「……わかった。サコダ記者に伝えて。必要なものがあれば何でも言ってちょうだい」

第二次アマソナス防衛戦

18

　ホテルの中庭に置いてもらったテーブルで仕事をしていた迫田は、向かいに腰掛けているトーマが、花畑のように七色のマーカーで彩った契約書の束を差し出しているのに気づいた。層化視《クシュヴ》に描かれたVRウィジェットだが、〈コヴフェ〉が用意してくれた高速衛星通信がサンフランシスコのレンダーファームと繋いでくれるおかげで、紙の一枚一枚の微細な光の透過と影も再現されているし、紙を模した資料を乗せたトーマの指にも、日射しを透かす紙を再現した設　地　影《コンタクトシャドウ》が描かれていた。

「サコダさん、最新の公正戦協定です」

　迫田は冒頭の当事者条項《パーティークラウズ》に目を走らせて、二時間前に見たバージョンから変わっている部分を確かめた。

「ペルーとコロンビアは抜けて、ブラジルの記載順が下がったな」

「そうみたいですね」とトーマ。「侵攻側が〈グッドフェローズ〉、防衛側が〈テラ・アマソナス〉

という構造が鮮明になりました。変更点をざっと指摘しておきますね」

テーブルの向かいで、迫田と共有している協定書類を見ていたトーマがペンを走らせると、紙の端に付箋《ふせん》が飛び出してくる。この三日間、弁護士陣を擁する〈グッドフェローズ〉が発行してきた資料に埋もれそうになっていた迫田は、トーマに資料の整理を頼んでいた。ジャーナリストではないトーマだが、全米トップの大学をなんの苦労もなく卒業したというだけあって、論理的な思考力に問題はない。一つ目の付箋がつけてある前提条項《プレアンブル》を開くと、トーマが説明してくれた。

「国家が抜けたことで、交戦目的から領土の返還がなくなりました。主な目的はイグナシオの身柄引き渡しと、前回の交戦結果の取り消しです」

説明しながらも、トーマは肩から生やした三対の付属肢をまるで異なる生き物のように動かして、記事を自動生成するための背景資料を次々と積み上げていた。植え込みの奥に広がる庭では、トーマのアバターが撮影に使う〈メガネウラ〉と、ORGAN用の戦場観測ドローン〈眼蜂《アイズビー》〉のチュートリアルをこなしている。MHSの多分岐意識《マルチ・ブランチト・コンシャスネス》を使えるようになってまだ三日だが、完全に自分のものにしてしまっているらしい。

トーマはすばやく資料をめくると、ページのほとんどが赤いマーカーでコンフリクトを伝えている二十ページ目を、迫田に向けた。

「交戦の目的はこれで合意に至るようですが、細かい条件が決まってないですね」

「どれどれ、やっぱり有効期間か」

迫田は交渉の履歴を確かめて苦笑いした。

第二次〈テラ・アマソナス〉防衛戦の勝利条件は、侵攻側が戦争犯罪を行ったイグナシオを確保できるか、防衛側がそれを防げるかどうかに絞られていた。

宣戦布告からの三日間、〈テラ・アマソナス〉の市長マルティネス・ゴウと〈グッドフェローズ〉の弁護士は何度も打ち合わせを重ねて、昨日の午後に戦場を決めた。アマゾン川とジャヴァリ川の合流地点にある、差し渡し四キロメートルの三角州にイグナシオが陣地を置き、〈グッドフェローズ〉が攻め込む形式だ。いま揉めているのは、戦闘の期間だ。侵攻側の〈グッドフェローズ〉は長時間戦いたいし、〈テラ・アマソナス〉側は逆の方がいい。どちらも譲りたくないところだが、開戦は明日に迫っているので今日の夕方までには何らかの結論が出る。

ただ、二十四時間でもイグナシオが不利なことに変わりはない。前回、イグナシオは心理戦でジョーンズ分隊を陥れたが、今回は同じ手は使えないし、イグナシオの元にＯＲＧＡＮ兵と同等の力を持つ兵士がいることも知られている。

イグナシオに勝ち目はない。それなのに、イグナシオは戦いを望んだのだ。

迫田は資料を畳んで、サンフランシスコから送られてきたメッセージをトーマに渡した。

「おれのエージェントが送ってきた情報だ。〈グッドフェローズ〉はＯＲＧＡＮを八分隊派遣したらしい。実際に入るかどうかはわからないけどな」

メッセージに関連情報を紐付けたトーマは「そうか」と頷いた。

「派遣されてくる分隊長で、ベテランはマリオ・ガルシア中尉だけですね。残りは年少リーダーです」

それが——と、聞き返そうとした迫田だがすぐにトーマの言いたいことに気づいた。〈グッドフェローズ〉は若い、性能の高い兵士を集めたのだ。

「なるほど、わかっているわけか」

迫田はその違いをカメラに収める方法を考えながら、自分の関係する報道条約を確かめた。

「報道条約はもう動きそうにないな。〈グッドフェローズ〉の報道機関は〈シカゴ・ベア〉で決まりか。ネットは？」

今回の防衛戦はイグナシオが国連で行う予定だった弁明を拒否したことで国際的に注目が集まっていた。〈サン〉は迫田にネットワークの負荷が高い層化視《クシュヴ》対応のVR中継を要求していたが、その辺りの事情は対抗する〈シカゴ・ベア〉も同じだろう。

「〈コヴフェ〉が提供してくれた成層圏ネットワークに相乗りするようです」

「なるほど、合理的だな」

高高度バルーンを使う成層圏ネットワークの帯域は太い。何社か相乗りしても不足することはないだろう。満足した迫田が契約書を閉じると、重いローターの音が聞こえてきた。ワークスペースを畳んで庭を見渡すと、小型自動車ほどもあるコンテナを吊りさげた大型ドローン〈ペリカン〉が二機、ホテルの赤い屋根瓦を越えてくるところだった。ドローンが中庭にコンテナを下ろすと、ホテルの門の方からレイチェルが姿を現した。

「〈マスチフ〉が来たの。受け取りをお願いしていい？」

レイチェルは共有ワークスペースに受け取り票を投げ込むと、コンテナに飛び乗って〈ペリカン〉と結びつけているナイロンのハーネスを外し始めた。

「了解しました。〈マスチフ〉二台ですね」

トーマが付属肢で挟んだ受け取り票の内容を確かめて〈コヴフェ〉の権限で確認ボタンをタップす

ると、ハーネスを解いた〈ペリカン〉が再び浮上する。二台の〈マスチフ〉は、〈コヴフェ〉が買い取って迫田とレイチェルに貸し出す機材だ。〈ペリカン〉は来た時と同じ重々しいローターの音を響かせてホテルの建物を越えていった。

迫田とトーマが〈ペリカン〉を見送っていると、コンテナの上からレイチェルが声を張り上げた。

「トーマ、コンテナのロック解除して！」

「あ、ごめんなさい」

トーマが付属肢を操った。どうやらコンテナの封印までは外していなかったらしい。レイチェルが飛び降りると、コンテナの前面が手前に倒れ、脚を畳んだ姿勢で宙吊りになっていた〈マスチフ〉がゆっくりと床に降ろされる。〈マスチフ〉の表面を覆う六角形の光学迷彩パネルが明るい紫色に輝いた。覆われていないシリンダーや座席は、一段暗い紫色で塗装されていた。

「うわ、ケバい」

レイチェルが顔をしかめるが、迫田は満足して頷いた。

「注文通りだよ」

「イグナシオのオーダー？」

いいや、と迫田は首を振る。

「間違っても、撃たれるわけにはいかないからな。トーマ、〈マスチフ〉の写真撮って、塗装の特徴モデルを両陣営に送っといてくれないか」

「わかりました」

答えたのは、庭で〈メガネウラ〉のトレーニングをしていたアバターのトーマだった。庭の上空にいた〈メガネウラ〉が舞い降りると、紫の〈マスチフ〉を撮影して、再び上空へと戻っていく。今回は、双方ともにORGANを使うので、照準用のAIにジャーナリストとして学習してもらうのだ。

それを見送ったレイチェルは迫田を手招いた。

「ジェイクは〈マスチフ〉の初期化ね」

「わかった」

コンテナの中に入った迫田は、うずくまる〈マスチフ〉の装甲に手を当てた。輝きが走って展開した四本の脚がゆっくりと胴を持ち上げる。コンソールにはジェイク・サコダの文字が輝いていた。どうやら、これで初期化とパーソナライズが終わったらしい。あまりの簡単さに驚いていると、レイチェルが笑った。

「簡単でしょ」

「びっくりしたよ」

「これぐらい楽じゃないと、わたしたちに使えないし」

レイチェルは〈マスチフ〉の装甲を手の甲で叩いた。

「でも、戦闘以外で使うのは初めてだよ。ほんと助かる。会社にはお礼言っといて」

テーブルで資料の整理を続けているトーマが手を振った。

「いいんですよ。僕たちだって当事者なんですから。今後の活動も、お金のことは気にしないでください――と言われています」

レイチェルは首を振った。

「いいって。慰謝料の手間賃がたっぷり残るはずだし」

イグナシオに託された慰謝料は、ジョーンズ家に渡したきり手をつけていない。この第二次防衛戦が終わったらアメリカに戻って、二人で配ろうという話になっていた。迫田は、自分の〈マスチフ〉の座席にまたがってみた。

「ORGAN仕様の〈マスチフ〉は百万ドルって聞いたことがあるが、これはいくらかかった？」

「五十万ドルです」

「やっぱり、かかってるじゃないか」

「本当に気にしないでください。今回、一番お金がかかったのは取材の裏とりです。それに比べれば」

迫田は天を仰いだ。今回、〈コヴフェ〉のマルシャ・ヨシノは最大の量子レコードを使って、迫田の取材を補強してくれた。費用は答えてくれなかったが、一千万ドルはかかっているはずだ。もちろん、記事にして発表するためには調べて回らなければならないが、そこらの報道局を動員するよりも遥かに精度の高い資料を用意してくれた〈コヴフェ〉には頭が上がらない。

しかも、明日の報道ではその資料を裏付けに用いた記事を生成することもできるのだ。

「準備はおおむねできた感じだな」

トーマが頷くと、庭でホバリングしていた〈メガネウラ〉が飛んできた。古代トンボの名前をつけたそのドローンは、迫田が見たこともない速度でターンしてトーマの顔の横でぴたりと静止した。

「二機の〈メガネウラ〉は、もう手足のように動かせます」

レイチェルが口笛を吹く。

「ORGANの照準アプリも入れてある？」

「もちろん」とトーマ。「シミュレーションも重ねました。本職のようにはいかないと思いますが、二人を守るだけなら役に立てると思います」

迫田は二人の顔を見渡した。

「おれは記事を書いて配信するが、何かおかしいと思ったら全部伝えてほしい」

トーマとレイチェルは頷いた。今回、取材して記事を書くよりも優先させなければならないことがある。

「勝ち目のない戦いを始めたイグナシオは、絶対に何か狙っている」

迫田は戦場になる三角州の方向を見つめた。

19

カーテンの向こうで空気が動いて革靴の音が響いた。大股で、一歩一歩確かめるように歩いてきたのは〈テラ・アマソナス〉の若き市長、マルティネス・ゴウだ。

イグナシオは枕に埋もれていた首を起こそうとしたが、カーテンを回り込んできたゴウは「少佐、気になさらずに」と言って彼が顔を向けている方に立った。層化視《クシユヴ》のミーティングを終えて戻ってきたばかりらしいゴウは、市の特産品の、大麻《ヘンプ》で織った、ライムグリーン色のスーツに身を包んでいた。

「アメリカで使っていた薬の副作用だ。明日にはもう少し回復するよ」

イグナシオが、ぎりぎり会釈とわかる程度の動作で頭を下げると、ゴウは痛ましげに首を横に振って、顔の横に手を掲げた。

「医師から聞いていますが、本当に無理をなさらずに。最後の確認をしてほしくてお伺いしました。公正戦協定の最終版です。全権委任状にサインを頂きたいんですが――」

そこで言葉を切ったゴウは、自分の手を見て顔を曇らせた。

「少佐、まさか層化視《クシュヴ》が使えないんですか？」

「だいぶ前からコンタクトレンズが使えないんだ。メガネをとってくれないか」

うなずいたゴウが、ベッドサイドテーブルに置いてあるメガネを取り上げた。太いフレームのレーザー発信機から網膜に像を照射する、メガネ型の層化視《クシュヴ》ディスプレイだ。性能はコンタクトレンズと変わらないはずだが、メガネで見る層化視《クシュヴ》はコンタクトレンズで体験するよりもなぜか臨場感に欠ける。ゴウは、捧げ持つようにメガネをイグナシオの顔にかけてくれた。起動したメガネは層化視《クシュヴ》を網膜に描き出す。ゴウが先ほど掲げていた書類挟み《フォルダー》は宙に浮いたままだった。

「どうなった？」

「こちらの要求が全て通りました。交戦は二十四時間。フィールドも少佐が指定したエリアを全部使えます。あちらの勝利条件は少佐の身柄を押さえること。こちらは二十四時間、少佐を守り切れれば勝ちです」

「報道は？」

「こちらも一社にする件を呑んでもらいました。かなり抵抗されましたが、成層圏ネットワークの帯域も足りないので、納得してもらいました。向こうが選んだのは〈シカゴ・ベア〉です」

意外な回答にイグナシオは眉を跳ね上げる。

「大手だな。〈グッドフェローズ〉と関係があるのか？」

「いいえ、おそらく無関係です」

イグナシオはしばらく考えてから、口を開いた。

「メディアを巻き込んだ暴露を警戒して、無関係なところを選んだということか。好都合だな」

「そうですね。〈フリーダムボイス〉あたりが来ると、インタビューが成立しません」

イグナシオは苦笑した。〈フリーダムボイス〉は、アメリカの自由領邦側で内戦を煽っていたメディアの一つだ。内戦が終わって十二年も経っているし、〈コヴフェ〉のような事実確認プラットフォームもある時代なので、以前のように思い込みだけで記事を発信することはない。ジャーナリストの質も上がっているのだが、内戦期にフェイクニュースで地位を築いたデスクと、高齢者中心の読者は紙面の質を残酷なまでに引き下げている。そして今回、その品質の低さはイグナシオの目的を妨げる可能性があった。

ゴウはタスクリストを表示させて、明日の十四時に登録した予定を示した。

「インタビューは十四時です」

「五時間は生き残れ、というわけだな」

「大丈夫ですよ。では、サインをお願いいたします。手を煩《わずら》わせて申し訳ないのですが、こればかりは少佐の自署でなければなりませんので」

ゴウは契約書の最後のページをイグナシオに差し出した。第一契約主体《ファーストパーティー》の上段には、今日の日付とゴウのサインが書き込まれていた。イグナシオは層化視《クシュヴ》でパーカー51・シグネット万年筆を呼び出して、キャップを外してくれるようゴウに求めた。万年筆を受け取ったゴウがキャップを捻りながら笑った。

「再現性が高すぎるのも考えものですね。この万年筆も、ゲバラが使っていたモデルですか？」

「そういうことになっている」

万年筆を受け取ったイグナシオは、ペン先で「Che（君《チェ》）」と署名すると、万年筆を消してベッドに身を横たえた。

「ありがとうございます」

「せっかく念願の独立市を持てたのに、巻き込んでしまって」

「そんな」ゴウは首を振った。「わたしだって当事者です」

「悪いことをしてしまったな」

「謝ることはありませんよ。〈コヴフェ〉のマルシャのような力はありませんが、〈グッドフェローズ〉に身を投じることもありませんでした。普通の人間として、暮らせています」

「普通の人間は、銃を突きつけているマフィアの罪悪感を指摘して大麻農園を巻き上げることはできないよ。対面の会議であなたを言い負かせる人はいない」

ゴウはおどけたように肩をすくめた。

「説得できたのは、マフィアのボスが生身で脅迫にやってきたからですよ。アバター会議ばかりの時代、実際に会わないと意味のない力に何の意味がありますか」

「それもそうだな。環境次第ということか」

イグナシオは枕に頭を埋めて、ため息をついた。

十三歳のマルシャが十五クビットしかなかった量子チップでＲＳＡ暗号を破り、現在も通信の安全性を守っている格子暗号を生み出せたのは、裕福な日系人技術者の家庭に生まれ、幼少期からコンピューターを扱っていたことの方が大きく寄与している。対数や虚数を指折り数えられる力を持っている彼女も、彼女のスタッフたちも、数学が体系を持つ学問だと知らなければ少しだけ暗算の速い一般人として一生を送るしかなかったことだろう。

マルシャやトーマがジョーンズ家に生まれていれば、〈グッドフェローズ〉に入ってORGAN兵になっていたかもしれないのだ。

事情はジョーンズも変わらない。〈グッドフェローズ〉に入らなければ、マン・マシンインターフェイスの良さや、機械とつながったときの即応性の高さに気づくこともなかっただろう。

そう考えると、若き市長が有効に使っている能力——肥大化したミラーニューロンで目の前にいる相手を自分と同じ感情に引き摺り込んでしまう力は、どんな育ちかたをしても役に立ったに違いない。

イグナシオは、ふと顔を上げて質問を投げかけた。そういえば、聞いていなかったのだ。

「明日は、市長はどうするのかな」

サインを確かめたゴウは書類を胸ポケットにしまうと、人を魅了する笑顔で微笑んだ。

「ずっと目を閉じていますよ。コンタクトレンズも外して、扉のない部屋に閉じこもります」

「生き残るつもりか」

ゴウはうなずいた。

「わたしがそれだと見抜く人はそういないでしょう」

「そうかな」

「そうですよ。ちょっとだけ交渉のうまい、ただの人です。明日はよろしくお願いしますよ」

一礼したゴウは、入室した時と同じ力強い足取りでイグナシオの部屋を出て行った。

「ただの人ね」

イグナシオはゴウの言い残した言葉を繰り返した。

20

壁のカウンターテーブルの前に固定されたスツールに腰掛けたテリー・マルカワは、かつて訪れたことのある荒《すさ》んだテンダーロイン地区を思い描きながら、ドーナツ屋の風情《ふぜい》を残したままのオフィスを見渡した。壁にはメニューを剝がした跡が残っているし、窓には、地元球団のジャイアンツのステッカーがいまも貼ってある。掃除は行き届いているが、オフィスらしいところはどこにもない。

何より狭い。

十三歳にしてRSA暗号を無力化してインターネットの安全を完全に破壊し尽くし、ついで発明した量子化格子暗号で新たな世界ネットワークを構築させた天才が、手を伸ばせば届くところに立っているのだ。

オフィスの中央にあるテーブルに手を置いて立つマルシャ・ヨシノは、街路のウインドウに向かってあれこれと指示を飛ばしていた。彼女の目には、延長されたオフィスとそこで働く四十人ほどのスタッフが見えているのだろう。

マルカワに共有されているのは、テンダーロインのオフィスに生身でやってきているマルシャと、設立時からのスタッフだというアレサ・リーダー、新人だが年長のラズベリー・ワンに、最年少エンジニアのアン・ホーと社外アドバイザーの呉鈴雯《ウーリンウェン》の五名だけだった。

もっとも、マルカワ自身も生身でテンダーロインのオフィスを訪れたわけではない。サウス・ロサンゼルスまで車を飛ばし、地区で最も高速なネットワークが使える層化視《クシュヴ》収録スタジオからアクセスしている。

迫田と連絡するだけなら自宅の層化視《クシュヴ》でも十分なのだが、高品質のVR中継を監督するには、迫田が送ってくる全てのVR映像を全周全画素で確認できなければならないからだ。

マルカワが配信コンソールをどこに開こうかと考えていると、マルシャが振り返って言った。

「マルカワさん、いいですか?」

「お、おう」

マルカワがスツールから床に降り立つと、通りに面していたガラス窓は消えて、清潔なオフィスとそこに立つスタッフたちがずらりと並んでいた。たったいま、マルカワはオフィスの層化視《クシュヴ》に招き入れてもらったらしい。マルシャはマルカワに手を差し伸べた。

「皆さんに紹介します。今日はロサンゼルスのメディア〈サン〉の配信を担当するテリー・マルカワさんをお招きしています。マルカワさんは、わたしたちの事実確認ネットワークの問題を指摘してくれた、サコダ記者の担当エージェントにあたります。マルカワさんには、わたしたちの取材も許可しています」

マルカワは居並ぶスタッフに手を振った。

「マルカワです。本来ならジェイク・サコダも挨拶すべきところですが、開戦が迫っているので、わたしの挨拶に代えさせてください。今日は南米の公正戦を中継しますが、同時に、皆さんの活動している様子も撮影させていただきます。撮られたくない場所や、打ち合わせ、コメントがあればすぐにお伝えください」

四十の顔が、それぞれのやり方で合意したことを伝えてくれた。

「どうぞ業務をお続けください。ヨシノ社長、紹介ありがとうございます」

最後のお礼を日本語で言うと、腹の前で手を組んだマルシャは「こちらこそありがとうございます」と、見事な日本語で返して頭を下げた。

その自然な所作にマルカワは胸をつかれた。この距離で見ても、インド系にしか見えないマルシャのお辞儀は、日本人の家庭で育たなければ身につかないものだったのだ。

今日の指示をスタッフに伝え始めるマルシャの横顔を見たマルカワは「まいったね」とつぶやいた。

マルカワは、マルシャにインタビューを行ったことがある。〈コヴフェ〉が創業した二〇三二年のことだ。ロサンゼルスの展示会で、フェイクニュースを判定するサービスを紹介した彼女を会場の片隅で捕まえたのだ。

五分ほどの短いインタビューだったが、その時マルカワは、彼女が日系人だとは気づかなかった。ヨシノという姓で気づくべきだったが、チョコレート色の肌と細い顎の組み合わせが感じさせたのは、キモノよりもサリーだったのだ。

だが、今日のマルカワは、マルシャの横顔に日本生まれの自分の祖母と同じパーツを見つけていた。目頭を覆う皮膚、蒙古《もうこ》襞《ひだ》だ。祖母の遺伝子を四分の一しか受け継いでいないマルカワには現れなかったアジア人の特徴を、マルシャ・ヨシノは色濃く残している。

迫田の話によると、でたらめに現れる人種的な特徴もMHSの特徴だという。オフィスのこちら側でワークスペースに何かを書き込んでいるスキンヘッドのアン・ホーは、真っ白な肌と白に近い金色のまつげ、そして分厚い胸板でぱっと見たところは北欧系にしか思えないが、両親ともにベトナム移民の子だ。アレサ・リーダーというアフロアメリカン風の女性は、アメリカ先住民だし、金髪碧眼のラズベリー・ワンはタイ人の家庭に生まれたのだという。

拡張された部屋で働くスタッフたちも、一人一人慎重に見ていくと、混血の結果とはなんとなく異なる顔に見えてくる。もちろん気のせいかもしれないが、ある人種の特徴だと思われている部分だけが強調されているかのように見えて仕方がないのだ。

マルシャの説明は終わりに近づいてきているようだった。

「これから〈コヴフェ〉は、可能な限りのリソースを投入して、〈P&Z〉社が行ってきた不正な遺伝子操作を暴露していきます。集団訴訟もリードします。検査キットの開発にも、治療法の開発にも、全力をあげて取り組みます。最後の二つは投資が主になるでしょう。皆さんの力を貸してください」

一斉にうなずいた彼らの頭脳も、肌や髪の毛の色と同じように作られたものだ。大学の先生たちがサジを投げてしまうような難問をすいすいと解いて〈コヴフェ〉に入ってくるその頭の中も、人為的に作られている。繁殖――という言い方はしたくないが、子供も持てない可能性が高いらしい。

悲劇だが、迫田に同行しているレイチェル・チェンという中国系の女性や、彼女の同僚たちが被《こうむ》った運命に比べれば大したことはない。

マルシャの演説は本題に、そして終わりに近づいているようだった。

「今日わたしたちは、チェリー・イグナシオ少佐を指揮官にいただく〈テラ・アマソナス〉国際独立市と、民間軍事企業〈グッドフェローズ〉の間で行われる戦争の取材をサポートします」

スタッフの顔に緊張が走る。何名かは、オフィスの方に立つ弁護士の呉鈴雯《ウーリンウェン》や、リーダー格のアレサ・リーダーの顔を窺っている。アレサと呉鈴雯は力強くうなずいてみせるが、スタッフたちの不安が払われた様子はない。

一人のスタッフが手を挙げて発言を求めた。

「記事の事実確認は、うちのシステムを使うんですか？」

「使えないよ！　利益相反になっちゃうからね」

呉鈴雯が即座に答えると、オフィスの雰囲気が和《やわ》らいだ。マルシャは感謝の意を目配せで伝えて次の質問を促した。

「他に聞いておきたいことはある？」

アン・ホーが手を挙げた。

「それで、おれたちはどっちの味方になるんですか？」

マルカワもマルシャの答えに注目した。MHSを集めて戦場に送っていた〈グッドフェローズ〉に肩入れしないことはわかっている。だが、目的を明かさないイグナシオに味方することもできない。

彼はMHSを捕虜にとって殺し、その衝撃を国際社会に広めようとした。これに失敗すると今度は国連に出頭して暴露する意向を見せた。〈P&Z《ピーズィー》〉の行った遺伝子編集を暴露することが目的なのかとも思える行動だったが、彼はニューヨークを抜け出して生きた証拠であるファルキを殺してしまった。そして今度は勝ち目のない戦争だ。人体実験の成果を利用した〈グッドフェローズ〉への復讐心はあるのだろうが、狙いはまるでわからない。

マルシャは質問したスタッフの顔をじっと見つめて、それから全員を見渡した。

「どちらにもつきません。この戦いでイグナシオは、MHS本来の姿を世界中に見せつけることでしょう。わたしたちが持っている、この力です」

マルカワは目をこすった。マルシャのアバターが二重に重なって見えたのだ。瞬きをすると、二人のマルシャが手を取り合っていた。

「わたしたちは、複数の意識を同時に動かすことができます」

マルカワは思わず口を押さえた。声を揃えてそう言った二人のマルシャの、どちらがオフィスにいる実物なのかわからなくなったのだ。見極める方法がないかと思っていると、マルカワから遠い方のマルシャが拡張されたオフィスに歩んで行く。おそらくあちらがアバターなのだろう。マルシャはスタッフたちに声をかけながら歩いていく。

「マルシャさん、わたしにもできますか?」と、尋ねるスタッフがいた。

「ええ、わたしより上手にできますよ」

「ちょっと怖いな」と、顔をこわばらせるスタッフもいた。

「きっと怖がられるだろうね」

「分岐した意識同士で話せますか?」と、興味深そうに尋ねるスタッフもいた。

「わたしは無理だけど、アン・ホーはできるよ」

元のオフィスに残った方のマルシャは、アバターをじっと見つめている。

マルカワがその横顔を見つめていると、呉鈴雯が声をかけてきた。

「マルシャ、練習したんですよ」

呉鈴雯はスタッフたちの間を歩いていくマルシャを見て言った。

「こんな言い方どうかと思うけど、スタッフの中でマルシャがいちばん性能が低いから、練習しなきゃいけなかったんだ」

「そうなんですか……」

「負担は大きいみたい。マルシャ、そろそろまとめて」

呉鈴雯の言う通りだった。オフィスに残ったマルシャはテーブルに手をついて、ふらつきそうな体を支えていたのだ。わかった、と言ったマルシャは自分のアバターを呼び戻して消すと、スタッフたちに注目するよう求めた。

「みんな、いいかな?」

スタッフが注目すると、マルシャは姿勢を正して言った。

「今日の戦争で、イグナシオは遺伝子編集した部下の能力を世界中に配信することでしょう」

マルシャは緊張に引き締まったスタッフたちの顔を見渡した。

「怖いという声が聞こえました。その通りです。わたしたちは、超人的な能力を見せつけられた人たちの反応をしっかり記録しなければなりません。その時の驚きや反発は、これからわたしたちに向けられるものです」

その通りだな——とマルカワはつぶやいてスツールに尻を落とす。

ここにいるのは、二つの意識を同時に操る超人たちだ。そんな彼女たちと同じ力を持つ超人が、アメリカで二十万人も生まれているという。

マルカワは、ふと頭をよぎった疑問をかき消そうとした。だが、一度浮かんでしまったその考えが消えることはなさそうだった。

――一緒にやっていけるのだろうか？

21

ホテルの庭に撮影用ドローンの〈メガネウラ〉と充電スタンドを並べていた迫田は、頭上を飛ぶ、鳥とも昆虫とも異なる羽音に気づいた。見上げると、曇り空を切り裂いて二機の真っ赤な観測ドローンが飛んでいくところだった。

「〈眼蜂《イエンフエン》〉かな？」

「違うよ」テラスで〈マスチフ〉を点検していたレイチェル・チェンがすぐに否定する。「いまのは〈グッドフェローズ〉の〈アイズビー2〉。赤かったでしょ」

迫田は公正戦協定の付帯条項を思い出した。〈テラ・アマソナス〉が使う観測ドローン、〈眼蜂《イエンフエン》〉は蛍光グリーンに塗装されているはずだ。

「そっくりだな」

レイチェルが顔を上げた。形のいい眉は不機嫌そうにひそめられていた。

「〈アイズビー2〉はレミントン製よ」

「どっちが使いやすい？」

「知らない」

レイチェルは〈マスチフ〉の点検に戻ってしまった。〈グッドフェローズ〉で〈アイズビー2〉を使っていた彼女の意見をもう少し聞きたかったのだが、興味をなくしてしまったらしい。参ったな、と思った迫田の目の前に〈アイズビー2〉のVR映像がふわりと浮かんで、トーマの声が響いた。

「サコダさん、〈アイズビー2〉の資料です」

「ありがとう」

テラス席のテーブルからトーマが手を振った。いま彼は、戦場になる三角州の3Dモデルを作り直しているのだが、分岐意識《ブランチ》でこちらの話も聞いていたらしい。トーマの声は続けた。

「〈アイズビー2〉は、レミントンのオースティン工場でライセンス生産している〈眼蜂《イエンフエン》〉の兄弟機です。ORGAN用のAPIはほぼ同一。主な変更点は、二〇二〇年代に始まった対中規制に従って変更した通信チップです――」

説明するトーマの声から徐々に生気が抜けていく。迫田は苦笑した。この受け答えをしている分岐意識はかなり低い優先度で動いているらしい。

この三日間で、トーマは分岐意識を階層化することに成功していた。本人の肉体と二、三体のアバターがそれぞれ層化視《クシュヴ》のウィジェットを用いて、機械的な処理を実行できるようになったのだ。いま、迫田に〈アイズビー2〉を説明しているのはテラスの肉体が生やした意識の一つなのだろうが、資料を読み上げるところからは葉意識《リーフ》に変わっているのかもしれない。

トーマの説明は続いた。〈アイズビー2〉は高速飛行できる固定翼機モードと、ホバリングの可能な回転翼機の状態を行き来できるティルトローター型ドローンだ。基本的なレイアウトは迫田の撮影ドローン〈メガネウラ〉と同じだが、機体は二割ほど大きく、百五十センチメートルを超える。ほっそりとした胴体から生えた短い主翼に直径四十センチメートルの主ローターが取りつけられていて、垂直尾翼の中央には小型ローターが立ち上がっていた。

「――固定翼時の最高対空速度は時速百八十キロメートル、回転翼で相対高度百メートル上昇するために必要な時間は八秒です」

説明を聞いた迫田は耳を疑った。

「百メートルまで八秒？　速すぎないか？」

トーマの声は平然と応じた。

「上昇速度は秒速十二・五メートル、時速だと四十五キロメートルです」

「〈メガネウラ〉の三倍だぞ。どうなってるんだ」

「少々お待ちください――〈グッドフェローズ〉の〈アイズビー２〉は無線給電モデルのようで、主翼にアンテナが内蔵されています。バッテリーの容量が小さいので軽いんですね」

一瞬だけ間をおいて、温かみのある返事が返ってきた。意識の優先度が上がったらしい。〈アイズビー２〉の立体モデルがぐるりと回って主翼がハイライトする。どうやら、ここが受電アンテナになるらしい。

「戦闘区域の外に発電機を積んだドローンが飛ぶみたいです」

トーマは〈アイズビー２〉の立体映像を縮めて、代わりに戦闘区域の地図を表示させた。北西から流れてくるアマゾン川に、西から蛇行してきた細いジャヴァリ川が合流する地点の立体地図だ。合流地点に浮かぶ三角州には大麻の葉をあしらった〈テラ・アマソナス〉の旗が立っている。

東西に二キロメートル、南北一キロメートルの三角州の中央は標高十メートルほどの丘があり、木々が密集していた。三角州の周囲は砂浜で囲まれている。三角州のどこかにイグナシオは指揮所をおいて〈グッドフェローズ〉の攻撃を二十四時間耐えなければならない。

この戦闘区域は、三角州要塞《デルタフォートレス》と名付けられていた。

地図には、三角州要塞をすっぽり囲む軍事活動限界も描かれていた。単に「フィールド」と呼ばれる境界は午前九時の開戦で有効になり、層化視《クシュウ》で見ると半透明の壁のように描かれる。

ひとたび開戦すると、戦闘員や機材はフィールドの内側に入ってはならない。一般的な公正戦では、ORGANを擁する侵攻側が一方的に公正戦を宣言してフィールドと勝利条件を決めることが多い。防衛する現地軍は倫理条項やフィールドの制限に縛られたORGAN部隊の裏をかいて勝機を摑もうとするのだが、ことはそう甘くはない。

住民を人質に取るような倫理違反を発見すると、ORGAN部隊は公正戦から通常戦闘モードへと移行してしまう。最小限の殺傷で戦果を得る制限を解かれたORGAN部隊は、銃弾を撒き散らす暴力装置に変わる。観測ドローンはフィールドの内外を問わず全ての現地兵に照準を合わせ、兵士たちがフルオートでばら撒く曲射弾《ステア・ビュレット》はことごとく命を奪っていく。数千名からなる現地部隊を、七名のORGAN部隊が壊滅させるまで、ものの数分もかからない。

だが、今日の戦いは違う。

イグナシオ自らORGAN部隊を指揮し、やはり同じORGANを擁する〈グッドフェローズ〉と正面から戦うというのだ。

公正戦が始まってから二十年が経つが、ORGAN部隊同士が戦ったケースは二〇三五年のチェチェン防衛戦と、二〇四〇年のカザフ国境紛争の二件だけ。その両方とも、部隊が睨み合っている間に停戦合意が成立している。

今回の〈テラ・アマソナス〉防衛戦の展開は予想できないが、少なくともイグナシオが戦いを避ける気配はない。そのような意味でも公正戦の歴史に残る戦いになることは確実だった。

地図を見つめていると、三角州の東半分に無数の赤い点が描かれた。

「〈グッドフェローズ〉かな」

「はい、たったいま〈テラ・アマソナス〉が観測データを暴露しました。三角が〈アイズビー2〉、塗った四角が〈マスチフ〉、枠だけの四角が徒歩のORGAN兵。フィールドの外にある三つの大きな丸が送電ドローンです」

ORGAN部隊はいくつかの塊に分かれていた。

「照準手が六人か。歩兵がずいぶん多いな」

いつの間にか迫田の後ろで地図を見ていたレイチェルが口を挟んだ。

「照準手は二分隊分ぐらいなら余裕で処理できるよ。六人で十五分隊編成、ちょうどいいところかな」

「全員、MHSかな」

「だと思う。覚醒はしてないだろうけど」

迫田は思わずレイチェルを振り返った。潜在能力を発揮し始めるという意味なのはわかるが、彼女が「覚醒」と呼ぶのは初めて聞いた気がする。

「もしも覚醒してたら？」

「チェリーに勝ち目はない」

レイチェルは断言した。

「右手と左手で別のことをしながら、命令の意味を二つの意識で考えて、仲間とコミュニケーションできるようになる。もっとも、チェリーのORGAN兵は、全員覚醒してるだろうけどね」

「君みたいに？」

レイチェルも、この三日でMHSの能力に磨きをかけていた。トーマのように意識を分離させることはできないが、かつてカミーロがやってみせた一人照準・狙撃ぐらいなら難なくできるようになっている。だが、レイチェルは首を振った。

「わたしよりすごいんじゃない？　正直、どこまでできるのか想像つかない。何人ぐらいいるんだろう」

迫田はレティシアで取材の時に見た、〈テラ・アマソナス〉防衛軍の顔ぶれを思い出していた。イグナシオの護衛をしていたカミーロ・ナセルはおそらくMHSだろう。他にも、曲射弾《ステア・ビュレット》が撃てる百式《バイシ》を抱えていた兵士が五名ほどいたはずだ。

「五、六人かな」

「いい勝負になるかも」

レイチェルは目を細めて戦場になる三角州を見つめ、〈マスチフ〉のコンソールに手を置いた。

「〈テラ・アマソナス〉側の部隊は？」

「まだのようですね」今度はトーマが答えた。「〈グッドフェローズ〉も観測データを公開しているんですが、見つけきれていないようです。まあ、地の利がありますからね。開戦まであと十五分です」

「おれたちも行こうか」

迫田が膝を折っている〈マスチフ〉にまたがると、隣にレイチェルの〈マスチフ〉が並んだ。迫田とレイチェルは、互いの頭上にプレスタグが浮かんでいることを確かめた。

「トーマ」

「はい」

「川を渡って上陸したら、〈メガネウラ〉を飛ばしてくれ」

「わかりました」

迫田は、オレンジ色のワイヤーフレームに囲まれたフィールドを見渡した。

「ここも、ぎりぎり交戦区域に入ってる。絶対にホテルから出ないように」

「僕も一緒に行きますよ」

「え？　やめろって。外骨格は用意してないぞ」

充電台から一台の〈メガネウラ〉が飛び上がった。ただ離陸しただけだが、迫田はそのドローンから目が離せなかった。まるで、生きているかのように動いた気がしたのだ。その〈メガネウラ〉は迫田の顔の前でホバリングすると、まるで人間が首を傾《かし》げるように機体を傾けてみせた。

「……これは？」

「この〈メガネウラ〉に、僕の主幹意識《トランク》を乗せていきますよ」

テラスのテーブルを振り返ると、ゆっくりと立ち上がったトーマがホテルの中に戻っていくところだった。どうやら、あちらが分岐《ブランチ》になったらしい。

「……そんなこと、できるようになったのか」

ローターの回転する音が、まるで苦笑したかのように揺らぐ。

「意識をのせる体さえあればいいみたいですね。練習すればレイチェルさんもできるんじゃないですか」

「やだよ」とレイチェルはトーマにかぶりを振った。「ていうか無理だね。わたしの世代だと腕と脚をもう一対増やすぐらいで限界」

レイチェルは層化視《クシュヴ》でもう一対の腕と脚を表示させてオルガン奏者のようにコンソールに載せると、〈マスチフ〉を河岸に進めた。迫田も後ろに続く。踏み込んだ〈マスチフ〉の胴が水面に触れると、渡河のために用意しておいたフロートが胴の横で膨らんでスクリューがとろりとした水をかき回す。

二人と一機は、上陸地点に決めていた三角州の西岸に近づいていった。

十分ほど進んだところで〈マスチフ〉の足が水底をとらえた。岸に上がった迫田は〈マスチフ〉のフロートを外して川に押し出した。スクリューを内蔵したフロートは川に面したホテルのビーチに自力で戻ってくれるはずだ。

先にフロートを流していたレイチェルが、〈マスチフ〉の上で体を捻って空を見上げた。

「ジェイク、開戦した」

見上げると、層化視《クシュヴ》越しに見る空が、戦闘領域を示す白い膜に覆われていた。

「そうみたいだな」

返答したが、レイチェルはすでに別の方を見つめていた。狭い砂浜の向こうで視線を遮る森の、その奥だった。彼女の層化視《クシュヴ》には、〈グッドフェローズ〉と〈テラ・アマソナス〉が公開している戦況が重ねられている。

「何かあったか？」

「九時ちょうどに交戦があった」

短く答えたレイチェルは、肩からウィジェットの補助肢を伸ばして左前方にＶＲ映像を浮かべ、〈マスチフ〉を前に進めながら、カメラの位置と再生時刻を調整していく。その様子は、ビデオオペレーターが遠隔操作しているかのように滑らかに動いていた。

この三日で、トーマとレイチェルが取り組んでいる分岐意識《ブランチ》にはずいぶん驚かされてきたが、実際に仕事で使っているところを見ると、その異質さがよくわかる。

迫田は、自分が器用な方だと思っていた。戦場で遮蔽物を辿って移動しながら、左手でカメラを操作しつつ右手で〈メガネウラ〉を操るぐらいのことはできたし、その器用さで一人取材を実現させてきたのだ。だが、ファルキがＭＨＳに組み込んだ分岐意識《ブランチ》は考えなくても手が動く、というようなこととはまるで異なる能力だ。

レイチェルは迫田の目の前にＶＲ映像を動かして、ビデオコントローラーを押し付けた。東の砂浜に上陸した〈グッドフェローズ〉のＯＲＧＡＮ部隊が映し出されていた。〈マスチフ〉に乗った照準手一人に、歩兵が十人従う二分隊。タイムスタンプは三十九秒前だ。

「頭出ししといた。あとは自分で再生して」

「ちょっと待ってくれ。おれには無理だよ。〈マスチフ〉に乗るのだってほとんど初めてなんだし」

「僕がやりますよ」

トーマの声が背後から響いた。

振り返ると、トーマが意識《コンシャスネス》を乗せた〈メガネウラ〉が浮かんでいた。どうやらトーマは自分の声を、層化視《クシュヴ》の3D音場に配置したらしい。

「交戦の様子を再生しますね。こうかな」

本来〈メガネウラ〉にはないマニピュレーターがコントローラーに触れると、映像が動き出す。浜に上陸した〈グッドフェローズ〉の第二分隊から、樹木の立ち並ぶ坂道に向かってオレンジ色の輝線が六本描かれる。迫田がそれを弾道のシミュレーションだと思うまもなく、輝線はぐにゃりと曲がって密林に飛び込んでいく。その線の先には〈テラ・アマソナス〉防衛隊の姿があった。腕と脚を撃ち抜かれた防衛隊員が木の根元に転がり出てきた。

「顔を出したのか？」と迫田は漏らす。

ORGAN部隊は射手が肉眼で視認できる目標しか撃ってはならない。撃たれた六名は、興味に駆られて樹木の隙間から第二分隊を覗き見ようとしたのだろう。馬鹿なことをしたものだ。

〈マスチフ〉を中心にダイヤモンド陣形を組んだ〈グッドフェローズ〉が森林に銃口を向けた。このまま防衛隊が動かなければ、交戦可能な時間をすりつぶすことができる。だが、六名の被害を出した防衛隊はその判断ができなかった。

下生えをかき分けた防衛隊が一斉射を放ち、新たな火線が描かれて砂浜は騒音に包まれる。射撃を検知していた〈グッドフェローズ〉の隊員は、すでに避弾経始《ひだんけいし》姿勢をとっていた。防衛隊員がトリガーに指をかける動作をきっかけに侵攻側ORGANは戦闘服に電気信号を流し、兵士が片側に取り付けた装甲を組み合わせて甲羅を作る。防衛隊の銃弾は、片膝を立てて組み合わせたORGAN兵の甲羅に火花を散らした。

迫田はため息をついた。イグナシオが行った全方向からの飽和射撃ならともかく、一方向から小銃で撃ったところでＯＲＧＡＮの甲羅は破れない。

迫田の予想通り、防衛隊の銃撃が止んだ瞬間、甲羅を解いたＯＲＧＡＮ兵がＦＡＲ－15の一斉射を行った。

ほぼ同時に放たれた弾丸の軌跡は枝分かれすると、防衛隊の潜んでいる茂みに突き刺さる。視点を変えると、浜を窺っていた兵士の脚を、腕を、曲射弾《ステア・ビュレット》が突き抜けていくのが見えた。この一斉射で全員が行動不能に陥った。

この、圧倒的な技術と資本の差による蹂躙《じゅうりん》が公正戦の本質だ。この非対称戦に「公正」と名づけなければならなかった二〇二〇年代の闇は深い。

迫田は斉射する〈グッドフェローズ〉部隊と、撃ち倒されていく〈テラ・アマソナス〉防衛隊の映像をまとめた。

「速報、開戦レポートを作成」

速報：
二〇四五年八月十二日、アマゾン時間午前九時、ブラジル、ペルー、コロンビアの三国に接する国際独立市〈テラ・アマソナス〉と、アメリカ合衆国の民間軍事企業〈グッドフェローズ〉との間で第二次〈テラ・アマソナス〉防衛戦が始まった。
〈テラ・アマソナス〉側の勝利条件は公正戦コンサルタント、チェリー・イグナシオ少佐を二十四時間の間保護すること、〈グッドフェローズ〉側の勝利条件はイグナシオ少佐の指揮能力を二十四時間以内に奪うこととなっている。

イグナシオ少佐の身柄が勝利条件となる理由は、先月〈テラ・アマソナス〉が独立をかけて行ったコロンビア・ブラジル・ペルーの三ヶ国との公正戦に遡る。この戦争でイグナシオ少佐率いる〈テラ・アマソナス〉部隊は、民間軍事企業〈グッドフェローズ〉のORGAN部隊を退け、六人を捕虜にしたが、イグナシオ少佐は捕虜にした〈グッドフェローズ〉の隊員、五名を射殺させている。

〈グッドフェローズ〉のフェイズCOOは、イグナシオ少佐を拘束し、彼の戦争犯罪を国際司法裁判所に告発するとのことだ。

対するイグナシオ少佐は現時点でコメントを発表していないが、氏への独占インタビューによると、民間軍事企業〈グッドフェローズ〉の不正を告発することを目的としている可能性がある。

戦闘に参加するのは、ORGAN分隊を含む〈テラ・アマソナス〉防衛隊九十一名と、〈グッドフェローズ〉のORGAN打撃部隊三十五名。戦端を開いたのは、戦闘地域に指定された島の東岸に上陸した〈グッドフェローズ〉の第二分隊だった。この第二分隊は上陸地点からORGANの曲射弾《ステア・ビュレット》を斉射し、斥候《せっこう》に来ていた〈テラ・アマソナス〉防衛隊の三分隊を行動不能に陥れている。

本誌〈サン〉は、この公正戦の認定記者として戦況を実況配信し、可能であれば両者の主張を伝えていく。

記者：ジェイク・サコダ

書きすぎている気もするが、冗長な部分はマルカワが調整してくれるだろう。現地からの第一声としては悪くない。迫田は記事をマルカワに送って、密林の前で〈マスチフ〉をとめていたレイチェルに告げた。

「記事は送った」

「どこに向かう？」

迫田はワークスペースに立体地図を浮かべて戦況を重ね合わせた。緒戦の場となった東の浜では、〈グッドフェローズ〉が密林に足を踏み入れたところだった。撃たれた〈テラ・アマソナス〉側は、傷の浅い兵士が救命活動を行っているところだった。〈グッドフェローズ〉側の意図は、救命可能性のある「中等度」か「重度」を狙っていたようだが、出血やショックによる死者は六名に達している。

――イグナシオならどうするだろう。

迫田が三角州要塞《デルタフオートレス》の地形図を睨むと、メッセージが着信した。通知の音を聞いたレイチェルがすかさず聞く。

「誰から？」

迫田は、意外な差出人の名前を読み上げた。

「カミーロ・ナセル――イグナシオの副官だ」

「なんだって？」

「全力をあげて上陸した〈グッドフェローズ〉の部隊を潰す。その様子をぜひ配信してほしい、だとさ。位置マーカーは、東の浜からジャングルに入ったところにある広場だ」

迫田は音声で返信を送った。

「虐殺は無しだぞ」

22

開戦の一報を聞いたイグナシオは、指揮所のテントに持ち込んだベッドの硬い枕に頭を沈めてから口を開いた。

「そうか……亡くなったのは？」

ベッドサイドのスツールに腰掛けたカミーロのアバターは、

「カミラ・ルイス、サンティアゴ・ハウル、バレンティナ・ベレス、イマラ・クスコ、ターニャ・チャスキ、フェリペ・ガルシアの六名です」

イグナシオは目を閉じて十字を切った。

「みんな若いな。どうして撃たれたんだ」

カミーロが頭を下げた。

「わたしの指示が徹底していませんでした。上陸した部隊を覗き込んで、銃撃戦が始まりました。生き残った十五名も、後遺症が残るかもしれません」

「市長には伝えたか?」

「アマンダが報告しました。死体と負傷者の回収に〈ペリカン〉が来るそうです」

「ダグはもう来てるか?」

アメリカから呼び寄せた遺体衛生保全師《エンバーマー》の名前に、カミーロは頷いた。

「後方キャンプに処置室を用意してあります。日没前には修復した遺体を遺族に引き渡します」

「日没か……決着はついている頃か」

「はい」

イグナシオがテントの壁に目をやった。そこには、〈サン〉と〈シカゴ・ベア〉のストリーミングが並べてあった。イグナシオの視線を追ったカミーロが、〈サン〉のストリーミングに目を止めた。

「おや? これはORGANのインターフェイスですね。EU版かな。オープンソースだとはいえ、よくストリーミングに載せられましたね」

イグナシオは笑おうとして唇を緩めた。

「君の兄弟だよ。〈コヴフェ〉のスタッフが手をかけている」

カミーロが眉を跳ね上げる。

「なるほど、こんな力の使い方もあったんですね。少佐は数学の天才集団が生まれることを予想していましたか?」

イグナシオはだるそうに首を横に振る。

「考えてもみなかった。おれにも先入観があったということだよ……カミーロ」

イグナシオのかすれた声に、カミーロは耳をすませる。

「どうぞ」

「西から上陸した〈グッドフェローズ〉を潰してこい。サコダも呼んで生中継させろ」

「もう呼んでます。サコダさんからは釘を刺されましたよ。虐殺はするなって」

「サコダらしいな。まあいい、抵抗をやめたら生かしておいてやれ」

頷いたカミーロはイグナシオに敬礼してアバターを消した。誰もいなくなった空間に向かってイグナシオは囁いた。

「投降する暇など与えるなよ」

23

マルカワは、迫田から送られた記事をホワイトボード型のワークスペースに表示させると、オフィスの奥の壁に立てかけた。層化視《クシュヴ》のウィジェットなので重さはないし、宙にとどめておくこともできるのだが、物がすり抜けない世界で学んだ体の動かし方はそう簡単に変えられるものでもない。

マルカワは続けて写真と、映像、そして戦況が書き込まれた地図を、額縁に入れて横に並べた。

「こんなもんかな」

「マルカワさん、記事は僕たちも見たいので、大きくしていいですか？」

オフィスの奥のテーブルからアン・ホーが声をかけてきた。大柄な彼は、背中から十何本かのマニピュレーターを生やして、自分を取り囲むワークスペースを操っていた。マルカワに顔を向け、返事を待っている間もマニピュレーターの動きは止まらない。

マルカワは資料の並びを確かめると、アン・ホーに頷いた。

「そうだね、任せるよ」

「じゃあ、スタジオに配置します」

アン・ホーが宙に浮かべたキーボードに触れると、壁が二メートルほど奥に後退して、映像枠の中に描かれていたコンテンツが何倍もの大きさで投影された。

「おお、こりゃいいな」

カウンターの前に生えているスツールに腰掛けると、心地よい距離を隔てた広い壁に巨大なスクリーンが描かれる。層化視《クシュヴ》で拡張したスタジオなので、手を伸ばせばポスターの貼り跡が残る漆喰《しっくい》の壁に触れてしまうのだが、情報量は格段に増えた。層化視《クシュヴ》のコンソールをカウンターに置けば、即席のコントロールセンターのできあがりだ。

「こりゃ楽だ。まるでCNNのスタジオだな」

VRスタジオの中にいくつかのワークスペースが付け足された。

「〈テラ・アマソナス〉の観測ドローンと、〈グッドフェローズ〉の公開情報、それに、レイチェル・チェン軍曹のオープンORGANシステムを接続しました。こいつと、トーマが乗り移ってる〈メガネウラ〉のカメラで戦場全体を俯瞰できますよ」

「これは助かるな。〈シカゴ・ベア〉の連中と互角の配信ができる」

マルカワはライバルの配信画面をスタジオの大型ディスプレイの隅に映した。熟練のカメラマンが、大物キャスターのベッキー・エリオットを通して語らせる高解像度の層化視《クシュヴ》配信は見事な出来栄えだが、こちらも負けてはいない。迫田が現地で撮影して生成した記事と資料を、アン・ホーら、〈コヴフェ〉のスタッフたちが映像ストリームに仕立て上げていく。慣れない映像制作だが、スタンフォードの秀才たちはものの数分で、資料から配信映像を作り出す自動生成ツールを作成して、なんとか見られるレベルの映像を揃えてくれている。

目玉はORGANシステムを模したシミュレーションだ。EU諸国が公開しているオープンシステムのライセンスを購入して、レイチェルの層化視《クシュヴ》を配信しているのだ。本職の照準手が現地で扱っている情報には、言いようのない生々しさがある。

「トーマのドローンのリアルタイム映像が出ます。マルカワさん、使えるところに挟んでください」

アン・ホーが言うと同時に、戦場になる三角州要塞《デルタフォートレス》コントロールセンターの中央スクリーンが切り替わる。

密林の木々を縫って飛ぶ映像だった。前方には蛍光パープルの〈マスチフ〉が並んで歩いている。右が迫田で左がレイチェルだ。もっとよく見ようとしてカメラを動かそうとした時、トーマの声がスタジオに響いた。

「僕の視点を使ってますか？　主観を共有するのはなんだか恥ずかしいので、ちょっと待ってください。もう一機用意します」

映像の端に一機の〈メガネウラ〉が現れたかと思うと、カメラは二台の〈マスチフ〉と〈メガネウラ〉を斜め上から見下ろす視点に切り替わった。まるでゲーム画面のようだ。

「ありがとう。見やすくなった」

「どういたしまして。アン・ホー、いまカメラになってる〈メガネウラ〉のコントロールはそっちに渡しておくよ」

層化視《クシュヴ》にゲームコントローラーの形をしたウィジェットが現れると、アン・ホーはマニピュレーターを伸ばして、コントローラーを受け取った。そして何度か操作を試してからマルカワに言った。

「サコダ記者を追いかけていますが、見たい場所があれば遠慮なくおっしゃってください」

「わかった。ありがとう」

息をついたマルカワの横に、呉鈴雯《ウーリンウェン》がエスプレッソの入った紙コップを置いた。

「一段落ですね」

「ありがとう」

マルカワが苦く、香り高いコーヒーを口の中で遊ばせていると、呉鈴雯は拡張されたスタジオの戦況を見渡して尋ねた。

「どうなりますか。今日の、その……戦争は」

呉鈴雯は声を低めた。〈コヴフェ〉のスタッフに聞かせたくないらしい。マルカワも低い声で応じた。

「〈グッドフェローズ〉が有利だ。圧倒的に」

「イグナシオ少佐の指揮でも?」

「ひっくり返せないだろうね」

「そうなんですか。あの少佐はＯＲＧＡＮに勝ち続けてきたということですけど」

「確かにね、戦果は立派なもんです」

マルカワは、コンソールを操ってイグナシオの戦績を開いた。

「指揮した公正戦は百五十三回。全て無敗。得意とするのは、ORGAN部隊をジャングルに引き込んで行うゲリラ戦です。地形が複雑で戦場の境界がわかりにくく、参加する兵力も不明な場所なら、彼にも勝ち目はあるかもしれないが、今回は難しいかな」

いつの間にか呉鈴雯のわきに来ていたマルシャが、三角州要塞《デルタフォートレス》の地図を指さした。

「今回も中央部はジャングルですよ」

「確かにその通り。しかし狭い」

マルカワは三角州を地図の中央に移動させた。〈サン〉で買った3Dの地形データに、迫田たちが〈メガネウラ〉で撮影した情報を上書きし、〈コヴフェ〉のスタッフたちが戦況を表示できるように改造したものだ。

「差し渡しがわずか三キロメートルしかないんだ。ここに〈グッドフェローズ〉はORGANを五個分隊、三十五名も投入している。互いの姿を目で確かめられるほどの密度だよ」

「でも、兵力は〈テラ・アマソナス〉側が多いんじゃありません？」

「人数だけならね」マルカワは人差し指で兵士の駒をぐるりと囲み、ステータスを読んだ。「今回動員したのは九十一名だ。市民が七千人しかいないのによく集めたもんだ」

マルカワは、トーマが作成した兵士の3D映像をスタジオに並べた。配信時には無名化フィルターを通して目鼻立ちを判らなくしてしまうが、高精細の層化視《クシュウ゛》に描かれる生データは実物と見分けがつかない。マルカワはファイルの端についているタブで兵士を仕分けた。

「標準装備の歩兵が十分隊と機械化兵が二分隊。一分隊は七名。これが〈テラ・アマソナス〉の志願《ボランテ》兵《イア》だ。もう六人亡くなっていて、十五人、戦列を離れている」

「なるほど」

呉鈴雯が頷くのと同時にマルシャが指摘した。

「残り七名は？」

「七名——？　ああ、わかった。残りだな。残り七名は、イグナシオ直属のＯＲＧＡＮ部隊だよ。分隊長はインディアナ出身の二十四歳、カミーロ・ナセルだ」

マルカワは集団の中央にいる兵士を手前に出してステータス表示した。一読した呉鈴雯が不審そうに目を細めた。

「階級がないのね」

「正規軍に入ったことがないんだろうな。他のメンバーもみんな若いぞ」

マルカワはカミーロの周りにいる兵士たちのステータスを表示させた。年齢の後ろについているのは出身地だ。

アマンダ・ニエポラ　二十一歳　スチームボート・スプリング（CO《コロラド》）
タダシ・バースト　二十四歳　ゴセンバーグ（NB《ネブラスカ》）
ジェイムズ・イレイザー　二十四歳　ロングビュー（TX《テキサス》）
サラ・グレイ　二十五歳　ラブロック（TX《テキサス》）
ハパーチ・マチュレイ　十九歳　ソコロ（NM《ニューメキシコ》）
コンラダ・クリムコヴィチ　二十三歳　アレクサンドリア（LA《ルイジアナ》）

「どうかな、わかるかな？」

お仲間か？　と聞くのは流石《さすが》に失礼だろうが、ＭＨＳという略語を使うのも冷たい。迷ったマルカワにマルシャが笑いかけた。

「ＭＨＳかどうかですよね」

「すまない」

「いいんですよ。多分、全員ＭＨＳです」

「３Ｄ映像を見るだけでわかるもの？」と、呉鈴雯。

苦笑したマルシャは、マルカワに顔を向けた。

「オフレコでお願いしたいのですが、人種的な特徴の現れ方がスタッフたちと似ている気がします」

どういうことか、と聞きかけたマルカワは、マルシャが慎重な物言いをした理由に気づいた。外見でＭＨＳだとわかるなら差別のきっかけになりかねないのだ。

「マルシャさん、いまの段階では記事に書く予定はありません。よろしければ、どういうことに気づいたのか聞かせてください」

「彼女がわかりやすいかな」マルシャは、アマンダ・ニエポラの顔を指した。「目や鼻のかたちに、はっきり言葉にできるような特徴が現れてないのに、肌は真っ白、目はブルー、髪の毛はブロンドのウェーブです。極端でしょう？」

マルシャは、窓の外に広がるオフィスに目配せした。

「うちのスタッフも同じよ」

マルカワは拡張されたオフィスで働いているスタッフたちのアバターを見直した。確かにその通りだ。言われるまで気づかなかったが「黒い髪」のスタッフたちは、マルカワが育った日系人コミュニティでよく見かける濃いブラウンではなく、真っ黒で、真っ直ぐだ。金髪はあくまで金色だし、目の色も、緑や青、黒、茶のように、はっきり言い表せるものばかり。

マルシャはチョコレート色の手の甲を差し出した。

「わたしはインド系ってよく言われるけど、ここまで深い色の肌はなかなか見ないですね」

「確かに……記事にはできませんね」

「配慮いただき、ありがとうございます」

「他に気づくことはありますか」

呉鈴雯がステータスを指さした。

「この六人はみんな自由領邦生まれね。テキサスにネブラスカ、コロラド、ニューメキシコにルイジアナ。銃に親しんでるから？」

「違うと思う」マルシャが首を振る。「合衆国側で育っていれば、誰かは〈コヴフェ〉に入れたかもしれない」

「環境と教育か……」

呉鈴雯がため息混じりに言った。普通の人間でも最先端のテック企業で尊敬される仕事につくか戦場に出るかの違いは、生まれた場所で決まる。言葉もなく七人の兵士を見ていると、マルシャが地図を指さした。

「あれは？」

密林の中に、スタジオに並んでいるのと同じ数の七体のユニットが現れた。東の浜辺に沿って密林の入り口を探している〈グッドフェローズ〉の第二分隊も動き出した。この七名に近づいていく。

「〈グッドフェローズ〉のドローンが捉えたんだな。滅多に見られないものが始まるぞ」

マルカワはつぶやいた。

「ORGAN同士の戦闘だ」

24

密林を駆けるレイチェルの〈マスチフ〉を追っていた迫田は、突然現れたブナの枝に驚いて頭を下げた。同時にレイチェルの罵声が飛んだ。

「危ない、後ろにいて！」

コントローラーは動かしていないはずだが、頭を下げた時に重心がずれてしまったらしい。迫田の〈マスチフ〉はレイチェルの真後ろから五センチメートルほどはみ出た場所に踏み出していた。修正しようとコントローラーに力を加えた瞬間、バンという音とともに頭が後ろに弾《はじ》き飛ばされて視界が真っ暗になった。

「――っ！」

バイザーの左右を緑の影が流れていく。どうやら木の枝につっこんでしまったらしい。迫田は〈マスチフ〉のコンソールにしがみついた。

「ジェイクは運転やめて！」レイチェルが吠えた。「時速八十キロだよ。群体《フロック》マーカー使って！」

確かにそれが一番いい。群体マーカーを使えばレベル5の自動運転車で巡航車列を組むようなことができる。しかし、時速八十キロメートルで森林の中を走っている最中にコンソールのメニューを操作してマーカーを出し、前方を走るレイチェルの〈マスチフ〉とリンクを貼るなんて無理な相談だ。

「ど、どうやって？」

「トーマ、やってあげて！」

「サコダさん、コンソールにマーカーを出してください」

落ちついた声が迫田の背後から聞こえて、オレンジ色の〈メガネウラ〉が横に並んだ。迫田は左手で〈マスチフ〉のロールバーを握りしめてコンソールに体を密着させてから、右手でワークスペースを開いた。恐ろしい勢いで背後に吹っ飛んでいく森に震えが走るが、迫田は、半ば手探りで群体マーカーをコンソールに呼び出した。

「出た」

「では、いただきます」

すぐ傍に近寄ってきた〈メガネウラ〉から層化視《クシユヴ》のマニピュレーターが伸びてきてマーカーを取り上げた。

「任せてください」

「頼む」

マーカーを受け取ったトーマの〈メガネウラ〉は、前方を疾走するもう一台の〈マスチフ〉の方へ飛んでいく。目で追おうとしたが、この速度で見える前方は、緑のトーンででたらめに塗り替えられるスクリーンにすぎない。観念した迫田が再びコンソールにしがみつこうとすると、不意に振動が消えた。

〈マスチフ〉が転倒しようとしているのかと思った迫田がシートを太ももで挟むと、落ち着いたレイチェルの声が耳に届いた。

「オッケー、もう体起こしてもいいよ」

恐る恐る迫田が顔をあげると、すぐ目の前にレイチェルの〈マスチフ〉が走っていた。迫田の〈マスチフ〉との間隔は五センチメートルも空いていない。

「群体モードに入った」とレイチェル。「地形情報はこっちの〈マスチフ〉で処理するから振動もないでしょう」

「高級車の乗り心地だ。驚いた」

迫田は、シートの背もたれに体を預けた。先ほどと変わらない時速八十キロメートルで走っているのに、振動は嘘のように消えていた。早回しのアクションカメラの映像を見ているかのようだ。

「僕は先に、カミーロの指示した場所に行ってます」

トーマの〈メガネウラ〉が前方に消えていく。それを見送ったレイチェルが迫田に尋ねた。

「あいつに引きまわされてるようで面白くないな。何を見せようってんだろう」

「ＭＨＳの能力、だろうな」

「どんな？」〈マスチフ〉を操りながら、レイチェルは器用に肩をすくめた。「赤外線が見えるとか、暗算が速いとか？　分岐意識《ブランチ》なんかＯＲＧＡＮ同士の撃ち合いじゃ役に立たないよ」

迫田は唸る。確かにその通りだ。イグナシオの元から放たれた七名は、すでに〈アイズビー２〉で観測されている。どちらもORGANなので先に撃たせる必要もないし、有視界射撃にこだわる必要もないので、射界に入った瞬間の曲射弾《ステア・ビュレット》一斉射で片がついてしまう。カミーロたちも同じことをするはずだが、同じ技術・戦術でぶつかれば弾の多い方が勝つ。

　レイチェルがさらに指摘した。

「イグナシオの部隊には照準手《ポインター》がいない。一人照準でやるだろうけど、どうしたってワンテンポ遅れるはずよ」

「確かにな――もう、着くんじゃないか？」

　レイチェルが前方を指さした。木々の切れ目から光が差してくる。目的地の広場だ。赤とオレンジのマーカーが層化視《クシュヴ》で重なった。

「あと三十秒、ジェイクは撮影を準備して。始まるよ」

「わかった」

　迫田は〈マスチフ〉の背中にコンソールを浮かべて、カミーロが指定した戦闘地点の地形に、双方の観測ドローンの位置を重ねた。東側からダイヤモンド陣形で広場に入ろうとしている〈グッドフェローズ〉に対して、カミーロたちはパンヤの木の、人の背丈ほどもある板根《ばんこん》の裏に固まって広場を窺っていた。迫田はマルカワにメッセージを送った。

「広場についた。会敵は近い、中継を頼む」

　わずかに遅れて「準備は万端」という答えが返ってきた。どれだけネットワークが速くなっても、ブラジルからサンフランシスコまでは、〇・二秒ほどかかってしまう。

　レイチェルが〈マスチフ〉のラックに挿《さ》したFAR‐15を後ろ手に叩いた。

「戦争犯罪を見かけたら介入していい？」

「しないだろう」

「信じていいわけ？」とレイチェル。

「考えても仕方ないだろう」

「まあそうか」

返答は短かったが、レイチェルは〈マスチフ〉の速度をさらにあげて、広場を見下ろす小さな崖で足を止めさせた。

浜を見下ろしたレイチェルは追いついてきた迫田に言った。

「最高のポジションじゃない」

確かにその通りだった。森の中にぽっかりと空いた、直径五十メートルほどの広場には、高く昇った熱帯の太陽が陽射しを落としている。雲はひとつもないが高い湿度のおかげで空には薄い霞《かすみ》がかかっているので、映像のコントラストはそれほど高くない。

「トーマは？」

「あそこ」とレイチェルが指さした広場の中央に、トーマの主幹意識《トランク》が入ったオレンジ色の〈メガネウラ〉がホバリングしていた。あちらもベストポジションだ。メインカメラで広場に東から入ってくる〈グッドフェローズ〉を、そして背後のカメラでは迎え撃つカミーロの部隊を収められる。

滅多にないORGAN同士の激突だ。

レイチェルがORGANのインターフェイスを迫田に共有した。事前の予想通り〈グッドフェローズ〉が十五名、カミーロの部隊が七名だ。〈グッドフェローズ〉の火器はFAR-15の民間軍事企業カスタムで、カミーロたちは百式歩槍《バイシブーチャン》。重火器はない。〈グッドフェローズ〉側はグレネードランチャー付きのFAR－15を持っている兵士が三名いる。

二分隊相当の〈グッドフェローズ〉を率いるのはメイリン・チャン軍曹だった。

「隊長のメイリン・チャン、知ってるか？」

「同い年の隊員。ジャングルはわたしよりも多いかな。ベテランだよ」

「確実を期したってことか」

イグナシオの元にいたカミーロの実戦経験は少ない。物量も、経験も〈グッドフェローズ〉に分がある戦いだ。地の利も、大勢《たいせい》を覆《くつがえ》すほどの差ではない。迫田は時刻を確かめた。

「ここでカミーロたちが負ければ、開戦四十分で戦争が終わる。どう思う？」

「普通ならそうなる。でも、カミーロたちはわざわざ出てきたんでしょう？」

その通りだ。今回の防衛戦には二十四時間という制限もある。逃げ続けても勝てるし、捜索しにきた〈グッドフェローズ〉を待ち伏せる方がずっと勝ちやすい。それなのにカミーロは広場で正面からやり合うことにした。

レイチェルは、広場の西に顔を向けた。

「始まる――嘘でしょ」

レイチェルの声が裏返った。迫田は、一言も声を発することができなかった。

板根の裏から現れたのは、戦闘服の上半身にボディーアーマーを着けただけの七名だった。避弾経始に使う盾もないし、ヘルメットも顔がひらけている普通のタイプだ。先頭に立つのはカミーロだった。広場の中央でホバリングしていたトーマも動揺したらしく、〈メガネウラ〉は一度大きく機体を揺らしてから、七名が全部入る位置に移動した。

「照準」

レイチェルがつぶやくのと同時に、層化視《クシュヴ》に描かれたオレンジ色の輝線がカミーロの胸と交差する。〈グッドフェローズ〉の照準手《ポインター》がカミーロに照準を合わせたのだ。間髪をいれず、曲射弾《ステア・ビュレット》の黄色い光がオレンジの線をなぞる。遅れて銃声が届く。着弾、と思ったが、オレンジの輝線はカミーロの脇の下に逸れていた。

「外した？」

「違う」

レイチェルが呆然とつぶやく。迫田にもわかっていた。カミーロが、飛んでくる弾を避《よ》けたのだ。それでも確かめずにはいられなかった。

「カミーロは弾を避けたのか？」

「そう――だけど」

レイチェルがうめく。すぐに何十本もの照準輝線が広場を横切ってカミーロ分隊を貫いた。黄色い輝きがオレンジの線を走る。横薙《よこな》ぎの斉射だ。機関銃の発射音が広場に満ちた。フルオートでばらまいた全ての銃弾を命中させる、ＯＲＧＡＮならではの必殺の斉射だ。

だが、カミーロを先頭に歩く七名は正面から飛んでくる銃弾を左右に避けながら、広場を悠々と横切っていく。背後で樹木が爆《は》ぜる。彼ら彼女らは、フルオートで放たれた銃弾を紙一重で避けて歩いているのだ。

「今のもか？」

思わず叫んだ迫田にレイチェルが冷静に応じた。

「イメージしてみた。できると思う。排莢の抵抗が大きい曲射弾《ステア・ビュレット》のフルオートは少し遅くて〇・一秒。弾丸同士の間隔は六十メートルあるから、その間に体を割り込ませれば避けられる。もちろん、覚醒してればだけど」

カミーロが手をあげると、付き従う六名は百式《バイシ》を構えた。次に描かれたオレンジ色の線は、百式《バイシ》の銃口から〈グッドフェローズ〉が展開する木立に突き刺さる。カミーロたちは歩みを止めることなく百式歩槍《バイシブーチャン》を構え、相対したORGAN部隊に淡々と送り込む。一つ、また一つと〈グッドフェローズ〉側のマーカーは消えていく。その間も〈グッドフェローズ〉側は撃ち続けていたが、一発としてカミーロの率いる七人を射抜く銃弾はなかった。

カミーロの部隊が何度かの銃撃を行うと〈グッドフェローズ〉の射撃は止んでしまった。抵抗できなくなったらしい。

「レイチェル、カミーロにインタビューする」

レイチェルと迫田は〈マスチフ〉で崖を駆け降りる。広場を横切ったレイチェルと迫田の前に、トーマの〈メガネウラ〉が戻ってきた。

「〈グッドフェローズ〉側の二分隊は、全滅しています」

「十五名が、全員？」

トーマがホバリングさせた〈メガネウラ〉で頷いた。

「全員頭か、喉を撃ち抜かれています」

「盾は？」とレイチェル。「盾で、防げてないの？」

〈メガネウラ〉がいやいやをするように機首を横に振る。

「僕が撮れたのは、最後の二人だけです。〈グッドフェローズ〉の盾は間に合っていませんでした」

「そんなわけない」レイチェルが声をうわずらせた。「ORGANの避弾経始は反射神経よりも速いんだから――」

言葉を切ったレイチェルは、最後の十メートルほどを〈マスチフ〉にジャンプさせてカミーロのすぐ前に降り立った。

「どうやって撃ったの」

百式歩槍《バイシブーチャン》のマガジンを入れ替えたカミーロは、何事もなかったように答えた。

「単純だよ。システムより早く撃つ」

レイチェルが手を振った。

「できっこない。ORGANは引き金を観測して予測してるんだ」

「そう、ORGANの避弾経始は人間の動作を予測している。だけど、僕たちはずっと速い」

レイチェルに言ったカミーロは、百式《バイシ》を空に構えた。

「サコダさん手を叩いてみて。それを聞いて僕は引き金を引く。配信してもいい」

迫田はカミーロを睨んだ。

「放送を利用しようとしていませんか」

「少佐からは、MHSの全てを見せろと言われてるんだ。サコダさん、好きなタイミングで手を叩いて」

息を殺した迫田は、カミーロが気を抜いたように見える瞬間を見計らって手を叩いた。だが、その時すでに銃声が聞こえていた。どうやらカミーロは手を叩くより先に引き金を引いたらしい。

「先に撃ったね」

「後ですよ」カミーロの顔は笑っていた。「映像をプレイバックしてみてください。僕は、サコダさんが手を叩いたのを見てから引き金を引いています」

「嘘だね。おれより先に撃ってる――」

「ジェイク」

レイチェルが囁いた。

「カミーロが正しい。あなたを見てカミーロは引き金を引いてる」

「嘘だ！　おれが手を叩いた時、銃声はもう鳴っていた」

「サコダさん」トーマが口を挟んだ。「カミーロは確かに、サコダさんが手を叩いたのを見てから撃ちました。これだけ速く反応する生物を見たことがないので、脳がそう認識できないんです」

「……嘘だ」

レイチェルが首を振る。

「わたしにははっきり見えた。映像でも確かめるといい」

レイチェルはカミーロに顔を向けた。

「わたしにもできるの？」

「できる。僕たちは進化したあらゆる生物よりも速い――でも、だから」

カミーロは何かを確かめるように、手を開いて、握り直した。そしてレイチェルとトーマの入った〈メガネウラ〉を順繰りに見つめた。

「僕たちはヒトと違うわけでしょう?」

迫田の背中に鳥肌が立った。カミーロは違うことを認めているのだ。聞くとはなしに聞いていた彼の部下たちも同様に頷いていた。黙り込んでしまった迫田の、凍った時間にヒビを入れたのはレイチェルの舌打ちだった。

「だから何? 人のたぐいよ。それでいいじゃない」

レイチェルの顔を見てくすりと笑ったカミーロは、迫田に敬礼した。

「次の戦闘は〈シカゴ・ベア〉に撮影してもらいます。それでは失礼します」

25

「弾を——避けたぞ」

目にしたことが信じられなくなったテリー・マルカワは、スタジオに浮かべた層化視《クシュヴ》のコンソールを手元に引き寄せようとして、スツールの上でバランスを崩した。隣で戦況を眺めていたマルシャがこちらを向いた。

「大丈夫ですか」

「ええ。それより、見ましたか?」

「……はい。〈テラ・アマソナス〉の部隊は、弾を避けましたね」

映像をプレイバックしたマルシャは、なるほど、と頷いた。

「何かわかったんですか？」

マルカワが問うと、マルシャは自分に言い聞かせるように頷いた。

「引き金を引いた瞬間に、シミュレーターの描く軌跡を見て避けています」

マルカワはマルシャが何を言っているのか一瞬わからずに聞き返した。

「ちょ、ちょっと待ってください。見てから避けてるんですか？」

「ええ。ORGANの弾道予測は、引き金を引いた瞬間に起動していますよね。ここから機関部を動かして、弾が出るまでの時間は〇・一秒ほどありました。弾道は立体的に描かれるので、体がよく動くMHSなら避けられると思います」

「……見てから、ですか」

マルシャは頷いたが、それまで口をぽかんと開けていた呉鈴雯《ウーリンウェン》が慌ててスツールから滑り降りてきた。

「マルシャ……いまの話はありえないって。絶対無理よ。目で見て認識するまで、〇・二秒は絶対にかかるんだよ。〇・一秒なんて、反射の世界よ。このタイムラグは覆せない。どんなアスリートだって、どんな動物だってそうなんだから。神経の伝達速度の限界なんだから」

マルシャは首を振った。

「わたしたちの神経伝達速度はあなたの倍以上速いし、動きかたを決めておけば考えなくても精密に動くことができる。インプラントのわずかな電位や抵抗も、きっかけに使えることがわかってきた。あの映像を見て、はっきりわかった」

「インプラントって、ジェスチャー用のチップ？」

マルシャは頷いた。

「わたしたち、十個や二十個は平気で入れてるからね」

呉鈴雯とマルシャの会話を聞いていたマルカワは、空いた口が塞がらなかった。ＯＲＧＡＮの映像を初めて見た時、弾道を予測して電気ショックで盾を組み、避弾経始する兵士の姿を見た時には新しい時代が来たと思ったものだ。だが、目の前で撃たれた小銃の弾を避けるというのは明らかに次元が異なる。そしてマルシャはどうやら「できる」と確信を持っているらしい。

マルカワが、この驚きに共感してくれる相手を探して首を巡らせると、中空から声が響いて、アン・ホーのアバターが、カウンターの突き当たりに描かれた通路から現れた。狭いオフィスを気遣ったのか、心なしかサイズも小さい。

「マルカワさん、いまの銃撃戦の解説が用意できました。配信できますよ」

「わかった」

マルカワはアン・ホーが用意したビデオクリップを確かめる。〈メガネウラ〉で高速度撮影したスローモーション映像を挟んだ五分ほどの短い尺の映像だ。そこには、先頭を歩くカミーロ・ナセルという兵士が、自分の太ももを貫く弾道予測を見てから足を動かしているのがはっきりと映し出されていた。フルオート射撃の火線を縫うように歩く七名は百式歩槍《バイシプーチャン》を構え、弾道予測よりも速く銃弾を放っていく。

解説のナレーションには、カミーロたちが卓越した反射神経を持つ理由について「遺伝子編集によるものと考えられる」と記されていた。

この一言で、事実確認スコアは〇・五を下回るだろう。ロビイストの息がかかった事象モデルを排除した〈コヴフェ〉のシステムなら、推測に基づくこの映像にも〇・八を超えるスコアをつけてくれるはずだが、今回の配信で〈コヴフェ〉のシステムは使えない。

マルカワは配信ボタンにかけた指が震えているのに気づいた。

リアルタイム配信では何が起こったのかわからない人もいるだろう。だがこの映像を配信すると、いま視聴している十万人ほどが、異能を持つ人類の存在に気づく。数分も経てば視聴者は百万人、一千万人――いや、億の単位を簡単に超えていくだろう。

人類が、もう一つの人類と暮らしていることを知るのだ。

マルカワはこわばった指をもう一方の手で伸ばした。それを知らせるためにこの配信を手配したんじゃないか。

深呼吸をして、ボタンに指を下ろす。配信するぞ、と言おうとした時、マルカワは奇妙なものに気づいた。

三角州の南岸にある桟橋に、オレンジ色の〈グッドフェローズ〉とも、緑色の〈テラ・アマソナス〉とも違う薄青色のドットがいくつか現れて、中央を目指していた。マルカワの視線に気づいたアン・ホーが即座に答えてくれた。

「〈グッドフェローズ〉に招聘《しょうへい》された〈シカゴ・ベア〉の取材班ですね」

「ああ、そこが連中の拠点か」マルカワは地図を拡大してドットの数を数え上げる。「しかしまた大所帯だな。八名か」

人間のスタッフを示す丸いドットが八つ、四角い四足歩行ローダーが二つある。マルカワがチェックしていると、マルシャがスクリーンに声をかけた。

「トーマ、余裕があったら三角州の南を撮影してくれる？〈グッドフェローズ〉と契約したジャーナリストがやってきてるの」

「了解」と、主幹意識《トランク》の硬い声が応じた。「〈メガネウラ〉を一機回しておきます」

それから数秒経つと、カウンターの奥にもう一枚の空撮スクリーンが開いて台船が横付けされた栈橋が映し出される。明るいマウンテンパーカーを着た撮影班と、暗い、引き締まった色のジャンパーを着たニュースキャスターの姿も見えた。ベテランのベッキー・エリオットだ。四足歩行ローダーは、多用途とマニピュレーターを搭載した〈マスチフ〉シリーズの民間使用モデルだ。ローダーには〈メガネウラ〉と同型のドローンやカメラが積んであったが、台船には開封前のコンテナも積んであった。

スタッフのベストには、確かに〈シカゴ・ベア〉のロゴがある。

コンテナを拡大したアン・ホーが首を傾げる。

「大量に持ってきましたね。中身はなんでしょう——あ、船の上で開けるんですね」

「三角州は砂浜だし、木の栈橋には下ろせないだろう」

台船の甲板には、コンテナの中から出てきた樹脂ケースが次々と積み上がっていく。ケースに描かれた、見慣れたロゴにマルカワは膝を叩く。

「あれは、層化視《クシュウ》の撮影に使う配列《アレイド》カメラだ」

「それはなんなんですか?」

「何十枚も一気に撮影して微細な奥行きをスキャンしたり、光沢の物理的な特性を記録したりできるんですよ」

マルカワがマルシャの質問に答えると、アン・ホーがすぐに検索してスタジオに器具の立体映像を浮かべてくれた。チタンの金属枠の中央に、十二段十六列、合計百九十二個のレンズが複眼のように並ぶモデルだ。

「〈シカゴ・ベア〉が持ち込んだのと同型のカメラです。でもこれ、屋内用ですよ」

「そうだな」とマルカワ。「おっそろしくデリケートなカメラだ。一度セットしたら動かせないし、暗くても映らない。スタジオにしか置かないものなんだがな」

「そうみたいですね——あ、二つ目のコンテナからはライトが出てきました」

「なるほど。こっちは配列《アレイド》ストロボだ。発光のタイミングをずらして配列《アレイド》カメラで撮ると、金属光沢や透明なものの質感を層化《クシュヴ》視越しに再現できる。料理の湯気とかもな」

「これも野外では使えないんですね」

「当然です」

マルカワが頷くと、マルシャは断言した。

「じゃあ、使い道はひとつしかありませんね。チェリー・イグナシオを撮りに行くのよ」

「そうか」マルカワは額をピシャリとたたいた。「陣地で組んで撮影するわけか。確かにそれしかないな。独占インタビューかな、ちくしょうめ」

「何がですか？」

悪態をついたマルカワにマルシャが首を傾げる。

「サコダの独占インタビューは拒否されたんだ。〈シカゴ・ベア〉は、ベッキー・エリオットなんて大物を連れてきてんだよ」

「残念でしたね」

「まったくだ」と言ったマルカワは呆れたような声で付け足した。「しかし配列《アレイド》カメラは無駄遣いだ。確かにあれで人を撮ると、低速ネットの層化視環境《クシュヴ》でも目の前に人が立っているかのような臨場感が味わえるんだが、軍人のインタビューに使うには勿体《もったい》なさすぎる」

「なるほど。ではどうぞ」

「何を？」

マルカワが首を傾げると、マルシャは配信待ちになっている映像のリストを指さした。

「弾を避けるところの解説です。まだ配信してないですよね」

マルカワは配信ボタンに指を当て、少し考えてから押し込んだ。配信数が跳ね上がる。マルシャたちと話したことでずいぶんと気が楽になっていた。とにかく映像はネットに載った。フィードバックの統計パネルを開くとマルカワはアン・ホーに頼んだ。

「反応の分析は任せていいかな。おれはサコダに〈シカゴ・ベア〉のことを伝える」

26

〈マスチフ〉にまたがって走るレイチェルの向こうに、近づいてくる木生シダの葉が見えた。急いでコンソールに伏せた迫田の頭上を、ものすごい勢いでシダの葉が吹っ飛んでいく。胸を撫で下ろすと、レイチェルが振り返って言った。

「木の枝を避けるの、上手くなったね」

その背後から次のシダの葉が迫っていた。

「危ない、前見てろ！」

「見えてるよ」

涼しい声で言ったレイチェルの言葉通り、〈マスチフ〉は進路をわずかに逸らして突っ込んでくる葉をかわす。群体《フロック》マーカーで追跡している迫田の〈マスチフ〉もスムーズにその後を追った。顔のすぐ横を鋭く尖った葉が通り過ぎていく。先行する〈メガネウラ〉が記録した映像が彼女には見えているのだ。安堵の息をついてから、迫田は口を開いた。

「見えてるのはわかってるけどな、見ててくれ。心臓に悪い」

「わかった」と笑ったレイチェルは顔を正面に向けて、迫田の前に地図を浮かべた。「でも急ごう。〈グッドフェローズ〉の第三、第四分隊がフォーメーションを組んだ」

レイチェルが指さした三角州の南岸では、〈グッドフェローズ〉を示すオレンジ色の輝点が密集隊形をとって、三角州要塞《デルタフォートレス》の中央にある丘を向いていた。彼らが警戒していることは、じりじりと動くマーカーの動きからも伝わってくる。

フルオートで放たれる銃弾の雨を、悠々と歩いて接近してくる〈テラ・アマソナス〉の映像は、〈グッドフェローズ〉の戦況監視ドローンも記録していることだろう。警戒するのも無理はない。

ふと、迫田は思いついた。

「なあレイチェル。さっきカミーロがやってみせたやつ、映像だけ見てマネできるものかな」

振り返ったレイチェルは怪訝《けげん》な顔をしていた。

「いやほら、〈グッドフェローズ〉も真似できるかなと思ってさ」

「わからない。無理じゃないかな」

イグナシオの部下たちは、部隊長のカミーロを筆頭にかなり若い。銃弾を避けるような行動は、レイチェルよりも若い、第三世代のＭＨＳにしかできない芸当なのかもしれない。

「第三世代でも？」

「そういう意味じゃない、映像を見てできるかって話でしょ。わたしは直接見たからやり方がわかった。でも映像であの感じが伝わる気がしない」

わかるような気がした。迫田自身もカミーロが弾を避けるところを見たとき、同じように体が動く気がしたのだ。

「サコダさん――」

頭上を飛んでいた〈メガネウラ〉が迫田とレイチェルのちょうど中間に降りてきて、まるで首を傾げるかのように機体をくいっと傾けた。流れていく密林が映り込むメインカメラの向こうに、まるでトーマがいるようだった。

「そうだ、トーマは？」

「僕はやり方がわかりました。できると思います」

迫田は〈メガネウラ〉を見直した。肉眼で見たレイチェルとは違い、トーマはカメラ越しに見ていたというわけだ。トーマは映像クリップをワークスペースに浮かべた。トーマの視点で撮影された映像だ。森を出てきたカミーロが〈グッドフェローズ〉の部隊の方へと歩き出すところだった。百式歩《バイシブー》槍《チャン》を担いだカミーロのその顔を見て、迫田は血の気が引くのを感じた。

「カミーロがこっちを見てる」

「そうなんです。カミーロは僕を見ていました。それを見た僕は、危険な場所にいる感覚に襲われました。まるで銃口の前に立っているかのような」

「……カミーロのように？」

「はい。そして弾道予測を見て、どうすればいいかわかったんです」

映像の中でカミーロの体を弾道予測の輝線が貫いた時、映像が一瞬だけブレた。そして黄色い実弾の輝きがカミーロの脇を通った。

「このとき僕も一緒に弾を避けました」

迫田は〈メガネウラ〉に顔を向けた。

「配信を見た〈グッドフェローズ〉も真似できると思っていいんだな」

トーマは「いいえ」と言って〈メガネウラ〉の機体を振った。

「そうね」と、映像をプレイバックしたレイチェルが言った。「わたしもわからない。世代が古いせいかもしれないけど」

「世代の問題じゃないようです。アン・ホーもわからないみたいですから」

アン・ホーはトーマよりも進んだ第四世代だ。それでできないということは、何か重要な要素が足りていないということなのだろう。

「何が違うのかわかったら教えてくれ」

「わかりました。ところでサコダさん、マルカワさんのメッセージ読んでませんよね」

「ん？」迫田はメッセージボックスを開いた。「忘れてたな」

迫田は録音されていたメッセージをテキストに要約して読んで舌打ちした。

「何かあったの?」とレイチェル。

「ライバルに対するやっかみさ。〈シカゴ・ベア〉が、スタジオで使うような層化視《クシュヴ》の撮影環境を持ち込んでるらしい」

メッセージを閉じた迫田はなんでもないと手を振って、機材のカタログをワークスペースに呼び出した。

「配列《アレイド》カメラとセットで使うストロボだ。でかいぞ、合わせて二トンはある」

「何が撮れるの?」

レイチェルは聞いたが、特に興味はないらしい。声からは人間味が消えていた。分岐意識《ブランチ》でとりあえず聞いておくのだろう。いい気なものだ——と迫田は思った。話す方はそうはいかない。

「髪の毛一本、タバコの煙の水蒸気分子まで記録して、立体情報を配信できる。どんなにしょっぱい層化視《クシュヴ》でも、まるで目の前にあるかのような存在感で表示できるってわけだ。戦場では使えないからイグナシオのインタビューに使うんだろう」

「げっ」とうめいたレイチェルが舌を出す。どうやら聞いていたらしい。「あいつが目の前に? 見たら殴っていいかな」

迫田は笑った。トーマの〈メガネウラ〉が驚いたように機首をあげた。

「配列《アレイド》カメラって、屋外だと使えないんですか?」

「撮影ブースのあるスタジアムならいけるが、カメラを動かせないからな。何に使うと思った?」

「カミーロが弾を避けるところを高画質で配信しようとしてるのかと思ったんですよ」

「狙いは?」

レイチェルも振り返ってトーマの言葉を待っていた。

「MHSへの呼びかけです。配列《アレイド》カメラなら、配信を見てるMHSに弾を避ける方法が伝えられるかもしれません。MHSが二十万人生まれてるなら、アメリカ人の三千人に一人はMHSってことになります。さっき十万人見てましたね。三十三人は見てることになります」

マルカワが「遺伝子編集」という言葉を入れた解説動画を配信してから視聴数は爆発的に増えている。一千万人が見たのなら三千人。それだけのMHSが、組み込まれた力に気づかされる。

「カミーロを見てMHSが覚醒するとしよう。それでイグナシオにメリットは？」

「だから、そうじゃないんですよね」

〈メガネウラ〉が肩をすくめるように機体を揺らす。そうだった。戦場に配列《アレイド》カメラは運べない。イグナシオは自分を撮影させようとしているのだ。

迫田は背中にぞわりと走る寒気を感じた。イグナシオが自分の出生と、MHSのことを教えてくれた層化視《クシュヴ》のインタビューで迫田は、MHSを生み出した後悔を味わった。「あんなことをしなければよかった」と思ったのだ。レイチェルとトーマも、対面したイグナシオの後悔を口にしていた。二人は迫田よりも強く引きずられたようだった。

彼は対面した相手に影響を及ぼす力を持っている。それが層化視《クシュヴ》でも伝わるのは確かだ。インタビューは葉巻の香りを感じたと錯覚するほどの高画質だった。いまにして思えば、あれは配列《アレイド》カメラの映像だった。

迫田は〈シカゴ・ベア〉の撮影班と機材の行方を確かめた。撮影班は中央の丘を睨んで集結している〈グッドフェローズ〉部隊の後方へ、機材を乗せたローダーは丘の裏にある傾斜地へと向かっていた。

「レイチェル、トーマ」迫田は呼びかけた。「機材を追うぞ。イグナシオの狙いはインタビューの高画質配信だ」

27

水の香りがイグナシオの意識を呼び覚ました。誰かがテントに入ってきたときに、風が吹き込んだらしい。

「カミーロか？」

声帯を震わせたのは自分にすら聞こえないほど細い声だったが、顎に触れさせた骨伝導マイクは音声として拾い上げたらしい。ベッドサイドに立っていたカミーロは、点滴のチューブを確かめていた手を止めてベッド脇のスツールに腰掛けた。

「お目覚めですね」

「何時だ？」

「十三時五分です。〈グッドフェローズ〉の第二分隊を倒してから、二時間十四分経っています」

答えながらカミーロはベッドサイドに並ぶ医療機器に目を走らせる。若いつるりとした顔が内心を表すことはないが、自分の状態が思わしくないのは確からしい。一通り数値を確かめたカミーロは、ベッドサイドのワゴンから薬の瓶を二つ取り出した。イグナシオは眉をひそめる。

「なんの薬だ」

「昇圧剤です。血圧が四十を下回っていますので、使いますよ」

「どおりで体が動かないわけだ。睡眠不足かと思ったよ」

カミーロは笑った。

「失神からのお目覚めはいかがですか」

「いつの間にそんな生意気な口をきくようになったんだ。《ジャーヴィス、ベッドを立ててくれ》」

微かなモーターの音を響かせてベッドの背中の部分が持ち上がると、首を真っ直ぐに保てないイグナシオはバランスを崩して、スロープの上をずるりと滑ってしまう。慌てたわけではないが、胸が押しつぶされてしまう格好になったイグナシオが喉をひゅうと鳴らすと、ゆっくり、しかし間違いのない動きで長い腕を伸ばしたカミーロが、優しく抱えあげる。

「無茶はしないでください。〈シカゴ・ベア〉の撮影までは時間がありますよ。機材はもうすぐ到着します」

「わかってる。いまの状況も知っておきたい。隠した眼鏡を返せ」

カミーロはため息をついて、マットレスの下から層化視用《クシユヴ》のメガネを抜き出した。

「いいですか、十五分だけですよ。目にも負担がかかります」

「子供のゲームじゃあるまいし、好きにさせろ」

「子供は回復しますが、少佐の疲労はもう元には戻りません」

イグナシオはカミーロを睨むだけにしておいた。わざとらしいため息をついたカミーロは、テーブルに置いてあるワセリンをメガネの鼻当てと弦《つる》にたっぷり塗ってからそっとイグナシオの顔に乗せた。

すでに彼の皮膚は、プラスチックを直《じか》に当てると破れてしまうほど弱くなっているのだ。

「では、三角州要塞《デルタフォートレス》の地図を展開します」

シーツの上に三角形の中洲が描かれた。志願兵《ボランテイア》を示す輝点はもう七つしか描かれていない。

「志願兵《ボランテイア》たちは？」

「初戦の六名以上は死者を出していません。十五名の重度傷害者は、レティシアの病院で治療を受けています」

イグナシオは指で十字を切った。失われる必要のなかった生命だ。

「ゴウに、遺族のケアを忘れないよう伝えておいてくれ。残りは？」

「キャンプの防衛に少しだけ残して、あとはレティシア市に退避させました」

「いい判断だ。二度目の戦闘は？」

「ここで〈シカゴ・ベア〉の取材班に弾避けを撮影させました」

カミーロはテントの立つ丘の西側斜面を指さして、映像クリップをその上に浮かべた。イグナシオも顔を知っているキャスターが驚いている後ろで、東の浜と同じ光景が繰り返される。

「これで二個分隊潰したか。残りは、ここか」

イグナシオは丘の下で横列を組んでいる部隊を見つめて口元を緩めた。

「いい具合に二分隊が集まってくれたな。配信まで時間稼ぎできるか？　視聴者数も稼ぎたいところだ」

「任せてください。二千万人ですね。二十分ぐらいかけて、一人一人無力化していきますよ」

「あんまり見せると、こいつらも覚醒しかねないな」

「可能性はありますね」カミーロは肩をすくめた。「でも、経験の差は埋められません。わたしたちが勝ちます」

「そうだろう。《ヘイ、ジャーヴィス。もう一度寝るよ》」

イグナシオはベッドを倒していきながら、インタビューのことを考えていた。毛穴まで撮影できるカメラの前に立てば、イグナシオは全米のMHSを思うように操れるのだ。

ベッドが平らになると、イグナシオは自分の意識が薄れていくのに気づいた。

28

トーマの主幹意識《トランク》が操っている〈メガネウラ〉が迫田の顔の前に降りて三角州要塞《デルタフォートレス》の立体映像を展開した。

「〈シカゴ・ベア〉の撮影チームが、高台の中央にあるテントに入りました」

トーマが拡大した中央の丘には、光学迷彩で偽装された三つの大型テントが並んでいた。中央のテントの前には、桟橋から配列《アレイド》カメラを運んでいた民生〈マスチフ〉が膝を折って待機していた。機材の搬入は大詰めを迎えているらしく、脇の布をめくりあげたテントの中で、二人のスタッフがストロボに取り付いて何やら作業を行っているところだった。

横からレイチェルが首を突っ込んできて中央のテントを指さした。

「イグナシオはここ？」

「たぶんな。インタビューは十六時開始かな」

「遅くない？」とレイチェル。

迫田はスタッフに交じって休憩をとっているキャスターを指さした。

「エリオットのメイクが始まってない。配列《アレイド》カメラで顔出しするならメイクは一時間かかる」

迫田は正面に展開する〈グッドフェローズ〉の部隊を見渡した。照準手《ポインター》の〈マスチフ〉の前に二列で歩兵が並んで、テントが設営されている丘を睨んでいる。指揮官はベテランのマリオ・ガルシア中尉だ。トーマが撮影している映像で見る表情は硬いが、それも当然だ。三十五人いた〈グッドフェローズ〉も、二度の交戦を経て十五人しか残っていないのに、ORGANを使うカミーロたち七名は無傷のままなのだ。テントの位置はわかっているが、二分隊しかいない現状では裏をかくのも挟み撃ちするのも難しいというところだろう。

レイチェルがガルシア中尉を指さした。

「前に下についたことがある。慎重な指揮官だよ。インタビューまで睨み合うつもりかな」

「それはないかな」迫田は、光学迷彩で歪んだテントのシルエットを見つめた。「〈グッドフェローズ〉は、イグナシオのインタビューを止めたいはずだ」

「インタビューの開始と同時に襲いかかる――か」

レイチェルの予想は正しい。迫田は頷いた。

「そう。カミーロがテントの警護に何人か割いたところで、急襲する」

「それしかないね。ガルシアの相手をするのは五人てところか」

迫田は横列を組んだORGAN部隊に目配せをした。

「勝ち目は？」

「今度は少し粘るんじゃないかな。手の内はわかってるし、何人かは弾を避ける感覚を摑んでると思う」

「それでもカミーロ側の有利は変わらない、かな」

レイチェルは頷いた。

「カミーロたちは自覚してからの経験が違うし、トレーニングも積んでる。それに、作戦を立てるのはガルシアだけじゃない」

レイチェルは丘の上を指さした。そこにはカミーロが、若い兵士を一人連れて立っていた。すでに撮影していたトーマがその兵士に「アマンダ・ニエポラ」とタグをつけてくれる。二十一歳の若い兵士だ。二人はヘルメットのバイザーをあげて、丘の上からORGAN部隊を見下ろしていた。体を晒《さら》すと表現した方がいい無造作な立ち姿だが、二人に銃弾は当たらない。カミーロがニエポラの肩を叩くと、彼女は挑発するようにガルシアに手を差し伸べた。

「なるほど、一人ずつ出していくんだ」

「十五対一だぞ」

「引き延ばすだけならそれで十分よ。そもそもキルレシオは三十対ゼロよ」

意図に気づいたのか、ガルシアが身を震わせる。十五人がかりでも被害がゼロというわけにはいかない。一度に三人ずつ撃ち減らされれば最後に笑うのはカミーロだ。

「乱戦になるな。終わるのを待ってられない」

「そうね」ため息混じりに言って、レイチェルはテントを眺めた。「まっすぐ突っ切っていくしかないか」

ＦＡＲ－15を掲げたガルシアが吠えた。

「総員！　装備の最終確認、通信機、医療キットを確認。撃ち倒すぞ！」

ＯＲＧＡＮ部隊が「了解！」と叫び、ＦＡＲ－15の薬室と弾倉を確かめる。金属のたてる音が聞こえてきた時、迫田は、何度経験しても慣れない恐れに身を震わせた。

「弾が当たらないのはわかっているが、ゾッとしないな」

迫田がそう言った時、ニエポラが丘を駆け降りながら叫んだ。

「兄弟《ブロ》、足止めさせてもらうよ！」

29

カミーロがテントの仕切り幕をあげると、イグナシオはベッドの上で体を起こしていた。

「眠れましたか？」

「失神していたようだよ」

イグナシオは首の代わりに視線を左右に振った。しまりの悪くなった唇の端から、血の混じった唾液がぼたりと落ちた。出血しているのが潰れた肺か、それとも内壁が爛《ただ》れてしまった胃なのかはわからないが、自力で動けそうにないのは確かだ。カミーロは、イグナシオを毛布で包むとベッドに座らせた。

カミーロは、ベッドサイドのトレイからそら豆型の膿盆《のうぼん》を選んで、イグナシオの口元に差し出した。

「口の中の血は全部出してください。飲んでも何もいいことはありません」

「そうだな」とつぶやいたイグナシオは血を吐き出した。消化器が機能しているのなら多少は栄養になる血液だが、イグナシオにはもはや水分すら必要ではない。イグナシオは口の端をなんとか釣りあげて皮肉な表情を作った。

「間に合ったぞ」

カミーロは頷く。

「ええ、間に合いました。憎まれ口を叩くぐらい体力が残っていたのが驚きです」

イグナシオは口の中に残った血を吐き捨てながら尋ねた。

「あとは行くだけだな、兄弟《チェ》」

「はい《シ・チェ》」

カミーロはスペイン語で答えた。エルサルバドルの解放をかけた公正戦でイグナシオに習ったやりとりだ。ファルキの元を離れたイグナシオは、国外に出たMHSを探して回っていたのだという。彼はその時すでにチェ・ゲバラの再来を標榜《ひょうぼう》していたが、理由はカミーロにもわからない。イグナシオのスペイン語は上手くないし、髭を剃ると顔もそれほど似ていない。

イグナシオはベッドサイドに置いた時計を見て目を少しだけ見開いた。

「あと十分しかないのか。リハーサルは？」

「カメラリハーサルは、ハパーチ・マチュレイに代役を頼みました」

イグナシオが何か問いたそうにしたので、カミーロは先回りして答えた。

「彼女はいまの少佐に一番近い体格なんです。今頃、丘の下で〈グッドフェローズ〉を翻弄しているところです」

「二人目の予定だっただろう？　順番を変えたのか？」

「いいえ、ニエポラが一時間ほど粘ってくれました。〈グッドフェローズ〉の残りは五人です。さあ行きましょう」

　カミーロは毛布ごとイグナシオを抱き上げた。

「重くないか？」

「いいえ、全く。少しだけ顔を綺麗にしますよ」

膿盆の中身を仮設シンクに流したカミーロは、リネンケースからガーゼを取り出して濡らし、イグナシオの顔を拭った。吹き出物に触れた白いガーゼに赤い筋が走る。ガーゼを捨てながらカミーロは聞いてみた。

「ファウンデーションでも塗りますか？」

「要らない。それより、もう着替えさせてくれないか」

　イグナシオの視線を追ったカミーロはテントの隅に、二着吊ってあるのに気づいた。

「勲章付きの正装とサファリジャケット、どちらにします？」

「体がよければ正装も悪くないと思ったんだが、サファリジャケットだな」

「その方がいいでしょう、喉を締めないから声も出しやすい。失礼しますよ」

　カミーロはサファリジャケットの下に吊ってある作業《ファティーグ》パンツを抜いた。もはや動かなくなった脚にズボンを穿《は》かせる必要があるとは思えないが、オムツで出るわけにもいかない。もともとは、立ってインタビューを受けることも考えていた。二本の脚で地面を踏みしめて立っていると、ＭＨＳだけではない自然人にも影響を与えられる。しかし、イグナシオの体は予想よりもずっと早く衰弱してしまった。

カミーロは腰を浮かせてオムツの中を確かめた。

「最後の排泄が終わったところですね。よかった」

オムツを切って脱がせたカミーロは、下半身を拭って柔らかな下着を穿かせ、反射すら示さなくなった脚を折り曲げて、カーキ色のパンツを通していく。その様子を見ていたイグナシオがため息をついた。

「本当にギリギリだったな」

「ここからが本番です」

イグナシオは頷いて、テントの奥に視線を投げた。

「サコダ記者たちは、どこにいる？」

「じりじりと近づいていますよ。いまのペースだと、演説の最中に到着する感じです」

「演説の間だけは足止めしてくれないか」

「難しいかもしれません」カミーロは、靴下を履かせながら言った。「サコダ記者はともかく、チェン軍曹は目覚めています。楽な相手だとは思いません」

「彼女は第二世代だ。君が遅れをとるわけはないよ」

「しかしベテランの兵士です。わたしたちの誰よりも戦場を踏んでいます。そして、もうひとつ。〈コヴフェ〉のスタッフが操っている撮影用のドローンが気になります」

カミーロは迫田と一緒にいた若い男性のことを思い出した。東南アジア風の濃い色の肌と、額からまっすぐに伸びる高い鼻筋、そして北欧系に特有の縮毛《ちぢれげ》をもつ、第三世代のＭＨＳだ。イグナシオは目を細めて優しく言った。

「トーマ・クヌートだな。彼は兵士じゃない」

その言い方にカミーロの緊張も少しほぐれた。

「それでも力を遺憾なく発揮しています」

「羨ましいか」

「それはもう」

カミーロは頷いた。不法移民の子供だった母は体外受精《IVF》でカミーロを授かった直後にアメリカを追われた。祖母の住むエルサルバドルで育ったカミーロは、政府とマフィアが同じ意味を持つ街でギャングの会計を担当していた。数が得意だという自覚はなかったが、スラムで扱う数字の中でカミーロがわからないものはなかったからだ。内戦が始まり、イグナシオに出会ったことで世界が変わった。

それでも時折考えてしまうのだ。殺す力を磨いたように数字を扱う力を磨いていたなら、どんなことになっただろう――それを体現しているのが、トーマと〈コヴフェ〉の面々だ。

「とにかく」と、イグナシオは念を押した。「インタビューの間、サコダたちは近づけるな」

「殺してもいけないんですよね」

「だめだな。彼には、全てが終わった後で君たちについて語ってもらわなければならない」

ギリギリの舵取りだ。イグナシオの狙いに気づくのは、ＭＨＳに最も肉薄した迫田だろう。

迫田のことを思ってか、カミーロは天幕の奥に視線を投げかけた。

「彼は、少佐の狙いに気づいているでしょうか」

「どうだろう」

「知っていたら、止められなかったことを後悔するでしょうね」

「仕方ない」

「はい」

カミーロは、サファリジャケットのボタンを下から留めて、第一ボタンは開いたままにしておいた。ベッドサイドテーブルには灰皿を置き、火をつけた葉巻を置いておく。イグナシオが吸うことはないだろうが、小道具として期待されているはずだ。天井に張っておいたテントの遮光布を外して、自然光でベッドの周囲に光を充《み》たす。

「これで大丈夫でしょう。カメラとキャスターを呼びますよ」

イグナシオが頷く。

カミーロはテントの中仕切りをめくりあげた。幅と高さが二メートルほどもあるチタン合金のトラスに、配列《アレイド》カメラとストロボが組み付けてある。カメラとストロボからは、電源と高速通信用の太いケーブルがテントの外へと伸びていた。機材は、三十分ほど前にカメラチェックを行った時のままだ。異常はない。

カミーロは、外に通じる幕を開いて呼びかけた。

「準備ができました。どうぞお入りください」

「ありがとうございます」「よろしくお願いします」

口々に言いながら入ってきた撮影班は、ギョッとした顔でベッドに腰掛ける、やつれ果てたイグナシオを凝視した。

「あの……」

葉巻を手に取ったイグナシオは、チェ・ゲバラを思わせる笑顔を撮影班に向けた。

「兄弟《チェー》、今日はよろしく頼むよ」

30

カウンターに肘をついたマルシャ・ヨシノが、オフィスの奥に層化視《クシュヴ》で拡張されたスタジオのメインスクリーンに〈シカゴ・ベア〉の配信を映し出した。白を基調にしたスタジオの背後には大きなスクリーンがあった。いまは高さ三キロメートルを超えるニードルが密集するシカゴの中心部を映し出している。スクリーン左手前のテーブルには、若い男性のキャスターが腰掛けてメモを整理しているところだった。

右手前のテーブルには、濃い色のスーツを着た解説委員の女性が腰掛けて、ワークスペースを整理していた。女性の横に空席があり、番組のメインキャスター、ベッキー・エリオットの名前を刻んだポールが置いてある。

男性のキャスターがメモを確かめて、カメラに顔を向けた。

「緊急のお知らせがあります」

わずかに座る位置をずらしてから、男性は続けた。

「あと五分ほどで、〈テラ・アマソナス〉防衛軍を率いるチェリー・イグナシオ少佐の、独占インタビューをお届けいたします」

「独占ですか？」解説委員の女性アナリストが首を傾げた。「珍しいことです。よく、少佐が了承しましたね」

「珍しいんですか？　イグナシオ少佐は、メディアでよく見かける気がするのですが」

女性アナリストが頷いた。

「確かにイグナシオ少佐は、著名な公正戦コンサルタントです。前世紀の中頃にキューバ革命を指導したチェ・ゲバラを真似た言動のために、メディアにもよく登場している印象はあります。ですが、彼がインタビューを受けるのは極めて珍しいんですよ」

「そうなんですか」

男性キャスターと、マルシャの向こうでスクリーンに見入っていた呉鈴雯《ウーリンウェン》が声を揃える。

「ああ」と、マルカワは頷いた。「露出は多いが、やつがインタビューを受けてる映像はほとんどないんだ。そんな少佐が交戦中にインタビューを受けるなんてのは、考えられないね」

スクリーンの中で、アナリストがマルカワと同じことをより丁寧な口調で言って、イグナシオの戦績を紹介し始める。スタジオ内のスクリーンに映し出される世界地図を見ながら、マルカワはぼやいた。

「〈シカゴ・ベア〉も落ちぶれたもんだな」

「何がですか？」と、呉鈴雯。これから彼女は〈コヴフェ〉のMHS対策を担当する。メディアの動向は気になるのだろう。

「インタビューが取れました、じゃないんだよ。イグナシオの言い分をばら撒くために利用されてるわけじゃないか」

「その通りですね」

マルシャがくすりと笑うと、キャスターとアナリストが席を立って画面の袖に顔を向けていた。

「誰か来るんですか？」

「エリオットだろう」とマルカワ。現地に行っているメインキャスターがアバターで登場するのに違いない。

マルカワは身を乗り出した。

「すごいのが見られるぞ。配列《アレイド》カメラでインタビューだ」

マルカワが予告した通り、キャスターとアナリストが顔を向けたスタジオの端から、濃い色のスーツを着た四十代の女性が入ってきた。

「すごいね」と、マルカワは感嘆の声を漏らす。

画面に入ってきた瞬間から、エリオットの他に目が行かなくなった。細かく編み込んだ髪の毛が揺れてスタジオの照明に照らされるところも、縫い目どころか生地を織る糸まで再現されているかのようなスーツの質感も、全て桁違いの実物がそこに現れたのだ。

いままでスタジオにいた二人も金のかかった高精細アバターだったはずなのだが、配列《アレイド》カメラで撮影したエリオットを見た後は、よく動くマネキンにしか見えなくなった。

エリオットは、いつの間にかテーブルの前に用意されていた椅子の脇に立つと、胸に手を当てて軽く頭を下げた。

「これからチェリー・イグナシオ少佐の独占インタビューを、〈テラ・アマソナス〉の防衛陣地からお届けします。担当するのは、九時のニュースでお馴染みのわたし、ベッキー・エリオットです」

エリオットが、自分の向かい側に手を差し伸べる。

「そしてこちらが、公正戦を指揮して大国を退けてきたチェリー・イグナシオ少佐です」

マルカワは息を呑んだ。エリオットと向かい合う位置に突然現れたのは、介護用のベッドと、そこに腰掛けた骨と皮ばかりの男性だった。膝にかけた毛布の下に覗くふくらはぎに肉はなく、骨の形をはっきりと浮かび上がらせている。癌だとは聞いていたが、想像していたよりもはるかに状態が悪い。今日が峠だと言われてもおかしくないほどだ。

迫田の報告で体調がかなり悪いことは聞いていたが、ここまでとは思わなかった。サファリジャケットから覗く肌はカサカサで吹き出物だらけ。そこらじゅうに鬱血《うっけつ》のあとがあるし、血の気らしいものがまるで感じられない。充血した眼球は機敏に動くようだが、その目を動かすだけでも相当な無理をしているらしい。スタジオを見渡したあと、イグナシオは瞼をなかば閉じながら言った。

「チェリー・イグナシオだ。場所をくださってありがとう」

イグナシオは目をギョロリと動かしてエリオットに座るよう促した。作り笑いを浮かべたエリオットは、椅子に腰掛けてイグナシオに体を向けた。

「まさか、ベッドからとは思っていませんでした」

「期待に応えられなくて悪かったね。葉巻でも咥《くわ》えましょうか？」

イグナシオがベッドサイドの葉巻をとりあげた時、マルカワは強烈な違和感にとらわれた。

口内炎でもあるのか、口をほとんど動かさずに話すイグナシオの言葉は聞き取りにくいし、なんの力も感じない。それなのにマルカワは、イグナシオが、勝手な期待を抱いたエリオットを痛烈に皮肉ったことがわかった。それも第三者としてではなく、マルカワ自身がエリオットに対して本心から思ったのだ。

——不敵な革命家でなくて悪かったな

マルカワはエリオットに抱いた想いを振り払おうとして頭を振った。確かにエリオットには軽薄なところがある。だが、十年近くも夜のニュースを担当している彼女をマルカワは尊敬してもいたのに、先入観に囚われた女という印象を拭い去れないのだ。

エリオットは、ぎこちなくベッドサイドを指さした。

「遠いとお辛くないですか？　近くに椅子を寄せてインタビューさせてもらっても構いませんか？　イグナシオ少佐」

イグナシオは、心ここに在らずという感じで、エリオットを見ようともせずに頭を斜めに揺らした。肯定と否定のどちらとも取れる感じだったが、エリオットは「ありがとうございます」と言って椅子を動かして腰を下ろす。

「さっそくですが、今回の公正戦についていくつかお聞かせください」

キャスターにちらりと視線を送ったイグナシオは、吹き出物の目立つ口角をふっと持ち上げて、人差し指を立てた。話す、というサインだろう。そう読み取ったらしいエリオットは「どうぞ」とイグナシオに場を譲った。

「ありがとう。ではここから始めよう」

イグナシオがカメラを見据えると、半透明のジェルの泡が宙に浮かんだ。エリオットは首を傾げたが、番組のエージェントが「卵細胞」という注釈をその横に浮かべた。

「人間の卵細胞ですか？」

イグナシオは、エリオットをチラリと見ただけで頷くこともせずに、口を開いた。

「二〇一五年、クラークスビル大学の遺伝学者ゼペット・ファルキ博士が、ある実験に手を染めた」

「少佐……？」

無視され、関係のなさそうな話を始めたイグナシオの注意を向けようとしたエリオットは、なぜか口を閉ざして卵細胞をぼんやりと見つめた。

宙に浮かんだ卵細胞の周囲に精子が現れ、激しく動いた一つが卵子の細胞壁に取り付いた。

「ファルキ博士は自身の精子のＤＮＡの、二万八千四百三十五の遺伝子座《ジーン・ローカス》にクリスパー・キャス９用のマーカーを埋め込んで、代理母から採取した卵子に受精させた」

受精した卵細胞が分裂していくと、ひとつ、また一つと、蛍光を発する細胞が生まれていく。まるで肉眼で見ているかのようにリアルな立体映像だった。

長くなりそうだな――と思ってスツールに座り直したマルカワは、〈コヴフェ〉のオフィスの異変に気づいた。

スタッフが全員、メインスクリーンのコンソールに見入ったまま、動きを止めていた。アン・ホーも、ラズベリーも、そして窓の向こう側に拡張したオフィスで立ち働いていたスタッフたち全員のアバターがスクリーンに見入って動きを止めていた。

ただ手を、足を止めて見ているのではなかった。分岐意識《ブランチ》で動き続けるはずのマニピュレーターも静止していたし、表情も固まってしまっていた。

「――さん、マルカワさん」

声に振り返ると、同じように目を見開いてとまっているマルシャの向こうから、呉鈴雯が呼びかけていた。

「なんだ」

「マルシャがおかしい」

呉鈴雯が動きを止めたマルシャの肩を揺すると、マルシャは呉鈴雯の手を取って握り、イグナシオの話に顔を戻す。気を失ったりしているわけではないらしい。だがこちらの話は耳に入っていないようだ。

「マルシャさん、聞こえてないのか?」

マルカワがマルシャの肩をゆすろうとした時、画面の中でイグナシオが激しく咳き込んだ。思わずスクリーンに顔を戻したマルカワの目の前で、信じがたいことが起こった。

〈コヴフェ〉のスタッフたちが、全員同時に咳き込んだのだ。

「いったい……何が起こってるんだ」

マルカワは体の異変に気づいた。喉に何かが引っかかっている。咳払いをしてその違和感を振り払う。気づくと呉鈴雯も口に手を当てて咳を殺していた。

31

〈マスチフ〉の上で〈シカゴ・ベア〉の中継を見ていた迫田は、激しく咳き込むイグナシオに釣られて咳き込んでしまった。

激しく咳き込んだはずなのに、喉の違和感はとれない。もう一度、咳き込もうとして大きく息を吸った迫田は、口の中に無数の痛みを感じた。まるでひどい口内炎ができているかのようだ。

不思議に思いながら、咳をした迫田は、すぐ横で響いた大きな咳に顔を向ける。

「トーマ？」

トーマが、主幹意識《トランク》を乗せた〈メガネウラ〉が、咳き込んでいた。もちろんドローンには、肺も気道も扁桃腺も備わっていない。しかし、ホバリングするドローンがカメラのついた機首を大きく前後に振っている様は、咳き込んでいるとしか言いようがなかった。

「トーマ、大丈夫か？」

返答はない。これだけ咳き込んでいると、こちらの声も聞こえないだろう。

「レイチェル、トーマが……」

前方に顔を向けた迫田は、三十メートルほど先行している〈マスチフ〉の座席で激しく咳き込んでいるレイチェルの姿を目にして言葉を途切らせた。声が聞こえなかったのはマイクを切っていたからだろう。〈マスチフ〉のコンソールに突っ伏して咳をするレイチェルの手前で、トーマの〈メガネウラ〉が咳き込んでいた。

迫田は全身の毛穴が開くような恐怖を覚えた。レイチェルとトーマの〈メガネウラ〉は、完全に同じタイミングで、同じ仕草で咳き込んでいるのだ。その動きは、スクリーンの中で咳き込むイグナシオと完全に同期していた。

「これだったのか……」

迫田は呆然とつぶやいた。イグナシオは、対面して、あるいは高画質のVR映像越しに、自分の状態を押し付けることができるのだ。

その力を使って、彼はMHSに何かを呼びかけようとしている。そのための配列《アレイド》カメラだったというわけだ。

迫田は腕を伸ばして、咳き込んでいる〈メガネウラ〉のボディをつかんで引き寄せた。予想以上のトルクで手の中から逃げようとする〈メガネウラ〉を強引に引き寄せた迫田は、ローターガードの内側に指を差し入れて、安全装置を働かせてローターを止めた。そのままカメラを手で覆い、揺すりながらマイクのあるあたりに怒鳴った。

「トーマ！　おれの話を聞け！　トーマ！」

何度目かに〈メガネウラ〉を揺すったとき、面倒くさそうな声が響いた。

「何やってるんですか、サコダさん。層化視《クシュウ》の品質が落ちたじゃないですか。アンテナから手を離してくださいよ」

「アンテナ？」迫田は、右手の下でたわんでいるプラスチックのループに気づいた。成層圏ネットワークごしにインターネットに接続するためのアンテナだ。「悪かった」と言って手を離そうとした迫田は、その瞬間思いついた。

「イグナシオの演説は見えてるのか？」

「音声だけになりましたよ」

「五秒だけアンテナを離す」

メガネウラが首《カメラ》を傾げる。迫田はアンテナから手を離した。瞬間、メガネウラは激しく咳き込んだ。迫田がアンテナを握り込むと、発作は止まった。迫田に向けたカメラのレンズが、まるで目を見開いているようだった。

「咳き込んだのは、覚えてるか？」

カメラが頷く。

「イグナシオは演説を見る君を同調させた」

迫田は〈メガネウラ〉を摑んで、カメラに顔を寄せた。

「イグナシオは君らに何かを感じさせようとしてる。何のためだ？　同調している時に何を感じた？」

「怒りです」トーマは〈メガネウラ〉のカメラで迫田の顔を見返した。「体の中が空っぽになっていく感覚と、自分を傷つけたいという——違いますね。自分を消したいという強烈な欲求を感じました」

「とにかく映像を見るな」

「はい」

迫田はレイチェルを指さした。

「レイチェルの映像もカットできるか？」

「はい、可能です」

一瞬で固定翼機モードに変形した〈メガネウラ〉が、〈マスチフ〉の上でぐったりしているレイチェルの方へ飛んでいく。迫田も〈マスチフ〉を操ってレイチェルの傍に向かう。

「レイチェル！　イグナシオの映像を見るな！　感情を引きずられるぞ」

迫田はレイチェルのヘルメットを両手で挟み、激しく揺する。一瞬だけでも層化視《クシュヴ》が途切れてくれればいい。ゆっくりと迫田を見返したレイチェルが、突然〈マスチフ〉のカウリングを引っ叩いた。

「くそっ、そういうことか！」

「そうだ。彼は、同調機能で君たちに自殺願望を植え付けようとしている、もう見るな」

目を閉じたレイチェルは深呼吸をして背筋を伸ばした。

「ジェイク、もう大丈夫。トーマは？」

振り返ると、トーマの〈メガネウラ〉の下に平たくなったイグナシオの映像が浮かんでいた。

「平面だけのストリーミングにしました。これなら大丈夫です」

「さっきまでとは、まるで違う」と、レイチェルも頷いた。

レイチェルは深呼吸して、首を捻ってから迫田に向かった。

「あいつの演説を見ていたときに、感じたことを伝える」

迫田が唾を飲み込むと、レイチェルは体の両脇を手探りながら言った。

「わたしは硬いベッドの背もたれに寄りかかって、重くて動かない腕を必死で動かしていた。リモコンはシーツの上に置いてあった。サファリジャケットの縫い目が襟首を擦って、吹き出物を破っていた。そして全身のあらゆる場所から、でたらめに痛みが湧き上がっていた。この感覚ね。後悔と、怒りと、孤独……それが一つの方向に向かってた」

「それは、イグナシオ自身の感覚か？」

「おそらくね」

レイチェルに続いて、〈メガネウラ〉が頷いた。

「僕も同じことを感じました。ひょっとしたら、もう少し解像度が高いかもしれませんけど」

「さすが新バージョン」と、レイチェルが薄笑いする。

「好きでやってるわけじゃないですよ」

レイチェルと〈メガネウラ〉が、何かを確かめるように目とカメラを合わせる。迫田が「どうした？」と声をかけようとしたところで、レイチェルが詰めていた息を吐き出した。

「あの野郎」

迫田はついに、彼が繰り返していた言葉に思い至った。彼はずっと「ＭＨＳが生まれなければよかった」と言い続けてきたのだ。

「死のうとしてるのか？　君らを道連れに」

〈メガネウラ〉とレイチェルがそれぞれ頷いた。

「ベッドの感覚を味わっていた時、わたしはたまらなく、自分をこの世から滅ぼしたくなっていた」

「僕もです」とトーマ。「僕たちは要らない。いなくなるべきだ、と」

「イグナシオは……」

迫田は言いかけた言葉を飲み込んだ。先ほど感じた奇妙な胸騒ぎはこれだ。やり方や理由はわからないが、イグナシオは自分の感覚や感情を相手に伝えることができる。アバターではなく配列《アレイド》カメラを使う実写の層化《クシュウ》視配信を選んだ理由も、きっとこの呼びかけ——いや、同調を行うためだ。

「イグナシオはインタビューの最中に自殺するつもりだ。そのときの衝動を、催眠術みたいなあれで見ているMHSたちに伝えて、一気に滅ぼそうとしている」

迫田は三角州要塞《デルタフォートレス》の立体地図に目を落とし、撮影機材を飲み込んだ真ん中のテントを拡大した。

影響を受けるMHSは最大二十万人。冷静に考えると、そのうち十五万人は未成年で十万人は小学生以下の子供たちだ。大人のトーマやレイチェルですら抗《あらが》えない自殺衝動を、子供たちが回避できるとは思えない。

「放送を止めるぞ」

頷いたレイチェルが、〈マスチフ〉のラックにかけたFAR-15を叩いた。

「武器が要る。曲射弾《ステア・ビュレット》が欲しい」

「落ちてたら拾ってきます」

トーマの〈メガネウラ〉が後方に飛び出した。行き先は聞かなくてもわかった。たったいま抜けてきた戦場だ。〈グッドフェローズ〉の残った五人を、たった一人のカミーロの部下が翻弄している丘の下に〈メガネウラ〉は飛んで行った。

「レイチェル、おれたちはテントに向かおう」

「いいや、仲間が欲しい」

レイチェルは〈マスチフ〉を反転させて、翻弄される〈グッドフェローズ〉へ最大速度で駆け出した。

32

レイチェルはORGANの照準システムでカミーロの放った兵士を十字線《レティクル》に捕らえた。ソフトウエアはEU用だが、基本は変わらない。ターゲットはニューメキシコ州出身のハパーチ・マチュレイ、十九歳、第四世代だ。

二十分前に丘を駆け降りてきたマチュレイは、分隊長のマリオ・ガルシアをはじめ、すでに四名の〈グッドフェローズ〉隊員を行動不能に陥れている。いずれも至近距離まで駆け寄って、盾で守りにくい四肢を狙っている。〈眼蜂《イエンフエン》〉による観測は、位置の取得にしか使っていないのだろう。

木立や窪地を利用して移動するマチュレイを、レイチェルは〈マスチフ〉で追った。覚醒したMHSは瞬間的に時速五十キロメートルを超える速度で移動できるが、機動力も小回りも〈マスチフ〉には敵《かな》わない。

〈マスチフ〉が一歩目を踏み出した瞬間、コンソールが警告で真っ赤に染まって〈マスチフ〉は歩みを止めた。

《公正戦協定違反》

報道を目的として入場した者は戦闘に関与できません

速やかに退場しなさい

「わかってる！」

レイチェルは警告を消そうとしたが、どこをつついても《公正戦協定違反》のアラートが再度表示されるだけだった。

〈マスチフ〉を降りてマチュレイと対峙するか——と思ったとき、後ろに飛んできたトーマの〈メガネウラ〉がマニピュレーターを伸ばしてコンソールに何かを入力すると、警告画面は縮んで、点滅する小さなドットに変わってしまった。

「何したの？」

「異議申し立てです」トーマはそう言って〈メガネウラ〉のカメラをぐるりと周囲に向けた。「イグナシオが、インタビューで視聴者に対する不当な働きかけを行っていることを、協定監視システムに伝えました。時間稼ぎにはなると思います。サコダさんも向かってます」

「十秒で済ませる」

レイチェルは〈マスチフ〉のコントロールに意識を沈めると、マチュレイの位置を探って飛び出した。

窪地から灌木の後ろへと回り込もうとしていたマチュレイは、突進してくるピンクの〈マスチフ〉に目を見張り、落ち葉の堆積《たいせき》に飛び込もうとする。

コンソールを太ももで挟んで〈マスチフ〉に立ったレイチェルは、ORGANで照準して、しかしその照準を使わずにFAR-15を三点バーストで放った。

ORGANの照準軌道を見たマチュレイは、転がりながら手をついて弾避けを行った。だが、それこそレイチェルの狙いだった。マチュレイが転がった場所は、レイチェルが三点バーストを放った地点だったのだ。窪地にもんどりうつマチュレイを、レイチェルはORGAN越しに一瞥した。一発が右腕に、残り二発はボディーアーマーで止まっている。

右腕を押さえて立ち上がったマチュレイにレイチェルは言った。

「中等度傷害だ。後方に行きなさい」

首を振ったマチュレイはヒップホルスターから銃を引き抜く。レイチェルが〈マスチフ〉に伏せると、銃声とともにマチュレイの喉が爆ぜた。

銃声の源を探ったレイチェルが振り返ると、懐かしい顔がレイチェルを見つめていた。〈グッドフェローズ〉の同期のジョー・パーシモン軍曹だ。

「レイチェル？　そんなケバい〈マスチフ〉で何してるの？」

レイチェルは、後方から近づいてくる迫田を指さした。

「ジャーナリストの警備。それよりジョー、生き残ったのね」

ジョーは後ろで体を起こした二人の隊員に目配せをした。どうやら、マチュレイの襲撃から隠れようとしていたらしい。

「たまたまよ。三人で目標のテントに向かうルートを確認してたら、本隊がやられてた。それより、聞いた？」

レイチェルは頷いた。ここでジョーが言おうとしていることは一つしかない。

「遺伝子編集されたスーパーヒューマン」

「あいつらのことだよね」ジョーがマチュレイを銃口で指した。「弾は避けるし、とんでもなく速い」

「違うよ。わたしたちのこと」

レイチェルはＯＲＧＡＮの照準システムの画面を共有した。動体センサーが捉えたネズミを三本目の腕で照準しつつ、ＦＡＲ－15で撃ち抜いて見せる。ジョーが口をぽかんと開ける。あとからついてきた二人も目を見張っていた。

「いま、腕が増えたけど？」

「アバターのね。わたしやジョーは腕ひとつか二つ操れる。若ければ機械に意識を入れることだってできる」

その顔の正面に〈メガネウラ〉が突如として現れた――少なくともジョーにはそう見えていたはずだ。トーマは自由落下よりも速い速度で急降下して、ジョーの目の前にホバリングしていた。

「これはトーマ」

レイチェルがトーマの入った〈メガネウラ〉を指さすと、トーマは層化視《クシュヴ》のマニピュレーターで、胸に手を当ててお辞儀をする仕草をしてみせた。

「〈コヴフェ〉のトーマ・クヌートです。サコダ記者の手伝いをしています」

迫田の〈マスチフ〉がようやくやってきた。地面に倒れているマチュレイの死体を見ると、迫田は渋い顔をした。

「レイチェル、公正戦協定違反だ」

「わたしじゃない」レイチェルはジョーを指さした。協定違反はやったが、問題になるのは殺した方だ。「撃たれるところを助けてもらった」

迫田が顔を向けると、ジョーは頷いた。

「わたしがやった。レイチェルが足止めしてくれたけど」

迫田は顔をしかめたが、それ以上追及することはなく、ジョーと、ジョーが連れてきた二人の〈グッドフェローズ〉隊員を見渡した。

「説明は終わってるのかな?」

「これからよ」

レイチェルは、ジョーの顔を見つめた。

「わたしたちはイグナシオのテントまで行く。一緒に来てくれる?」

ジョーは目を丸く見開いて、それから頷いた。

「当然。あなたたちの目的も少佐の身柄?」

「いいや」迫田は首を振った。「インタビューを止める。機材を壊すだけでもいい」

ジョーが目を細めた。

「視聴数競争じゃなさそうね」

「ああ。イグナシオがやっている演説を、どうしても止めなきゃいけないんだ。彼は、遺伝子編集で君たちに埋め込んだ能力——チームワークのための協調性に呼びかけて、自殺を命じようとしている」

レイチェルは眉を跳ね上げた。トーマも僅かに〈メガネウラ〉の機体を傾げている。イグナシオのいい催眠術がどのように働くのかは、まだわかっていないはずだ。しかしそう外れていない気もするし、いまジョーたちに説明するのならこれで十分だろう。

「これか?」ジョーの後ろに立つ二人が指と拳を使った複雑なハイタッチを披露した。「どうしてこれが〈グッドフェローズ〉のORGAN兵とだけできるのかわからなかったんだ。遺伝子いじってたのか」

迫田は頷いた。

「そうだ。インタビューを止めないと、遺伝子編集されたみんなが死ぬ」

「みんなって？」

「アメリカで二十万人以上いる、君ら、マン・カインドだ」

三人は顔を見合わせて頷いた。ジョーが握手のために手を差し伸べた。

「わかった。何をすればいい？　悪いけど、連中みたいな弾避けはできないし、照準手《ポインター》もういない」

迫田が助けを求めてきたので、レイチェルはテントのある丘の中央を指さした。

「突入はわたしがやるし、向こうのマン・カインドもわたしが面倒を見る。丘を登るまで援護してちょうだい」

「わかった」

ジョーは二人に命令した。

「〈グッドフェローズ〉ＯＲＧＡＮ打撃部隊、第三分隊は、一六一八をもって、ジャーナリスト・サコダの突入を支援する。停止している〈マスチフ〉を確保」

「はい、マム」

男性兵士がワークスペースを開いて〈マスチフ〉を呼び寄せると、ジョーが迫田を指さした。

「わたしたちの任務は、サコダの盾だ。〈テラ・アマソナス〉のＯＲＧＡＮは残り五人。油断するなよ」

あっけに取られた迫田をレイチェルが小突いた。

「行くよ」

「……いや、盾は悪いだろう」

FAR‐15を肩にかけたジョーが肩をすくめた。

「覚醒だっけ？　練習してる時間はないからさ。次のマン・カインドが降りてくる前に行くよ」

三台の〈マスチフ〉に分乗した一団は、トーマの〈メガネウラ〉が索敵したルートを辿って丘を登りはじめた。先頭を行くのはジョーと彼の部下が乗った〈マスチフ〉だ。彼らはトーマがマッピングした倒木や岩、ぬかるみを確かめながら〈マスチフ〉を高速モードにして駆け上がっていく。一行がテントを目視できる場所に来た瞬間、ジョーが乗る〈マスチフ〉を操っていた男性兵士の喉が破裂した。

「曲射弾《ステア・ビュレット》！」

叫んだジョーが〈マスチフ〉から飛び降りたとき、レイチェルは射点と、そこから移動しようとするカミーロの部下二人を発見していた。

「右十二度、二回バーストして」

〈マスチフ〉を滑り降りたレイチェルはジョーにそう言うと、ＯＲＧＡＮで照準してから曲射弾《ステア・ビュレット》で誰もいない射点を狙い撃つ。あからさまに外れる銃弾の狙いがわからず動きを止めた二人に、ジョーが放ったバースト射撃が突き刺さる。

「あと三人」

「こっちもやられた。残り三人」

苦いジョーの声で、レイチェルはいまの交戦で、もう一人の男性兵士も撃たれていたことを知った。

「ジェイクは計算に入れないで」

レイチェルは茂みの間からテントの様子を確かめた。距離は三十メートル。これだけ近くから見ると、光学迷彩はぼやけた背景を映し出すスクリーンだ。

ぼやけたジャングルを映していた中央のテントが、真っ白な布を映し出した。

「チェン軍曹とサコダ記者、五分間の休戦を提案する」

レイチェルと顔を見合わせた迫田が答えた。

「理由は？」

「取材陣を退避させたい！　五人だ」

レイチェルが頷くと迫田が「わかった」と声を張り上げた。

「その間、イグナシオにも何もさせるな！　いいか？」

「わかった、いまから五分だ」

カミーロの声とともに、奥のテントの前で膝をついていた二台の民生用〈マスチフ〉が起動した。

テントの中から出てきた技師と、ニュースキャスターが〈マスチフ〉にまたがって、テント前の広場を早足で通り過ぎていく。

「残り三分！」

カウントダウンしたカミーロに、配信をチェックした迫田が怒鳴る。

「イグナシオが話してるぞ。黙らせろ！」

「少佐がいうことを聞くか？」

レイチェルは迫田をつついて〈シカゴ・ベア〉のスタッフが去った方を指さした。もう安全だ。迫田は声を張り上げた。

「なら休戦は終わりだ」

テントの模様がジャングルに戻る。レイチェルは〈メガネウラ〉に声をかけた。

「トーマ、索敵できる？」

「一人、中央のテントの前にいます。おそらくカミーロです」

「手前のテントの陰に二人。おそらくこちらに気づいています」

どちらも観測ドローンを使っているのだから条件は同等だ。レイチェルが手前の二人を排除する方法を考えようとした時、ジョーが肩を叩いた。

「早く走るコツを教えて」

「え？」

「囮《おとり》になる」

「待てよ、それは困る」と、迫田が口を出したが、無視したジョーは装備を下ろして、FAR‐15と同じようなサイズの木の枝を持った。

「二十キログラムは軽くなった。あとは、走りかた。どうすれば連中みたいに走れる？」

レイチェルは唇を舐めた。ニューラル・リバーブ——記憶した動作を反復する能力を使えば、イメージ通りに体が動く。この茂みからテントの前の広場を突っ切る程度なら、時速四十キロメートル——人類最速のスプリンターよりも速く走れるだろう。カミーロの部下たちは覚醒したMHSと対峙したことがない。これも好材料だ。

それでも五分五分の賭けだ。覚醒したMHSの反射神経は生物の限界を超える――迷っていると、ジョーが背中をどやしつける。

「いいから教えろ」

「わかった」レイチェルは茂みの奥を指さした。「自分が体をどう動かすかイメージして。あなたはオリンピック選手より速く走れる。この草で踏み切って、一歩目はあの赤茶けた小石の横。肘を後ろに振り上げて、二歩目はシダの葉の陰に――」

レイチェルが五歩目の場所を指示した時、ボディーアーマーを脱いだ戦闘服の下で、ジョーの筋肉がうねるのがわかった。

「その感覚よ、忘れないで」

「わかった」ジョーは言うと、トーマの〈メガネウラ〉を顎で指した。「君も、あれができるのか？」

レイチェルは肩をすくめたが、試しに〈マスチフ〉のインターフェイスに意識を重ねてみると、前進、後退ぐらいはできそうな気がした。

「使いものにはならないな」

「そうか。じゃあ合図をくれ」

茂みの中でジョーがクラウチングスタートの姿勢をとる。レイチェルはFAR‐15の残弾と薬室を確かめて、二人が潜んでいるテントの裏側のルートを確かめる。

「ゴー！」

ジョーが飛び出す。ほぼ同時に銃声が響いて、ジョーの後を追うように地面に弾痕が穿《うが》たれる。二人目が銃撃に参加したとき、レイチェルも飛び出してテントに裏から回り込む。レイチェルは、ジョーを撃っている二人の兵士を後ろから撃ち倒した。

予定のコースを無傷で走り抜けたジョーがレイチェルに顔を向ける。その時、中央のテントで何かが動いた。

「ジョー、伏せて！」

ジョーは地面に突っ伏した。銃声と、血煙とともに。最後の一人、カミーロだ。

レイチェルはテント越しに聞こえた銃声の源にＦＡＲ－15のフルオートを叩き込む。どうせ当たるわけもない。空になった弾倉を入れ替えたレイチェルは、カミーロの最も嫌がるところ——イグナシオのいる中央のテントへ突進するそぶりを見せて、立ち止まった。

つま先のすぐ先の地面に銃弾が突き刺さる。もう一歩前に出ていれば、足を撃ち抜かれていただろう。カミーロの狙いは完璧だ。だが彼のいる場所はわかった。中央テントの正面だ。

レイチェルは、カミーロから見える場所にふらりと体を晒した。

一瞬の間があってカミーロが反応する気配があった。そして銃声、破壊音。続けて聞こえたのはカミーロの舌打ちだった。

「ドローンか！」

カミーロの足元には、煙を上げる〈メガネウラ〉が転がっていた。トーマがレイチェルを撃つカミーロの正面に飛び込んだのだ。

レイチェルはＦＡＲ－15のバースト射撃でカミーロを薙ぎ払う。三発の銃弾は、右脚と、ボディーアーマーに守られた腹部と左胸に当たっていた。大きくバランスを崩したカミーロが膝立ちになって百式歩槍《バイシブーチャン》を構え直す。引き金に指をかけたカミーロを、時速八十キロメートルで走ってきた紫色の〈マスチフ〉が真横から吹き飛ばした。

レイチェルは密林の中に駆けていく〈マスチフ〉を見送った。

「やればできるもんだな」レイチェルは、カミーロの首があり得ない方向に曲がっているのを確かめてから、中央テントに飛び込んだ。

33

光学迷彩の幕をめくったレイチェルが薄暗い空間に飛び込んでいく。後を追って飛び込んだ迫田は銃声に出迎えられて床に飛び込んだ。顔を上げるとレイチェルの右半身が赤い霧に包まれている。

「レイチェル！」

迫田は銃撃した相手を探して周囲を見渡した。テントの外から撃たれたのでないことはすぐわかった。銃声はすぐ近くから聞こえてきた。

胸から血を吹き出すレイチェルが、イグナシオの腰掛けるベッドに倒れ込んでいく。立ち上がった迫田が慌てて手を差し伸べると、驚いたことにレイチェルは迫田の腕を支えにして、倒れ込む体をそこで止めた。

「てめ――この野郎。銃を……持ってやがったのか」

「レイチェル、話すな！」

迫田は足元に転がっていた百式歩槍《バイシブーチャン》を遠くに蹴り飛ばす。だが、この銃ではない。自動小銃のフルオートを喰らっていればレイチェルの体は引きちぎられていたはずだ。それでも、叩き込まれた銃弾はレイチェルの半身を抉り、人体のシルエットを崩していた。右腕は皮膚だけでぶら下がっていて、折れた骨が露出しているのがわかる。迫田を摑んでいた左手の力がふっと抜けて、レイチェルは顔からイグナシオの膝に倒れ込む。

「レイチェル、仰向けになれ、呼吸しろ。イグナシオ、医療兵《メディック》は呼べるか？」

「手遅れだ」

イグナシオがレイチェルに顎をしゃくる。

レイチェルが倒れ込んだ毛布は、すでに血の池になっていた。レイチェルの胸に空いた穴の周囲では鮮血がぶくぶくと泡立っている。どうやら肺を吹き飛ばされたらしい。血でベッタリと汚れたレイチェルは首を回らせて、頭上のイグナシオを睨んだ。レイチェルは血の泡を口から噴き出しながら言った。

「ふざけんなよ、この野郎」

膝に横たわるレイチェルを見下ろしたイグナシオは痛ましそうに首を振る。

「サコダさん、楽にしてやれ」

「銃はどこだ」

「脚の間にとりおとした。不発弾で止まったままだ。スライドを引いて、次弾を装塡してから撃つんだ」

迫田は毛布を漁って、鉄の塊を抜き出した。層化視《クシュヴ》が入れた〈APS拳銃〉という注釈が手元に浮かぶ。カミーロが壁越しに狙撃したものと同型の、チェ・ゲバラが愛したソ連製の自動拳銃だ。買い直していたらしい。

イグナシオがあごをしゃくる。

「銃はサコダさんにやる。ついでに、そこにあるケースも持っていけ」

ベッドの脇にオリーブ色のケースが置いてあった。

「運び屋はもうやらない。メディックを――」

「無駄だよ。わかるだろう?」

迫田は歯を食いしばった。ついさっきまで流れ出していた血の勢いはもうなくなっていた。

「ケースは資料だよ。ファルキとおれの日記、それに開発に使うツールキット一式と、取引の一覧だ。人なる人――マン・カインドを作ろうとしたすべての記録だ」

迫田は銃口を突き付けながらケースを引き出した。

「資料はわかった、もらっていく」

迫田は安全装置がどこにあるのか手探りしたが、わからなかった。諦めてもう一度銃口をイグナシオに向ける。とり落とした銃に安全装置をかけているヒマはなかっただろう。迫田は、ようやくイグナシオの様子に気づいた。層化視《クシュユヴ》で演説していた時よりも饒舌に感じたが、それが気力だけで支えられているのがわかった。

「だいぶ悪そうだな」

「放っておいても、夕方には死ぬよ」

迫田は、イグナシオが相対しているカメラに銃口を振った。

「ＭＨＳに送り届けた自殺願望を解いてくれないか、あのカメラの前で」

「……よくわかったな」

「頼むよ、イグナシオ。二十万人のＭＨＳは不幸せってわけじゃない」

「もともと、いてはいけない生き物だ」

「ふざけるな！」迫田は銃口をチェリーの額に押し付けた。「お前に何の権利がある」

「生みの親だ」

「違うね」迫田はレイチェルを指さした。「産んだのは、彼女たちの両親だ。お前はその過程に一滴インクをたらしただけだ」

ふっとイグナシオが笑った。その顔が凍りつく。視線の先ではこときれたはずのレイチェルが首をもたげていた。

「ジェイク、話しちゃだめ」レイチェルが、まだ動く方の左手の人差し指でチェリーを指さした。

「この男は、話しながら同調する力を高めていく」

「よく動けるな」とチェリー。「その通りだよ。かつてミラーニューロンと総称されていた、同調する神経のパッケージは、相互作用の積み重ねで強い影響を与えられる」

イグナシオはレイチェルに目を向けた。

「父はわたしを、スーパーヒューマンの指揮官にしたかったらしい。ＭＨＳのチームワーク遺伝子に呼応するやつだ。自然人にもかなり効くぞ――」

「お願い、ジェイク」とレイチェル。「死にたくなってきた」

レイチェルは左手を伸ばして迫田の手の中にあるＡＰＳ拳銃の銃把を掴んだ。

「ジェイク、不発弾を抜くからスライドを掴んで」

「やめろよ、無理するな」

レイチェルが目を泳がせる。

「わたしはもう死んでる。いま動いてるのは、こいつが組み込んだ痛覚遮断と主幹意識《トランク》のフィードバックループのおかげ。あなたの知ってるレイチェルの意識は、もう動いていない。ジェイク、スライドを掴んで」

目を閉じた迫田がスライドを掴むと、声を絞り出したレイチェルが銃を押し込んで次弾を薬室に送り込む。

「次は、そいつのにやけた顔をこっちに向けて」

「自分で向くよ」

イグナシオが言いかけたが、レイチェルは迫田を睨んだ。

「ジェイク、あなたがやって」

「いや……しかし」

「なら、わたしがやる」

レイチェルは折れた右腕の尺骨をイグナシオの喉に突き刺すと、こじるようにイグナシオの頭をねじ曲げた。喉から血を吹き出したイグナシオが「ひゅう」と声にならない息を吐き出すと、血の泡が口から吹き出した。

「まだ何か言いたいことはあるか？　偽善者が」

レイチェルに睨まれたイグナシオが、片方の頬を持ち上げて皮肉っぽい笑顔を作った。

「実はな――」

「聞かない。後悔して死ね」

レイチェルが震える指で引き金を絞った。煤《すす》けた銃口から放たれた銃弾がイグナシオの喉を貫いて、真っ赤な液体がテントの中に飛び散った。

銃をベッドに取り落としたレイチェルが再び毛布の上に崩れ落ちる。銃は床に転がって、レイチェルの体がその上に折り重なった。

テントの端に蹴り出した百式歩槍《バイシブーチャン》を拾った迫田は、放映を続けていた配列《アレイド》カメラに銃弾を撃ち込んだ。

エピローグ

　イグナシオの演説を聞いていたマン・カインドは二万人に達していた。全てのマン・カインドの一割に相当する数だ。

　しかし集団自殺は起こらなかった。

　演説にどっぷりと引き込まれていたマルシャ・ヨシノによると、レイチェルが発した「偽善者」という声が強く頭に残っているらしい。その後で、何かを反論しようとした時に、ぶつりとイグナシオの意識は途絶えた。

　イグナシオは、レイチェルの言葉に怯《ひる》んで自殺願望を緩めてしまったらしい。ＭＨＳの自殺は止められた。

　だが問題は山積みだ。

　世界は自分たちと異なる能力を持つ「ヒトの一種《ア・カインド・オブ・マン》」とともにあることに気づいてしまった。

　もちろん〈Ｐ《ピー》＆Ｚ《ズィー》〉は全ての薬剤の認可を取り消されて、新たなマン・カインドが生まれることはなくなった。

体外受精で生まれた二十八歳以下の子を持つ親の多くが、自分たちの子供が自分と違う種の人間なのではないかと疑心暗鬼に陥ってしまい、唾液でマン・カインドを見分けられる遺伝子検査キットが空前のヒット商品になった。百万セットを超える数売れたいまもなお、欠品が続いているという。

マルシャが私財を投じたMHS研究プロジェクトにはそれぞれの分野で頭角を表していた研究員が集い、イグナシオの残した資料をもとに研究を重ねている。第一の目標は、不妊を治す遺伝子治療の確立だ。

世界の姿を変えた〈コヴフェ〉の社長と、圧倒的な戦績を誇る〈グッドフェローズ〉のORGAN兵が、そんなマン・カインドで構成されていることはすぐに広まった。この二社のおかげで、マン・カインドの第一印象は決まったといってもいい。

圧倒的な速度の反射神経をもち、無類のチームワークと機械との親和性で公正戦の戦場に生きるORGAN兵や、数学の才能に長《た》け、意識を分離して層化視《クシュヴ》のガジェットやドローン、〈マスチフ〉のような機械を手足のように扱うことができる高度人材、という扱いだ。だが、すぐにマン・カインドの欠点もわかってきた。

子供が作れないという設計は世間の同情を買ったが、泳ぐのが上手くないという——おそらく仕様上の欠陥——は親しむきっかけとなった。人体通信《BAN》の速度を向上させるための体液構成が変わってしまったおかげで、比重が水よりも重くなっているらしい。

マン・カインドに関する多くの情報は、わたし——迫田がイグナシオから引き継いだ情報に基づいているので、いまのところ、デマや嘘は広まっていない。可能な限り情報を公開することが、マン・カインドへの偏見を弱めてくれるだろう。〈コヴフェ〉はマン・カインド専用の事実判定モデルを作成して、ネットワークに流れる噂やデマを未然に防いでくれている。

それでも、公開していない情報もある。

分岐意識《ブランチ》の驚くべき副作用だ。

これをどう扱っていいのか、わたしは迷っている。

死んだレイチェルが、自分の体を動かしてイグナシオを殺した一件だ。

イグナシオに撃たれた時にレイチェルは確かに一度死んだ。だが、彼女の肉体に、おそらくインプラントも含めたあらゆる電気信号の中に残っていた主幹意識《トランク》が、彼女の肉体を動かすことができたのだ。

分岐意識《ブランチ》については、わからないことが本当に多い。トレーニングを積んだトーマは、四ヶ月もの間、〈メガネウラ〉に主幹意識《トランク》を載せることに成功したという。分岐意識《ブランチ》で動かした肉体の方はロードバイクで〈コヴフェ〉に通勤し、仕事をこなして、ガールフレンドを作ることとすらしたという。

先月、わたしがサンフランシスコに出張に行った時、テンダーロインのオフィスで出迎えてくれたトーマは、慎重そうに、だが確信を持っているものの口調で断言した。

「分離した意識は、それぞれ成長しますし、意識はずっと分離していても大丈夫だと思います。社会が許してくれれば」

横で聞いていたマルシャは、より過激な意見を口にした。

「子供を産めないマン・カインドは、意識を増やすことができるんですよ。アメーバみたいに二つに分かれて」

冗談めかして言った言葉は奇妙に重かった。

「サコダさんはどう思います？　そうやって増やした意識を、生かしてもいいんでしょうか？」

マルシャの問いかけに、わたしは頷いた。

そもそも、わたしは分岐した意識を生かしているのだ。

〈テラ・アマソナス〉の騒動のあと、わたしは一台の〈マスチフ〉とともにアメリカに戻り、中断していたジョーンズ分隊の遺族をめぐる旅に戻った。

わたしは前回と同じ型のフォードを借りると群体《フロック》マーカーを貼り付け、紫色の〈マスチフ〉を連れて中南部に暮らす遺族たちを一軒一軒回っていった。

何時間もかけて遺族の話を聞き、マン・カインドについてわかることを伝える間、わたしは〈マスチフ〉をそばにいさせた。遺族たちは怪訝《けげん》な顔をしていたが、光学迷彩を明滅させるその機械が、失われた子供たちの同僚が乗っていたものだと伝えると納得してくれた。

隊員の子供時代の話を聞いている間、紫色の〈マスチフ〉は光学迷彩をにぎやかに明滅させていた。

わたしはその〈マスチフ〉が、それ以上のものだ、とは伝えなかった。

そこには、レイチェルがカミーロを倒したときの分岐意識《ブランチ》が入っているのだ。

第二世代の彼女が作る分岐意識《ブランチ》にはパネルを明滅させるぐらいのことしかできないけれど、一緒に旅を続けるわたしは、少しずつ彼女が成長しているように感じていた。

問いかけに答えてくれる日は近いと、わたしは確信している。

本書は、〈ＳＦマガジン〉二〇一七年八月号から二〇二一年八月号まで連載された作品を、大幅に加筆修正したうえで単行本化したものです。

マン・カインド

二〇二四年九月二十日　印刷
二〇二四年九月二十五日　発行

著者　藤《ふじ》井《い》太《たい》洋《よう》

発行者　早川　浩
発行所　株式会社　早川書房
郵便番号　一〇一 - 〇〇四六
東京都千代田区神田多町二ノ二
電話　〇三 - 三二五二 - 三一一一
振替　〇〇一六〇 - 三 - 四七七九九
https://www.hayakawa-online.co.jp
定価はカバーに表示してあります

Printed and bound in Japan

印刷・製本／中央精版印刷株式会社

ISBN978-4-15-210318-5 C0093

乱丁・落丁本は小社制作部宛お送り下さい。
送料小社負担にてお取りかえいたします。

Gene Mapper -full build-

藤井太洋

拡張現実技術が社会に浸透し遺伝子設計された蒸留作物が食卓の主役である近未来。遺伝子デザイナーの林田は、Ｌ＆Ｂ社の黒川から、自分が遺伝子設計をした稲が遺伝子崩壊した可能性があるとの連絡を受け、原因究明にあたる。ハッカーのキタムラの協力を得た林田は、黒川と共に稲の謎を追うためホーチミンを目指すが——電子書籍の個人出版がベストセラーとなった話題作の増補改稿完全版。

ハヤカワ文庫

公正的戦闘規範

藤井太洋

二〇二四年、上海の日系ゲーム会社に勤める元軍人の趙公正は、春節休暇で故郷の新疆へと帰る途上、思いがけない〝戦場〟と遭遇する――近未来中国の対テロ戦争を活写する表題作、デビュー長篇『Gene Mapper』のスピンオフ「コラボレーション」など全五篇収録の、変化と未来についての作品集。解説／大野万紀

ハヤカワ文庫